金閣寺

きんかくじ

文豪書齋 109

三島由紀夫

黃瀞瑤——譯

文豪書齋 109

金閣寺——
三島由紀夫「毀滅美學」之最
【獨家收錄三島文學 & 金閣寺彩頁特輯】

作　　者　三島由紀夫
譯　　者　黃瀞瑤

野人文化股份有限公司
社　　長　張瑩瑩
總 編 輯　蔡麗真
責任編輯　王智群
專業校對　魏秋綢
行銷企劃　林麗紅
封面設計　ZZdesign
內頁排版　洪素貞

出　　版　野人文化股份有限公司
發　　行　遠足文化事業股份有限公司 (讀書共和國出版集團)
地址：231新北市新店區民權路108-2號9樓
電話：（02）2218-1417　傳真：（02）8667-1065
電子信箱：service@bookrep.com.tw
網址：www.bookrep.com.tw
郵撥帳號：19504465遠足文化事業股份有限公司
客服專線：0800-221-029
法律顧問　華洋法律事務所　蘇文生律師
印　　製　呈靖彩藝有限公司
初版首刷　2021年3月
初版4刷　2023年8月

國家圖書館出版品預行編目 (CIP) 資料

金閣寺 / 三島由紀夫著 ; 黃瀞瑤譯 . -- 初版 . -- 新北市 : 野人文化股份有限公司出版 : 遠足文化事業股份有限公司發行 , 2021.03
面 ;　公分 . -- (文豪書齋 ; 9)
譯自 : きんかくじ
ISBN 978-986-384-476-1(平裝)

861.57　　109021732

野人文化
官方網頁

野人文化
讀者回函

金閣寺

線上讀者回函專用QR CODE，你的寶貴意見，將是我們進步的最大動力。

【三島文學&《金閣寺》特輯】

《金閣寺》——日式「毀滅美學」之最

三島由紀夫代表作《金閣寺》
一出版就瘋狂熱銷！
改編電影、舞台劇、歌劇
《金閣寺》風靡西方，奠定三島的世界級地位

逝世五十年，日本戰後文學第一人

是天才也是狂人：三島由紀夫
過度受保護的童年，造就壓抑怪誕的性格
三度提名諾貝爾獎，卻都擦身而過
不但寫小說，還能寫舞台劇、演電影
熱衷健身，追求完美體態
狂人三島的唯一剋星，竟是太宰治？

日本國寶金閣寺全面導覽

京都必遊！金閣寺散策之旅
金閣寺參拜地圖
大解析：金閣寺建築之美
一九五〇火燒金閣，成為小說靈感來源
經典對決！金閣寺與銀閣寺

既然世上沒有其他事物比得過你的美，
那麼請告訴我，
你為何會如此美麗？
又為何必須維持著美貌？

右／三島由紀夫，攝於1956年。同年，《金閣寺》出版。
左／三島由紀夫簽名。

《金閣寺》——日式「毀滅美學」之最

三島由紀夫代表作《金閣寺》

一九五〇年七月二日深夜，京都的金閣寺莫名燃起熊熊大火，消防隊搶救不及，這座「國寶」就在一夜之間化為灰燼，震驚全國。事後調查發現，原來是寺內實習僧人林承賢（本名林養賢）蓄意縱火，他坦承自己的動機是「為了向社會報復」……

當日本社會大眾僅將這起事件視為瘋人瘋事之餘，文豪三島由紀夫卻從中看見了無與倫比的「美」，並以此為創作背景，在一九五六年寫成了《金閣寺》。而這本小說，也成為他畢生最知名的代表作。

一出版就瘋狂熱銷！

三島的小說幾乎都是先在雜誌連載，最後再集結出版，《金閣寺》也不例外。該年一月到十月，本作先在文藝雜誌《新潮》連載刊登，十月三十日出版單行本，市場和藝文界都給予高度讚賞，不但立刻暢銷十五萬冊，還榮獲年底頒發的讀賣文學獎，三島的名望也從此攀上最高峰。

至二〇二〇年底為止，《金閣寺》文庫本在日本的銷售量已經達到三百六十一萬八千本，在三島所有著作中居冠。

上／《金閣寺》初版，1956年10月由新潮社出版，並榮獲該年的讀賣文學獎。
下／2003年出版的《金閣寺》文庫本，此封面設計一直沿用至今。2020年，為紀念三島逝世50週年，新潮社發行新版，封面仍採用這個經典版本，並收錄作家恩田陸的解說。

三島由紀夫「新潮文庫本」著作銷量前10名

(至2020年底)

1	金閣寺	361萬8000本
2	潮騷	350萬4000本
3	假面的告白	255萬2400本
4	永恆的春天	142萬3200本
5	愛的饑渴	109萬3000本
6	美德的徘徊	100萬5000本
7	春雪	97萬本
8	午後的曳航	89萬7000本
9	百花爭鳴的森林、憂國	89萬5000本
10	音樂	78萬7000本

資料來源：新潮社

上／1958年，日本著名導演市川崑（右）首度將《金閣寺》拍成電影《炎上》。本片大獲好評，飾演男主角的市川雷（左）也獲獎連連。
左／《三島由紀夫：人間四幕》DVD。在這部傳記片中，由日本影帝緒形拳飾演成年三島。

改編電影、舞台劇、歌劇

《金閣寺》曾二度翻拍成電影，第一次是一九五八年，由名導演市川崑改編，電影名為《炎上》。本片一出，同樣獲得無數讚譽，一舉拿下隔年日本藍絲帶獎（ブルーリボン賞）的最佳男主角、男配角，與攝影獎，並入圍第二十屆威尼斯影展最佳影片，可惜未拿下金獅獎盃。本片也在二〇二〇年的桃園電影節以數位修復版本重新上映，讓現在的觀眾得以一飽眼福。

一九七六年，三島由紀夫過世六年後，本作第二度改編電影，由高林陽一導演，片名就叫作《金閣寺》。另外，在一九八五年日美合拍的傳記片《三島由紀夫：人間四

《金閣寺》英文版。本作也是三島由紀夫在英語世界最著名的作品。

幕》當中，也有一個橋段是以《金閣寺》為主軸，並由當今知名演員佐藤浩市飾演主角的朋友柏木。

本作還數度改編為舞台劇與歌劇，並時常讓一線演員參與演出，至今仍年年在日本各地上演。《金閣寺》的魅力，可說是歷久不衰。

《金閣寺》風靡西方，奠定三島的世界級地位

本作出版的隔年，三島收到了來自美國的學術邀請，這是他第一次正式與西方藝文圈交流，為此他還苦練英文，讓自己展現出最自信的一面。之後，他數次到歐美各國遊歷，也結交了不少出版界的外國友人。

一九五九年，《金閣寺》的英文譯本在國外陸續出版，並同樣獲得一致推崇，更使得三島在歐美聲名大噪，打下了日後三度入圍諾貝爾文學獎的基礎。

逝世五十年，日本戰後文學第一人

是天才也是狂人：三島由紀夫

常說天才與瘋子只有一線之隔，而三島由紀夫大概是最能印證這句話的人之一了。三島的天才在於，他從中學就嶄露文采，十九歲即出版第一本著作《百花爭鳴的森林》。年少的他早已在心中立下目標，要當上日本第一的作家，最後竟也真的達成。他筆耕不倦，幾乎每年都有新作品，二十幾歲就名利雙收，不但獲得文壇前輩川端康成的賞識，更一舉打進西方，三度入圍諾貝爾文學獎，可說是戰

1970年11月25日，三島登台對自衛隊演講。

後全世界最著名的日本作家。他的著作等身，最知名的有《假面的告白》、《潮騷》、《金閣寺》、《豐饒之海》四部曲等，都是叫好叫座的經典。

而三島的瘋狂在於，他是個表現狂、心理暴露狂，自信非凡，卻又追求一種近乎矛盾的自我毀敗。在三島眼裡，最美的美，即為美的毀滅。這不只表現在他的作品裡頭，更表現在他本人身上。三島曾請多位攝影名家為自己拍攝藝術寫真，照片裡，感官爆發，他時而被利箭穿腸破肚，時而揮舞著武士刀、胴體裸露。不過，這些行為都還比不上他告別世界的方式。中年以後，三島成為右翼軍國主義者，積極投入政治活動，提倡傳統武士道精神，還創辦了武裝組織「楯之會」，並主張自衛隊應奪回實權。一九七〇年十一月二十五日，三島四十五歲那年，偕同楯之會成員綁架了陸軍自衛隊將軍益田兼利，企圖發動軍事政變。然而，行動並未獲得自衛隊支持，以失敗告終。結局，三島以最具武士道精神的做法謝罪：切腹自殺。他離開的這天，也被稱為戰後日本「最漫長的一天」。

幼年三島由紀夫
（平岡公威）

妹妹
平岡美津子

弟弟
平岡千之

父親
平岡梓

母親
橋倭文重

祖父
平岡定太郎

祖母
永井夏子

彷彿是要補償童年缺乏的母愛一樣，成年後的三島與母親感情異常要好，還會彼此以「戀人」稱呼。

過度受保護的童年，造就壓抑怪誕的性格

三島由紀夫本名平岡公威，出生於一九二五年一月十四日，家世顯赫，祖父定太郎和父親梓都是政府高官，祖母夏子是名門後代，母親倭文重也是教育家之女。在這樣的環境下成長理應無憂無慮，然而，三島的童年並不快樂，最主要的原因，就是由於祖母的過度溺愛。

夏子的教養方式，已幾近「控制狂」程度，除了不准他外出、交友，甚至連自己的母親都不能親近。這樣的情形一直持續到三島就讀初中，祖母過世之後才宣告結束。三島的性格之所以同時具備壓抑與叛逆乖張，大概就是這段特別的童年經歷形塑而成。

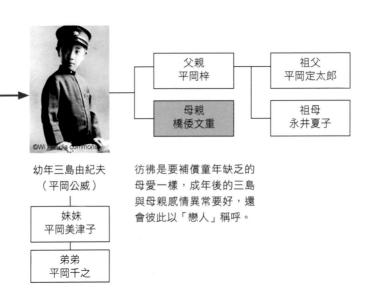

川端康成與三島由紀夫的合照。攝於1951年。

川端康成。第一位獲頒諾貝爾文學獎的日本人。

提拔

三度提名諾貝爾獎，卻都擦身而過

三島的寫作天賦從小就開始顯露，學生時期便積極投稿文藝期刊。十六歲時，他取下「三島由紀夫」這個筆名，二十一歲正式以短篇小說《香菸》在文壇出道。他的文筆早熟聰慧，且創作勤奮，連大前輩川端康成都十分欣賞，兩人因此結成忘年之交。才三十歲，三島就已經是聞名國內的暢銷作家了，不僅如此，他也很受歐美讀者推崇，英文譯作持續出版，讓日本藝文界也紛紛開始討論：三島會不會是第一個榮獲諾貝爾文學獎的日本人呢？

一九六五年，三島終於獲得諾貝爾獎提名，可惜並未得獎。一九六七年二度提名，三島再次失望。一九六八年再獲提名，他信心滿滿，但該年文學獎最後卻戲劇化地頒給了好友川端康成。而三島在兩年後切腹自殺，從此再沒機會得獎。

©speedman0910

1954年《潮騷》電影版海報，此作曾四度翻拍電影，也是三島第一本出版英文譯本的著作。

不但寫小說，還能寫舞台劇、演電影

成名之後，三島不只寫小說，也開始創作戲劇。他將日本的傳統能劇現代化，寫下數篇劇目，收錄在《近代能樂集》當中。此外，他也編寫了多部現代舞台劇，甚至還會給自己安排一個小角色來上台演出，一解表演欲。

一九五四年，長篇小說《潮騷》大暢銷，還獲得第一屆新潮社文學獎，東寶電影公司看準三島日正當中的名望，決定將這本著作改編為電影。最終，票房和口碑皆獲好評，後來三島的著作就常常拍成電影。他甚至親自擔任《憂國》電影版的導演、製片，以及主角，還在片中演出切腹自殺一幕——可以說與他自己的人生謝幕形成了詭譎的巧合和呼應。

右／正在做深蹲訓練的三島，攝於1955年。
左／三島是著名的愛貓人士，還時常與愛狗的父親起口角。攝於1948年。

熱衷健身，追求完美體態

不過，在祖母夏子的嚴厲掌控之下，三島從小體弱多病，成年後，一百六十出頭的身高也低於平均值，而且體態瘦弱不堪，他對此一直非常自卑。另一方面，他從小就很崇尚希臘雕像般的壯碩身軀，在作品裡也不避諱表達自己對男性肉體的迷戀，終於，在三十歲那年，他決定開始改造身體，專心投入健身訓練。他認真向教練學習，購買健身器材，還開始上拳擊課以及劍道。

努力獲得了回報，他不只變得無病無痛，全身上下也長出了厚實的肌肉。今天，我們在照片中看到的三島，總是樂於展現自己的身材，他的胸肌隆起，線條剛硬，表情自信。他說，自己不但掌握了寫作的語言，也掌握了「肉體的語言」。

籠罩在白雪中的金閣之美，無與倫比。
這棟空間通透的挑高建築，細長的柱子林立，
露出清透的肌膚屹立雪中，任憑風雪吹打。

©KANENORI

狂人三島的唯一剋星，竟是太宰治？

三島由紀夫的才氣與狂氣都十分高調，在他不算長的一生當中，世界上卻有一個人可以剋他，那人就是文壇前輩太宰治。三島初出茅廬時，太宰已是當紅的大作家，他非常在意太宰，因為兩人實有許多相似之處：他們都與「日本浪漫派」親近，作品基調也偏向陰鬱，並同樣著迷於「死亡」主題，這不免讓三島心有疙瘩。

有一次，三島專程去參加太宰治的聚會，他抓準時機，當面對太宰說：「太宰先生，我不喜歡你的作品。」太宰聽了，只是笑笑地說：「是嗎？如果你不喜歡，就不會來了。」三島無言以對，彷彿被說中了似的，這段軼聞一直為人所津津樂道。沒想到，隔年太宰治就投河自盡了，三島再也沒機會反駁他，甚至，連「自殺」這件事都被他搶得先機。

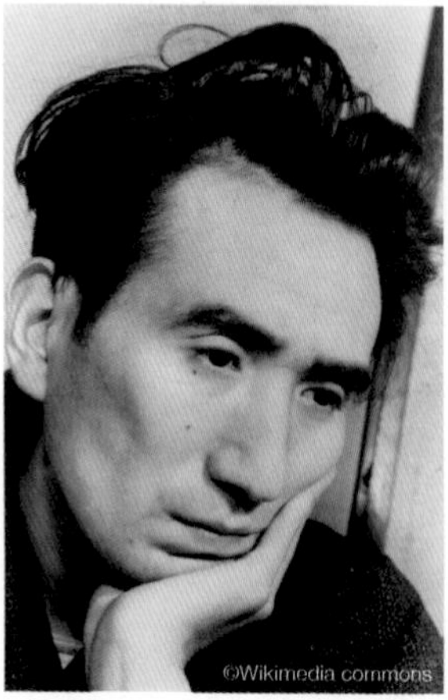

以《人間失格》、《斜陽》等作品聞名的太宰治。

足利義滿像。他是日本室町幕府第三任將軍，1394年與西園寺家族換得「北山第」這塊領地，之後改建為「北山殿」，範圍比現在的金閣寺區域還要大。義滿以此處為宅邸，並在舍利殿修禪念佛。他死後，領地轉作寺院，並取其法號將舍利殿更名為鹿苑寺。

日本國寶金閣寺全面導覽

京都必遊！金閣寺散策之旅

來到京都，絕對不能錯過的景點之一就是金閣寺。它是相國寺的外圍寺院之一，正式名稱為「鹿苑寺」，一三九七年由幕府將軍足利義滿改建舊殿而成，一九九四年被評定為世界文化遺產。

我們所熟知的那座金閣寺，指的其實是主建築「舍利殿」，當時，義滿把整棟舍利殿的外牆都貼滿金箔，光輝耀眼，故得名「金閣」。不過，金閣寺境內除了舍利殿，尚有龍門瀧、不動堂等景物，都值得遊客一一參觀巡訪。

地址：京都府京都市北區金閣寺町一號
參拜時間：上午九點至下午五點，全年無休
最後入場：下午四點半
參拜費用：成人（高中生以上）四〇〇日圓、小學生與中學生三〇〇日圓

金閣寺參拜地圖

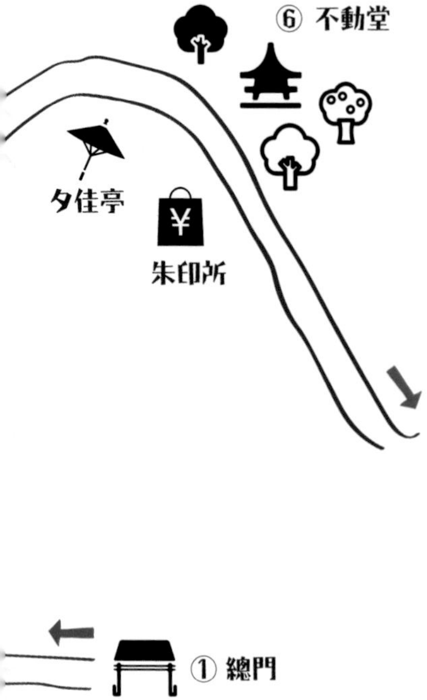

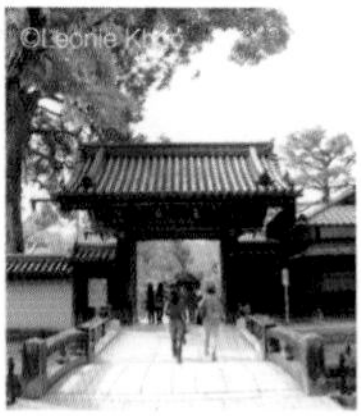

① 總門

金閣寺的大門，需購買參拜券入場。走完境內一圈約需四十至六十分鐘，來訪請務必留意時間，每日最後入場時間為下午四點半。

② 鏡湖池、葦原島

首先隔著鏡湖池遠眺金閣寺之美，這裡是最多人拍照紀念的景點。池中還有一個小小島，名為葦原島。

③ 舍利殿（金閣）

繼續跟著路線走，便能從另一個角度觀賞金閣寺，這也是一般遊客能與金閣寺接觸的最近距離。

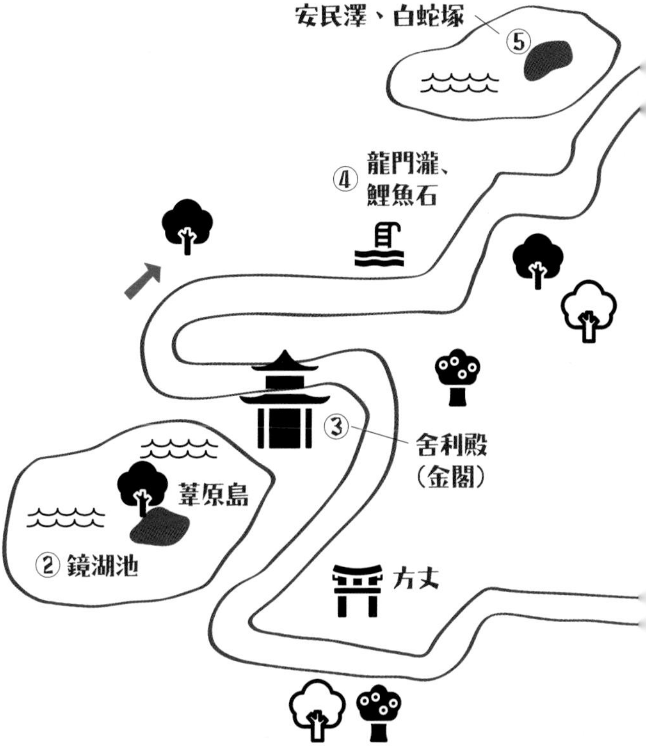

圖示來源:© flaticon

④ 龍門瀧、鯉魚石

接著，會來到一座約二、三公尺高的小瀑布「龍門瀧」。瀑布下方有一塊石頭，名為「鯉魚石」。

⑤ 安民澤、白蛇塚

往前還有一個名為安民澤的小池子。島上有一墩五重石堆，即是白蛇塚，據說是為了祭祀原地主西園寺家族的守護神。

⑥ 不動堂

來到最後一個區域，這裡有供奉著不動明王的「不動堂」、小巧可愛的茶室建築「夕佳亭」，以及購買紀念御守的「朱印所」。金閣寺朝拜之旅也在此畫下句點。

©Leonie Khoo

不能錯過 1

金閣寺入場參拜券，
極具收藏價值。

©jacob jung

不能錯過 2

小巧可愛的**金閣寺吊飾**，
可在紀念品商店購買。

©吉爾

不能錯過 3

買一個**金閣寺限定版繪馬**，
寫下你的願望吧。

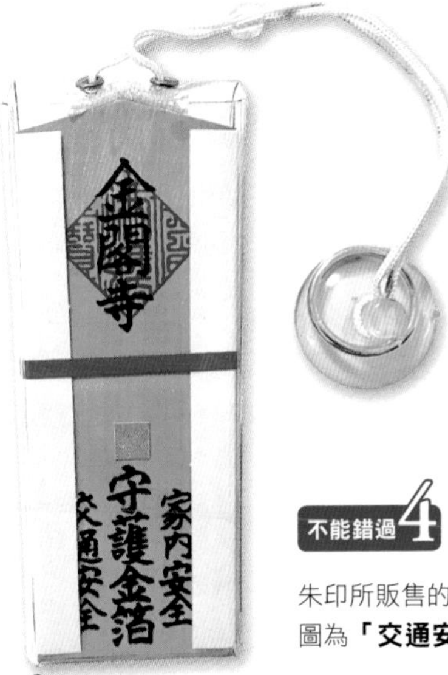

©ccw

不能錯過 4

朱印所販售的御守，款式眾多，
圖為**「交通安全」御守**。

不能錯過 6

在白蛇塚旁立有一尊**小神像**，
中間擺放石碗，據説若能將硬幣
丟進石碗，就可以實現心願。

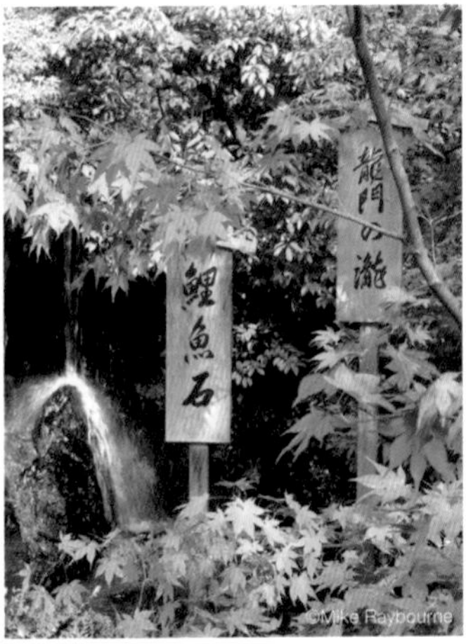

不能錯過 5

龍門瀧下的**鯉魚石**，兩者
合起來便是「魚躍龍門」的
吉祥之意。

右／一樓的漱清亭朝外凸出鏡湖池，為金閣寺的方正結構增添變化。
左／金閣寺屋頂的金銅鳳凰也是一大特色。

大解析：金閣寺建築之美

小說主角溝口曾這麼描述金閣寺：「就像精巧別致的藝品，小得能收在手心裡；有時，我又覺得它是一座宛如巨大怪物般的廟宇，高聳直入雲霄。」金閣寺最值得賞玩之處，就在於同時具備了精緻與雄偉，遠看、近看都有獨特美感。

在建築結構方面，金閣寺共有三層樓，特色、名稱皆不同。第一層是「法水院」，窗格方正，在東側與西側各有一扇入口，內奉寶冠釋迦如來坐像與足立義滿坐像。法水院也是唯一未貼金箔的樓層，在

西側還設有一座可供釣魚、納涼的釣殿「漱清亭」。

二樓是「潮音洞」，與法水院同為平安至鎌倉時代的貴族建築風格（寢殿造），內奉觀音菩薩坐像與四天王像，並在外牆貼滿金箔。

第三層是「究竟頂」，有別於一、二層的寢殿造，此樓是禪宗佛堂樣式，木窗為鐘形，無隔間，供有舍利子。究竟頂不只在外牆，連內部的天花板、四壁、地板皆貼有金箔，並在屋頂飾有一座金銅鳳凰。

燒毀前的舊金閣，由於金箔日久脱落，當時外觀並不如重建後金碧輝煌。

1950年，燒毀後的金閣寺殘骸。

一九五〇火燒金閣，成為小說靈感來源

我們今天見到的金閣寺，其實是一九五五年重建而成。一九五〇年七月二日，見習僧人林承賢蓄意縱火，燒毀了整座舍利殿。事後，警方發現林已切腹，但並未喪命，因此才有機會進行審問，為這場世紀縱火案留下關鍵紀錄。

原來，林患有嚴重的口吃以及思覺失調（舊稱精神分裂），非常厭惡世界，遂以燒毀金閣做為報復。小說《金閣寺》的主角溝口，同樣有先天口吃與反社會人格，顯然，三島由紀夫就是以林承賢為原型來塑造人物的。

燒死我的火焰，必定也會燒毀金閣。
這樣的想法幾乎令我陶醉。
注定死在相同的災難、一樣不吉利的火焰中，
金閣和我所居住的世界變成了同一個次元。

著名的銀沙灘與向月台。銀閣的庭園設計，被譽為日式「侘寂」美學的起源。

經典對決！金閣寺與銀閣寺

京都歷史悠久，值得一覽的名勝古蹟也非常多，但能與金閣寺齊名的，自然就只有銀閣寺了。這兩間寺院都隸屬臨濟宗相國寺派，前後落成時間相差約一百年，同為日本國寶，並在同一年被指定為世界文化遺產。對遊客與文化愛好者來說，永遠爭論不休的話題就是：到底誰比較美？

銀閣寺正式名稱為「慈照寺」，一四九〇年由室町幕府第八代將軍足立義政建成。一般稱為「銀閣」的這座主建築，名為「觀音殿」，建築形式與金閣寺舍利殿類似，但只有兩層，一樓為「心空殿」，二樓是「潮音閣」。據說銀閣寺原本預定仿照金閣，在外部貼滿銀箔，後來因義政幕府財源不足，只得作罷；但也有一說是由於外壁塗滿黑漆，在日光照耀下會閃爍銀光，才得名銀閣。

此外，銀閣寺最值得關注的看點，其實是它的庭園景觀。觀音殿西北側一整片的「銀沙灘」、錐形沙雕「向月台」，以及各處的花草樹木，無不透露著寧靜之美。若登上展望台，還能遠眺銀閣的精巧，體驗與金閣截

銀閣寺。

然不同的美學氛圍。

無論是喜歡金閣的精緻華貴，還是中意銀閣的侘寂幽美，兩者都是不容錯過的必遊景點，至於到底誰比較美，答案就只能留給自己了！

從展望台俯瞰銀閣寺與京都市區。

目錄

【三島文學&《金閣寺》特輯】

《金閣寺》きんかくじ

金閣寺 <ruby>きんかくじ<rt></rt></ruby>

一

自幼，父親便常向我娓娓道起金閣的故事。

我出生在舞鶴東北方、凸出於日本海的荒涼海角。父親的故鄉不在此處，而是位於舞鶴東郊的志樂村。在眾人懇切期望下，父親遁入佛門，成為偏僻海角寺廟的住持，在當地娶妻成家，生下了我。

成生海角的寺廟附近，沒有適合學生就讀的中學。我只好離開雙親膝下，寄居在父親故鄉的叔父家中，徒步往來東舞鶴中學。

父親故鄉一年四季烈日炎炎。然而，到了十一、二月，即便是晴空萬里的日子，一天內也會下個四、五次陣雨。我想，我或許就是在這片土地上培養起陰晴不定的情緒。

五月的傍晚時分，我放學回家後，時常待在叔父家二樓書房遠眺望對面的小山。嫩葉蓊鬱的山腰在夕陽照射下，彷彿原野中央立起一面金屏風。望見此情此景，我不禁想像起金閣的模樣。

我經常在照片或教科書上看到真正的金閣，然而在我心中，父親口中講述的金閣幻影，卻遠遠勝過現實中的金閣。父親從未說過現實中的金閣金光閃閃之類的話，但是據父親所言，世上沒有東西比得上金閣之美。而我透過金閣兩字字面及音韻上得到的感覺，在心中描繪出來的金閣，更是絕無僅有。

每當看見陽光倒映在遠處水田上的粼粼波光，我都以為是眼睛看不見的金閣投影。位於福井縣和京都府分界的吉坂嶺，恰好坐落在正東方。太陽從吉坂嶺一帶升空，山嶺方位與現實中的京都正好相反，然而我卻從山谷間東升的旭日中，看見了聳入雲霄的金閣。

金閣就如前述般無所不在，但實際上卻看不見，就恰似鄰接這片土地的海洋。舞鶴灣位於志樂村西方一里半處，在層層山巒遮掩下，看不見大海。但是這片土地上總飄蕩著一股海洋的氣息。風中偶爾也能嗅到海潮的氣味；當海上掀起洶湧波濤，成群海鷗便紛紛飛落附近稻田躲避風浪。

我身體孱弱，無論跑步或單槓都比不上別人，再加上天生口吃，導致個性越來越內向畏縮。大家知道我是寺廟住持的孩子，一群壞孩子便模仿口吃和尚結結巴巴誦經的模樣來取笑我。說書的段子中，輪到口吃捕快出場時，他們就會故意起鬨出聲念給我聽。

不須多說，口吃在我和外界之間設下了一道障礙。我總是無法順利發出第一個音。第一個音就好比我內心和外界之間那扇門的鑰匙，然而鑰匙卻打不開那扇門。一般人透過自由操縱話語，大開分隔內心與外界之門，使空氣流動暢通；然而我卻怎麼也辦不到。我這把鑰匙生鏽了。

口吃者為了發出第一聲而焦躁不安的那段期間，就像一隻試圖掙脫內心那攤黏住身體的濃稠黏膠，而死命掙扎的小鳥。待終於掙脫，卻為時已晚。外界的現實，有時確實會在我掙扎的期間，稍事休息等待我。但是等待著我的現實，不再是新鮮的現實。即使我費盡工夫，千辛萬苦抵達了外界，現實卻總是瞬間變色，漸行漸遠……唯有橫躺在我面前那些不再新鮮的現實、半散發著腐臭的現實最適合我。

這樣的少年，心中懷起兩種相反的權力意志，是很容易想像得出的結果。我喜歡閱讀歷史上有關暴君的記述。若我是個口吃而寡言的暴君，家臣們便得窺探我的臉色，鎮日戰戰兢兢過活。我不須使用明確流暢的話語，來正當化我的殘暴。因為我的沉默寡言，就能使一切殘暴化為理所當然。我沉醉於將平時藐視我的老師和同學全處以死刑的幻想，另一方面，我也樂於幻想我成為內心世界的王者，成為充滿冷靜達觀的大藝術家。縱使我外觀貧窮，內心卻比誰都富有。懷抱著某種自卑難以抹滅的少年，卻認為自己是祕密獲得上天遴選之人，豈不是理所當然？我當時總覺得這個世界某處，還有我自己也不知曉的使命在等待著我。

……我想起這樣的一段插曲。

東舞鶴中學環繞在蜿蜒群山之間，是一座擁有寬闊操場、光線充沛的新式建築。

五月某一天，就讀舞鶴海軍機關學校的一位學長，休假回來母校玩耍。

他一身肌膚曬得黝黑，壓得低低的制服帽簷下露出高挺鼻梁，從頭到腳都散發出英雄出少年的昂揚氣概。他面對一群學弟，暢談起紀律嚴格的生活。不僅如此，還以述說奢華生活的口吻，描述理當慘澹的生活。他一舉手一投足都充滿了自豪，年紀輕輕卻深知謙遜的重量。他制服胸口上縫有波浪飾線，胸膛挺起，宛如迎向海風破浪前行的船首像。

他朝通往操場的大谷石石階走下兩、三階，坐了下來。身旁坐著四、五個學弟，聽著他的話聽得入迷；五月的花朵，如鬱金香、香豌豆、銀蓮花、虞美人草等，在斜坡上的花圃裡爭相綻放。頭頂上的厚朴樹，開著大大的白花——

說話的人和聽眾都像某種紀念雕像似地一動也不動。而我獨自坐在距他們約兩公尺遠的操場板凳上。這是我對人所抱持的禮儀。是我對五月繁花、學長身上充滿自豪的制服，和其他人的開朗笑聲，所抱持的一種禮儀。

然而，比起那群崇拜者，年輕英雄卻更加在意我。在他眼裡看來，只有我不屈於他的威風下，傷害了他的自尊。他向大家問起我的名字，然後朝初次見面的我喊了一聲：

「喂，溝口！」

我不發一語，目不轉睛望著他。他朝著我露出的笑容裡，散發出一絲近似向當權者獻媚的阿諛。

「不會回答嗎？你是啞巴嗎？」

「是口、口、口吃。」

他的一名崇拜者代替我回答，大家笑得東倒西歪。所謂的嘲笑是如此耀眼。對我而言，同樣年紀的少年那種青春時期特有的殘酷笑聲，宛如反射陽光的茂密樹葉般燦然奪目。

「搞什麼，原來是口吃啊。你要不要來海軍機關學校？一天就能治好你的口吃喔！」

我不知怎麼回事，猛然給出明瞭的回應。無關於心中有何想法，話語順暢無礙，瞬間脫口而出。

「我才不去。我要當和尚。」

大家頓時鴉雀無聲。年輕英雄低下頭，隨手摘了一根草，啣在口中。

「哼嗯，那麼再過幾年，我或許也要麻煩你呢！」

那一年，爆發了太平洋戰爭。

……這時候的我，確實產生了一種自覺──我朝黑暗世界張開雙臂等待；不久後，五月繁花、制服和壞心眼的同學都將進入我張開的雙臂中，而則我要待在底層緊緊抓住這個世界。……然而，這樣的自覺太過沉重，不適合一名少年放在心上引以為傲。

自豪必須更輕快、光明、清晰可見、燦爛引人。我想要眼睛看得見的東西。我想要誰都看得見的東西，成為我的自豪。比如，佩帶在他腰際的短劍，正是如此。

所有中學生都嚮往的短劍，是個絕美的裝飾。聽說海軍學校的學生都會偷用短劍削鉛筆。故意將莊嚴的象徵使用在日常瑣事上，真是誇示虛榮啊。

他無意間脫下機關學校的制服、褲子，和制服下的白襯衫，掛在塗了白漆的籬笆上。衣物緊緊靠著花叢，散發出年輕人汗水與肌膚的氣味。蜜蜂誤將亮白的襯衫當成了花，停在上頭休息。綴有金色飾繩的制服帽子掛在其中一根籬笆上，就像戴在他頭上一樣端正，深深嵌入籬中。他接受學弟們的挑戰，去操場後方的相撲土俵一較高下。

那些褪下的衣物，給人的印象宛如榮譽之墓。五月的錦簇繁花，更加強了這種感覺。尤其是帽簷反射漆黑光澤的制服帽子，以及掛在一旁的皮帶和短劍，脫離了他的肉體，反而釋放出一種抒情的美感，如同回憶般完整無瑕……看起來就像年輕英雄的遺物。

我確認四下無人。土俵那裡響起歡呼聲。我從口袋拿出生鏽的削鉛筆刀，悄悄走過去，在美麗的短劍黑色劍鞘背面，劃下兩、三道醜陋的刀痕。

……或許有人根據前面的描述，立刻斷定我是個帶有詩人氣質的少年。但是，時至今日，別說是詩，我就連手札之類的東西也沒寫過。我缺乏用其他長處彌補不如他人的能力，並藉此超越他人的衝動。換句話說，我自稱藝術家，未免太過狂妄。我夢想成為暴君或大藝術家，也僅止於夢想，實際上我根本無意著手成就點什麼。

無法得到他人理解已成為我唯一的驕傲，因此我缺乏表達想法、好讓外人理解我的衝動。我認為我命中注定不配擁有外人看得見的自豪。孤獨日益膨脹。簡直就像頭豬。

突然間，我回想起我們村莊發生的一件悲劇。實際上我與這項事件絲毫無關，但是我一直有種涉入並參與其中的感覺。

我透過那項事件，一舉面臨了一切。面臨人生、情欲、背叛、憎恨和愛情，面臨一切。

而我的記憶自行否定並無視了隱含於其中的崇高要素。

和叔父家間隔兩戶的人家中，有個亭亭玉立的女孩，名叫有為子。有為子有著一對清澈大眼。或許是成長於富裕人家，她的態度驕縱蠻橫。雖然大家對她呵護備至，但她卻常獨自一人，不知道在想些什麼。一些善妒的女人背地裡議論紛紛，謠傳有為子應該還是處女，但從她那面相看來，無疑就是個石女相。

有為子剛從女校畢業，就自願進入舞鶴海軍醫院擔任護士。她家離醫院不遠，是可以騎自行車通勤的距離。她每天清晨天剛破曉就出門，比我們上學時間還早兩個多小時。

某天夜裡，我想起有為子的身體，沉溺在陰鬱的幻想中，難以入眠，於是我摸黑起身，穿上運動鞋，走進夏夜破曉前的戶外。

那天晚上並非我第一次想起有為子的身體。起初我只是偶爾想想，後來那個念頭漸漸固定在我腦海裡，宛如思念結合成的結晶；有為子的身體逐漸凝聚成白皙、彈性十足、沉浸在昏暗陰影中散發芬芳的一塊肉。我想像著觸摸到肉塊時，自己手指上那股暖意。以及手指按壓後反彈的彈力，和花粉般的芳香。

我在黎明前昏暗的道路上直線奔跑。石頭也無法絆住我雙腳，黑暗在我前方自在地開拓道路。

跑著跑著，道路變得寬闊，我來到志樂村安岡部落外圍。這裡有一棵高大的山毛櫸樹。

樹幹被朝露沾濕了。我躲在樹根後方，等待有為子從村子那邊騎自行車過來。

我就只是靜靜等待，沒有其他目的。我氣喘吁吁地從家裡跑來此處，靠在山毛櫸樹下休息，也不知道自己接下來打算幹什麼。由於我一直過著與外界絕緣的生活，因此一旦投身躍入外界，便產生一種萬事都變得易如反掌、一切都有可能的幻想。

黑斑蚊叮了我的腳。雞鳴四起。我放眼眺向路的遠方。遠處站著一個朦朧白影。原以為是拂曉乍現的朝陽，原來是有為子。

有為子似乎騎著自行車。前燈亮著。自行車無聲滑行而來。我從山毛櫸後方跳出來，跑到自行車前面。自行車連忙緊急剎車。

此時，我感到自己變成了石頭。意志、欲望和一切都石化了。無關於我內心所思所想，外界再次躍然現身，堅定地存在於我的四周。腳穿白色運動鞋，從叔父家跑出來，沿著破曉前黑暗道路直奔到這棵山毛櫸後面的我，不過是順著自己的內心一個勁地奔跑過來罷了。村裡家家戶戶屋頂隱約浮現在黑暗清晨中的輪廓、墨黑色的樹叢、滿山嫩葉的烏黑山頂，甚至眼前的有為子，都令人驚恐地完全失去了意義。不待我的參與，上天早已賦予四周無數的現實。不僅如此，這毫無意義且龐大黑暗的現實，還以前所未見的重量給了我，向我逼近。

我一如往常思忖著：恐怕只有說些什麼，才救得了這場面。這是我特有的誤解。需要行動時，我卻淨顧著該說什麼話。即使如此，我口中仍舊吐不出適當的話語，一心只惦記著該說話，卻忘了行動。我認為行動這光怪陸離的東西，似乎總伴隨著光怪陸離的話語。

我眼中看不見任何東西。有為子起初很害怕，發現是我之後，便直盯著我的嘴。她恐怕只是在破曉前的夜色中，看見一個微不足道的小黑洞、宛如野生小動物巢穴般骯髒醜陋的小洞毫無意義地蠢動著；換言之，她眼中只看得見我的嘴。而在確認這個小洞無法釋出任何連接外界的力量後，她才放下心來。

「幹麼啦！連話都說不好的人，還敢搞鬼！」

有為子斥責我，但她的聲音裡卻帶著一股晨風的端正和爽朗。她按響車鈴，再次踩上踏板。她像閃躲石頭般繞過我離去。四周分明空無一人，我卻聽見騎著自行車奔馳遠去直到水田另一邊的有為子，不時按動車鈴嘲笑我。

——當晚，有為子向父母告狀，她母親找上叔父家門來。平日個性溫和的叔父嚴厲叱責了我一頓。我開始詛咒有為子，期盼她快點去死，就在幾個月後，詛咒竟然應驗了。爾來，我便對詛咒別人這件事開始有了信心。

我無論睡著或是清醒，都期盼著有為子的死亡。我希望見證到我恥辱的人從此消失。只要證人不在了，恥辱便可從世上根絕。舉凡他人都是證人。只要他人消失無蹤，也就不會出現所謂的恥辱。我彷彿看見有為子的容貌，在破曉前的夜色中如水面發出粼粼波光，她直盯著我的嘴，那對大眼背後則是他人的世界——亦即，絕不讓我們落單，甚至進一步成為我們共犯和見證人的他人世界。他人必須滅絕。為了讓我可以真正將臉面向光明的太陽，世界必須滅絕。

有為子告狀的兩個月後，她辭去海軍醫院的工作，將自己關在家中。村民們議論紛紛。而到了秋日尾聲，便發生了那事件。

我們作夢也沒想到海軍逃兵竟然逃進了我們的村莊。中午時，憲兵造訪村公所。但是憲兵的來訪並不稀奇，大家也就沒想太多。

那是十月底一個晴朗的日子。我一如往常地上學，晚上讀完書，應該就寢的時刻，我正準備熄燈，往樓下的村莊道路一瞧，只見大夥人馬像一群狗似地發出氣喘吁吁奔跑的聲音。我走下一樓。大門口已經站著一位同學，瞪大眼睛，朝醒來的叔父、嬸嬸和我大喊：

「有為子剛才在那邊被憲兵抓走了！大家一起過去看看吧！」

我連忙套上木屐衝了出去。那是個月光皎潔的夜晚，收割後的稻田上處處落下稻架鮮明的影子。

漆黑的人影聚在一片樹叢後面，不停蠢動。身穿黑色洋裝的有為子坐在地上，臉色蒼白。她身旁圍著四、五名憲兵和她父母親。其中一名憲兵拿出一個看似包好的便當，朝她高聲怒吼。她父親的頭不停轉動，或是向憲兵道歉，或是責怪女兒。母親則蹲在一旁痛哭。

我們相隔一塊田，站在田埂上遠望。圍觀群眾不斷增加，大家不發一語，彼此肩並著肩。連頭頂上的月亮都好像被大夥兒擠得縮水一樣。

同學靠在我耳邊說明。

拿著便當溜出家門，本來想送去隔壁村莊的有為子，被埋伏的憲兵給逮捕了。便當無疑是要送去給那個逃兵。逃兵和有為子是在海軍醫院認識親近的，懷了身孕的有為子被醫院攆了出來。憲兵逼問有為子逃兵的藏身之處，但她坐在原地一步也不動，硬是緘默不語。

而我只是目不轉睛地凝視著有為子的臉。她看起來就像個被抓住的瘋女人。月光下，臉上表情出奇地鎮定。

我至今不曾見過像她那樣散發出拒人於千里之外的臉孔。我一直認為自己的臉是遭到世界拒絕的臉。然而，有為子的臉，卻是拒絕世界的臉。月光毫不留情地流淌在她的額頭、眼睛，鼻梁和臉頰上，但月光只是將她堅定的神情洗滌得更加潔淨。只要稍微動動眼睛或嘴巴，她所拒絕的世界就會以此為信號，如雪崩般潰不成形吧。

我屏氣凝神地看著她的臉看得入迷。歷史就此中斷，無論面向未來或過去都無話可說的神情。我們有時可以在剛伐倒的樹墩上，看見那樣不可思議的臉孔。即使臉上帶著新鮮水潤的色澤，但是成長戛然中斷，沐浴在不該沐浴的風和日光下，突如其來暴露在本來不屬於自己的世界中——美麗木紋在那樣的樹幹斷面上，描繪出不可思議的臉孔。被推向這個世界，只是為了抗拒的臉孔。

我不禁暗忖，有為子的臉變得如此之美的瞬間，不論是她這輩子，或是在凝望著她的我一生中，恐怕都不會再有第二次。然而，美麗持續的時間不如想像中恆久。美麗的臉孔突然扭曲變了樣。

有為子站起身來。此時，我彷彿看見她露出笑容。我彷彿看見月光照得她雪白的門牙閃閃發光。對於她不變的神情，我無法多加描述。因為有為子起身時，她的臉龐避開了皎潔月光，遁入樹林的陰影中。

我沒看見有為子決心背叛時的不變神情，實屬可惜。如果我能鉅細靡遺地看見她變化的過程，或許我就能萌生寬恕他人、以及寬恕一切醜惡事物的心了。

有為子指著鄰接隔壁鹿原村落的山巒另一邊。

「是金剛院！」憲兵大喊。

其後，我的童心油然而生，感受到一股上廟會看熱鬧般的歡喜。憲兵兵分多路，從四面八方團團包圍住金剛院，還要求村民協助。我出於幸災樂禍，和其他五、六名少年一起，加入了有為子帶路的第一隊。灑滿月光的道路上，有為子走在隊伍前頭，憲兵形影不離地跟著她。她那充滿信心的步伐，令我驚訝。

金剛院聞名遐邇。這座名剎位於從安岡繞過山後，行走約十五分鐘路程之處。院裡有高丘親王親手種植的榧樹，還有相傳出自左甚五郎①之手的優雅三重塔。夏天，我們常去後山的瀑布沐浴玩耍。

佛寺本堂的圍牆位於河岸。破了洞的泥牆上長滿芒草，潔白的芒草穗在夜色中仍舊晶瑩

①左甚五郎：江戶時代初期（十七世紀初期）的著名工匠，深受豐臣秀吉及德川家康重用。日光東照宮的睡貓即出自其手。

剔透。本堂樓門旁，山茶花恣意綻放。一行人默默沿著河岸行走。

金剛院御殿建在更高處。過了獨木橋，右有三重塔，左有楓樹林，再往裡面走，便可以看見一百零五階覆滿青苔的石階巍然聳立。石階以石灰石建造而成，因此很容易失足腳滑。

橫渡獨木橋之前，憲兵轉身以手勢告知一行人止步。聽說從前這裡有一道出自運慶、湛慶父子之手打造而成的仁王門。從這裡再往後頭走，九十九谷的群山都屬於金剛院的領地。

我們屏住氣息。

憲兵催促有為子。她獨自走過獨木橋，我們緊跟在後。石階下半部籠罩在陰影中。但是中間往上則沐浴在月光下。我們散開來，隨意藏身在石階下半部的遮蔭處。開始轉紅的楓葉遮掩住月光，看起來黑壓壓一片。

石階上頭就是金剛院正殿。正殿朝左前方斜向架起一道迴廊，通往神樂殿般的空御堂。空御堂騰空凸出山崖，仿效清水舞台，由崖下無數交疊的梁柱組合而成，支撐著它。御堂、迴廊，以及支撐的梁柱，在經年累月的風吹雨打下，刷洗得清淨潔白，宛如白骨。滿山遍野的楓樹都轉紅時，紅葉色彩與白骨般的建築，展現出美麗的調和；而入夜後，四處沐浴著斑駁月光的白色梁柱，卻看似怪異又妖豔迷人。

逃兵似乎躲在舞台上方的御堂裡。憲兵企圖以有為子為誘餌，來誘捕逃兵。

我們這群證人躲在陰暗處，屏住氣息。儘管籠罩在十月下旬的寒冷夜氣之下，我的雙頰依舊熱得發燙。

有為子獨自登上石灰石打造而成的一百零五階石梯。如狂人般自豪。……在她的黑色洋裝和黑髮之間，美麗的側臉雪白無瑕。

明月、星辰、雲朵、以尖銳如矛的杉樹稜線連接天空的山巒、斑駁的月影，以及浮現在黑暗中的蒼白建築等，在四周景物烘托下，有為子不惜背叛的澄明之美令我心醉。她有抬頭挺胸、獨自攀爬這道雪白石階的資格。她的背叛就如同星辰、明月和尖銳如矛的杉樹。換言之，她選擇和我們這些證人居住在相同的世界上，接受相同的自然萬物。她現在代表著我們，登上了那道石階。

我呼吸急促，不禁心想：

「她因為背叛，選擇接受了世界，最終也接受了我。現在她是屬於我的。」

……所謂的事件，在我們記憶中某處變了調。有為子還在我們眼前，爬上一百零五階長滿青苔的石階。她攀爬石階的此情此景彷彿永恆。

然而，不久後她卻變得判若兩人。登上石階頂端的有為子，恐怕是再次背叛了我們。那之後的她既不全然抗拒世界，也不完全接受世界。她讓自己墮落成了任憑愛欲掌控，為一個男人而活的女人。

因此，關於這次事件，我只能回憶起古老石版印刷般模糊的光景。

……有為子穿過迴廊，朝著御堂的黑暗輕呼了幾聲。男人的影子出現了。有為子向他說了些什麼。男人衝下石階，舉起手裡緊握的手槍開火。應戰的憲兵，也從石階中途的樹叢裡發射子彈。男人再次舉起手槍，朝作勢逃往迴廊的有為子背後連續開了幾槍。有為子倒地不起。男人便以手槍槍口抵住自己的太陽穴，扣下扳機。

——以憲兵為首，大夥兒爭先恐後地衝上石階，連忙跑向兩具屍體。而我則置身事外，依舊動也不動地躲在楓樹背後。蒼白的梁柱縱橫交疊，聳立在我上方。那上頭踩在迴廊木地板的雜亂腳步聲，化為輕盈的聲響，翩然飄落。兩、三道手電筒的光束來回交錯，穿過欄杆，照亮了楓樹樹梢。

我只能將一切視為遙遠過去的事件。遲鈍的人若不流血便不會驚慌。反之，當流血時，也就代表悲劇告終了。我不知不覺間陷入朦朧。待清醒時才發現眾人早已離我而去，我身旁充滿小鳥啾啁，朝陽穿過紅葉枝椏深深射入下方。白骨般的建築底部在陽光照射下，恍若重生。空中御堂寂靜而自豪地朝滿山遍谷的楓樹探出身子。

我站起身來，不禁打了冷顫，趕緊以手搓搓身子取暖。只有寒冷留在體內。留下的只有寒冷。

*

翌年春假，父親在國民服②上披了袈裟，造訪叔父家。父親表示要帶我去京都兩、三天。當時，父親的肺疾已病入膏肓，我為他衰弱的模樣甚是驚訝。不只我，連叔父和嬸嬸也出面勸止父親前往京都，但父親就是不聽勸。事後回想起來，原來父親是想趁自己一息尚存，把我介紹給金閣寺的住持。

當然，造訪金閣寺是我長年來夢寐以求的心願。然而，即使父親故意表現得健康硬朗，但我實在毫無心思和任誰都能一眼看出身患重病的父親出外旅行。我終於有機會接觸到從未見過的金閣，但是當那個時刻逐漸接近，我心中卻產生了猶豫。因為對我而言，金閣無論如何都必須完美無瑕。而那一切比起金閣本身的美，更關乎於我內心想像金閣之美的能力。

就一個少年腦袋裡所能理解的範圍而言，我可以算得上對金閣瞭若指掌。一般的美術書籍如此描述金閣的歷史：

「足利義滿③接收了西園寺家④的北山殿，並在此打造規模壯闊的別墅。主要建築有舍利殿、護摩堂、懺法堂、法水院等佛教建築，以及宸殿、公卿間、會所、天鏡閣、拱北樓、泉殿、看雪亭等住宅。傾注最多心力打造的舍利殿，就是後來人稱『金閣』的建築物。無法

② 國民服：一九四〇年起因應戰爭管理物資所需，政府針對男性所設計的衣服，類似軍服。
③ 足利義滿（一三五八－一四〇八）：室町幕府第三代將軍，平定南北朝內亂，奠定幕府的全盛時期。
④ 西園寺：日本古代貴族。

清楚界定究竟由何時起以『金閣』稱之，但似乎起自應仁之亂⑤後，文明年間⑥已普遍沿用此名。

金閣與寬廣的苑池（鏡湖池）相鄰，為三層樓閣建築，竣工於一三九八年（應永五年）前後。一、二樓依循平安至鎌倉時代貴族宅邸建築風格，採用方格窗。三樓為每邊三間⑦長的正方形佛堂，中央為對開式木門，左右鑲有鐘形木窗。屋頂以檜皮葺成錐形，上頭飾有金銅鳳凰。一樓有著人字屋頂的釣殿（漱清亭）凸出水面，打破整體的單調。屋頂彎曲弧度平緩，屋簷斗拱間隔寬闊，作工細緻，輕盈優美。住宅與佛堂建築的搭配相得益彰，實屬庭園建築之傑作，完美呈現出當時的氛圍，以及採納吸收宮廷文化的足利義滿其雅興之大成。

足利義滿過世後，根據其遺囑，將北山殿改為禪剎，更名為鹿苑寺。惟其他建築部分遷移、部分荒廢，只剩金閣幸運保留下來。」

金閣宛如夜空明月，可謂黑暗時代的象徵。因此我夢想中的金閣，需要四面八方湧上的黑暗為背景。美麗纖細的柱子，從內部散發微光，沉靜安穩地坐落在黑暗之中。無論人們對這棟建築訴說什麼，美麗的金閣也只能不發一語地展現著它精巧細緻的構造，忍受四周的黑暗。

我還想起屋頂上那隻經年累月飽受風雨摧殘的金銅鳳凰。這隻神祕的金鳥既不鳴啼報時也不振翅飛翔，無疑已忘記自己是隻飛鳥。然而，它在人們眼中看似呆若木雞，實則不然。其他鳥兒飛行在空間之中，而這隻金鳳凰大展耀眼雙翼，永遠在時間之中翱翔。時間拍打它的雙翼，接著向後方流逝。鳳凰只要維持不動之姿，怒目直視前方、高展雙翅、翻動尾羽，打開威風凜凜的金色雙腳踩穩，就足以永恆翱翔於時間洪流。

我認為金閣本身也像一艘航越時間汪洋而來的美麗船艦。美術書籍上說這棟「隔間牆面少的挑高建築」，使我聯想起船的構造；複雜的三層屋形船所面臨的池塘，彷彿象徵著大海。金閣度過無數渺茫的黑夜，永無止境地向前航行。白晝，這艘不可思議的船艦佯裝不知地拋下船錨，讓如織的遊客參觀；夜幕低垂後，便借助四周黑暗的力量推動，屋簷如揚起的風帆，瀟灑啟航。

若我說人生最初碰上的難題是美，也非言過其實。父親是鄉下僧侶，生性質樸木訥，他只告訴我「世間沒有比金閣更美的東西」。而我不禁對於在未知處早已存在著美的這種想法，感到不滿與焦躁。因為，若美確實存在，代表著我的存在遭到了美的疏遠。

對我而言，金閣絕非一個概念。而是一個即使層層山巒阻擋我遠眺它，但只要我想看，還是可以親自到訪一睹風采的物體。美就是這麼一種清楚映入眼簾且伸手可及的物體。我知道也相信在瞬息萬變的人世中，千真萬確存在著恆久不變的金閣。

有時，我覺得金閣就像精巧別致的藝品，小得能收在手心裡；有時，我又覺得它是一座

⑤ 應仁之亂：一四六七年起的十年間，為爭奪足利將軍家的繼承權，發生於京都的內亂。此後進入群雄割據的戰國時代。
⑥ 文明：一四六九年四月二十八日－一四八七年七月二十日，後土御門天皇在位期間的年號。
⑦ 一間：古長度單位，約一．八公尺。

宛如巨大怪物般的廟宇，高聳直入雲霄。所謂的美，恰到好處，既不龐大也不渺小，少時的我並沒有這種概念。因此，當看到夏天小花被晨露沾濕，散發朦朧光彩時，我便覺得它像金閣一樣美。當看到遠山烏雲翻騰發出陣陣雷聲，昏暗的雲層邊緣綻放出耀眼金陽時，壯闊的景象也讓我想起金閣。最後甚至看到美人的臉龐，也會在心中以「美若金閣」來形容。

這次旅行令人心傷。舞鶴線列車由西舞鶴出發，沿途停靠真倉、上杉等小站，行經綾部，駛向京都。然而載客車廂髒亂不堪，保津峽沿線隧道較多的地方，煤煙毫不留情地吹入車廂，令人窒息的濃煙好幾次都害父親咳個不停。

乘客多半是海軍相關人士。三等車廂裡擠滿了下士官、水兵、工人，以及前往海兵團探親後踏上回程的家屬。

我望向窗外雲層厚重陰沉的春日天空，再看看父親套在國民服胸前的袈裟，還看了看那群容光煥發的年輕下士官，他們挺起胸膛，繃得金色釦子都快飛了出去。我覺得自己彷彿他們的一分子。不久後待我成年，也會被徵召入伍。但我不知道入伍後，能否像眼前那群下士官一樣，忠實地為完成職務而活？我雙腳跨足兩個世界。我感受到自己分明還年輕，卻在醜陋頑固的額頭下，透過戰爭為媒介，連結起父親掌管的死之世界，和那群年輕人所在的生之世界。我或許會成為生與死的連結點。可想而知，如果我不幸戰死，無論走向眼前這條岔路的哪一邊，結局都將相同。

我少年時期就像處於破曉前的混濁色調。伸手不見五指的黑暗世界很可怕，但如白晝般輪廓清晰的生也不屬於我。

我邊照顧咳嗽不止的父親，邊頻頻望向車窗外的保津川。河水呈濃厚深沉的群青色，就像化學實驗中使用的硫酸銅。每當列車駛出隧道，就能看見忽遠忽近的保津峽時而遠離鐵軌、時而近在眼前；山壁四周環繞著平滑的岩石，發出轟然巨響轉動群青色的轆轤。

在車廂內打開裝入白米飯糰的便當，讓父親相當難為情。

「這可不是黑市買來的米，是施主們寶貴的心意，我們只要心懷感激，開心地收下就好。」

父親好像故意說給四周的人聽見一樣，說完才拿起一顆不怎麼大的飯糰咬下一口。

我總覺得這班被煤煙燻黑的老舊列車並非開往京都，而是朝向死亡車站前進。一旦有了這樣的念頭，我忍不住覺得每當行經隧道，車廂內瀰漫的黑煙，儼然就像火葬場的味道。

……然而，待我終於站在鹿苑寺總門前時，心中不禁雀躍了起來。因為我即將看到這世上最美的事物。

太陽西下，群山環繞在彩霞之間。幾名遊客和我們父子倆先後鑽過總門。入門左方有座鐘樓坐落在一片梅林裡，梅樹枝上還掛著殘花。

父親站在門前種植著高大麻櫟的本堂正門外，請求引見住持。但因住持有訪客，要我們暫候二、三十分鐘。

「我們趁這段時間去看看金閣吧！」父親說道。

父親大概是想讓身為兒子的我瞧瞧，他可以靠面子免費入內參觀。但售票亭和販售護身符的人員，以及在門口檢驗票券的員工，已經不是十幾年前父親常來時的老面孔了。

「下次再來的時候，可能又會換一群人吧？」

父親露出心寒的表情。而我感受到父親已經不確定自己能否「下次再來」了。

但是，我故意表現出一副少年的模樣（只有這種時候，只有故意演戲的時候，我才像個少年），朝氣蓬勃地站在他前方，拔腿向前奔。我朝思暮想的金閣，就這樣輕易在我眼前展現出它的全貌。

我站在鏡湖池邊，金閣隔著池水，正面暴露在西斜的夕陽下。漱清亭半隱藏在金閣左側。金閣精緻的投影，落在漂浮著藻類和水草的池面上，使投影看起來，更臻完美。池水反射夕陽，倒映在各層屋簷內側搖曳粼粼波光。比起四周的明亮，屋簷內側的倒影更加炫目鮮明，宛如誇張強調遠近法的繪畫，給予金閣一種傲視天下的感覺。

「怎樣？漂亮吧？一樓叫法水院，二樓叫潮音洞，三樓叫究竟頂。」

父親將病得瘦骨嶙峋的手搭在我肩上。

我變換各種角度，也側著頭眺望。心中卻引不起任何感動。那只不過是一棟老舊髒汙的狹小三層建築。屋頂上的鳳凰，也只像隻烏鴉停在上頭。豈止是美，甚至給人一種令人心神不定的不協調感。我不禁暗忖，所謂的美，難道其實是如此醜陋的東西嗎？

如果我是個謙虛好學的少年，必定會在失望前，先悲嘆自己的鑑賞目光差強人意吧。然而，我心中原先預期著無與倫比的美硬生生遭到背叛，痛苦完全奪去了我的反省能力。

我思索著或許是金閣虛掩它的美，幻化成其他形態了。美有可能為了保護自己，欺瞞人們的目光。我必須更加接近金閣，清除使它在我眼中顯得醜陋的障礙，一一檢查細部，親眼見證美的核心。既然我只相信眼睛所見的美，那麼採取這種態度也是理所當然。

父親引領我畢恭畢敬地踏上法水院的外廊。我首先看見安放在玻璃箱下、精巧的金閣模型。這個模型甚得我心。因為它更接近我夢寐以求的金閣。大金閣內部容納著一模一樣的小金閣，令我想起——宛如大宇宙中存在著小宇宙般——無限的呼應。我第一次看見了幻影。看見比這模型更加小巧且完美無瑕的金閣，以及比真實的金閣更無限巨大，幾乎足以包覆全世界的金閣。

只可惜，我的雙腳無法永遠停駐在模型前。父親緊接著帶我到聞名遐邇的國寶義滿像前。人們以義滿剃度後的名字，稱呼那尊木像為鹿苑院殿道義之像。

在我眼中，那不過是個被煙燻黑的奇妙偶像，感受不到一絲的美。其後，即使我們登上二樓的潮音洞，看了天花板上那幅據說出自狩野正信⑧之手的天人奏樂圖；甚至登上三樓的

⑧ 狩野正信（一四三四—一五三〇）：室町時代的畫家，狩野派始祖，擅長水墨畫。

究竟頂，看見殘留四處的斑駁金箔痕跡，我也不覺得它美。

我憑靠在細細的欄杆上，心不在焉地俯視水面。池子在夕陽輝映下，彷彿生鏽的古代銅鏡，金閣影子直直倒映其上。水草和藻類的深處，映照出黃昏的天空。池中向晚的天空，與我們頭頂上的天空截然不同。水池裡的天空澄明、滿溢寂光，從下方、從內側完全吞噬地上的世界；金閣就像鏽黑的巨大純金船錨，沉沒其中。

住持田山道詮和尚與父親是在禪堂修行時結識的朋友。道詮和尚與父親一同經歷三年禪堂生活，生活起居形影不離。他們都是在據說由義滿將軍建立的相國寺專門道場修行，經歷傳統的低頭修行（庭詰）和三日打坐儀式（旦過詰），才成為相國寺僧侶的一員。不僅如此，直到許久之後，道詮法師有次心血來潮，還曾提及他和父親不但是同甘共苦修行佛法的摯友，而且還經常在就寢時間之後，翻越外牆出去尋花問柳、花天酒地。

我們父子倆參拜完金閣後，再次折回本堂正門前，寺方人員引領我們穿過寬敞的長廊，來到大書院的住持房間，從這裡放眼望去，庭園裡遠近馳名的陸舟松一覽無遺。

我穿著學生制服端正地跪坐下來，全身僵硬拘謹；然而，父親來到這裡後，整個人似乎輕鬆多了。父親和這裡的住持雖然師出同門，但他們的福氣卻天差地遠。父親病弱，一臉窮酸，肌膚蒼白；道詮和尚看起來則像桃紅色的糕點。不愧是如此金碧輝煌、香火鼎盛的寺廟，和尚桌上堆滿了來自四面八方的包裹、雜誌及書信等，全都尚未開封。和尚以胖嘟嘟的手拿起剪刀，靈巧地拆開其中一個包裹。

「這是東京寄來的糕點。據說現在這種點心很稀有。店裡買不到，只獻給軍方和政府機關哩。」

我們啜飲著抹茶，邊品嘗從未吃過的西式餅乾。我吃的時候越是緊張，餅乾碎屑就掉落越多在我光亮的黑色斜紋毛呢制服膝上。

父親和住持對軍方及官僚只重神社而輕寺廟——豈止輕視，甚至是壓迫——憤慨不已，議論了今後該如何經營寺廟的問題。

住持微胖，臉上當然有皺紋，但他連道皺紋深處也洗得乾乾淨淨。他臉圓，只有鼻子很長，形狀就像流出來的樹脂凝固成型。臉雖然長成這副模樣，不過剃得精光的頭型威嚴十足，彷彿精力全凝聚在頭上，只有頭部最具野性。

父親和住持的話題，轉到兩人還居住在僧堂時的往事。我遠眺著庭院裡的陸舟松。只見巨松樹枝低垂，呈船形，唯有船首的樹枝高高挺起。臨近閉園時間，來了一群觀光客，隔著圍牆從金閣的方向傳來陣陣喧譁。他們的腳步聲和人聲彷彿被春天向晚的天空吸收了，聲音聽起來並不尖銳刺耳，帶著柔和圓潤的感覺。腳步聲又如海潮般逐漸遠去，儼然就像匆匆走一遭人世的眾生步伐。我抬頭凝視金閣頂上那隻沐浴在夕陽餘暉下的鳳凰。

「這孩子……」我聽見父親說話的聲音，回頭看向父親。在幾乎已無光的昏暗室內，父親將我的未來托付給了道詮法師。

「我想我已經不久人世了，到時候這孩子就拜託你了。」

道詮法師不愧是出家人，他並沒有說什麼敷衍的話安慰父親。

「好。我來負責。」

我震驚的是，他們兩人之後愉快地談論起各個名僧之死的軼聞。據說，某位名僧說了一句「啊啊，我還不想死」，就過世了；某位名僧就像歌德一樣，說了一句「給我更多的光明」，便撒手人寰。據說還有一位名僧在死前，仍忙著計算自己寺廟的錢財。

住持請我們吃了一頓佛家稱為藥石的粥當晚餐，當晚我們在寺廟裡暫住一宿。晚餐後，我催促父親再去看看金閣。因為月亮已高掛夜空。

父親與住持久別重逢，心情非常激昂。他本來早已疲憊不堪，但是一聽見金閣兩字，便喘著氣、抓住我的肩膀跟著我走。

月亮從不動山山麓升起。金閣背面沐浴在月光下，層層疊疊地投射出昏暗而複雜的影子，靜謐無聲；唯有究竟頂上的鐘形木窗，瀉出光滑明亮的月影。由於究竟頂內沒有隔間，月色一覽無遺，我彷彿覺得朦朧的月亮就住在那裡。

池上的蘆葦草叢裡夜鳥高啼，騰空飛起。我感受到父親瘦骨嶙峋的手壓在我肩上的重量。我將目光落在肩膀上，在月光明暗變化下，我看見父親的手轉變成白骨。

＊

當初令我失望透頂的金閣，在我回到安岡後，隨著日子過去，它的美又再次在我心中漸漸復甦；不知不覺竟成了遠比以前更美的金閣。我無法形容它什麼地方美。看來在夢想中培養茁壯的幻象，經過現實的修正，反過來開始刺激著夢想。

我不再繼續對偶然映入眼簾的風景和事物，追求金閣的幻影。金閣漸漸變得深刻、堅固並確實存在。金閣的每一根梁柱、鐘形木窗、屋頂、頂上的鳳凰，清晰浮現在我的眼前，彷彿伸手可及。金閣精巧的細節和複雜的全貌相互呼應——就像想起音樂的一小節，樂曲的全貌就會自然流瀉而出一樣——即使隨意取出一小部分，金閣的全貌也會如音樂繞梁，久久迴盪在腦海之中。

「父親您曾說人世上最美的景物是金閣，所言甚是。」

我第一次寫信給父親。父親將我帶回叔父家後，立刻返回了寂靜的海角寺廟。

母親給我回了一封電報。父親咳了很多血，過世了。

二

我真正的少年時代，隨著父親的過世告終。我對於自己的少年時代，完全欠缺對他人的關心而感到驚愕。我甚至發現自己對父親的死絲毫不悲傷。這樣的情感，或許不能稱為驚愕，而是某種無能為力的感懷。

我趕回家時，父親遺體已經入殮了。因為我徒步走到內浦，再搭船沿海灣回到成生，花了整整一天的時間。時值梅雨季前，鎮日豔陽高照。待我見完父親最後一面，靈柩便匆匆運往位於荒涼海角的火葬場，在海岸邊燒掉了。

鄉野寺廟住持之死，可謂異樣。以異樣描述，再適當不過。住持可以說是當地的精神支柱，是家家戶戶信徒的監護人，看著每一位施主各自走完不同的人生，同時也是他們死後可以委託後事的人。那樣的他在寺廟裡死了。給人忠於職守、鞠躬盡瘁的感動；也給人一種犯下過失的感覺，就好比四處教人如何赴死，卻在親自示範時失誤不慎死亡一樣。

實際上，父親的靈柩準備得面面俱到，感覺遠超越他應有的待遇。母親、小沙彌及施主們齊聚在靈前哭泣。小沙彌結結巴巴地誦經，彷彿還想仰賴躺在靈柩裡的父親指示。

父親遺容埋在初夏的繁花下。一朵朵鮮花仍嬌嫩得令人毛骨悚然，就像在窺探著井底。因為死者遺容從活人面孔所擁有的存在表面無限凹陷，只留下的面具輪廓般的東西面對我們，陷落至再也提不起來的深處。沒有比遺容更能如實地告訴我們：所謂的物質，距離我們多麼遙遠，而物質存在的方式又是多麼遙不可及。精神透過死亡變化成了物質，才讓我終於得以接觸到那樣的局面。現在我漸漸理解五月的繁花、太陽、書桌、學校、鉛筆……這些物質為什麼對我如此陌生、距我如此遙遠。我彷彿明白了那個道理。

母親和施主們在一旁看著我向父親致上最後的告別。然而，這句話就像暗示著以生者世界類推死亡應有的模樣，我頑固的心並不接受。我不是在向遺體告別，我只是望著父親的遺容。

遺體動也不動地接受我的注視。而我也只是茫然地看著他。觀看這件事，正如平時那些無意識的行為；觀看這件事，既是生者權利的證明，也是顯示出生命的殘酷。對我而言，是個歷歷在目的體驗。少年既未大聲歌唱，也未四處奔跑呼喊，就這樣學到了如何確認自己的生命依舊存在。

我本是個自卑的人，但那時候，我竟能露出未流下半滴淚水的開朗表情，轉向在場的施主們而不覺羞愧。寺廟坐落在濱海山崖上。日本海海面上翻騰的夏日雲彩形成一堵高牆，阻擋在前來弔唁的客人背後。

出殯的誦經開始，我也加入其中。本堂昏暗無光。掛在柱子上的布幔、垂在佛壇門上橫板的雕刻，以及香爐、花瓶等器物，在忽明忽暗的燈光下閃爍光彩。海風不時輕撫而來，吹得我僧衣下襬鼓起。我正在誦經的眼角裡，不斷感受到夏日雲彩精雕細琢下綻放出來的強烈光芒。

戶外猛烈的光線，毫不停歇地照射在我半張臉上。耀眼輝煌的侮蔑。

——送葬隊伍再走一、兩百公尺就抵達火葬場，這時突然下起雨。幸好走到一戶好心的施主家門前，一行人和靈柩得以一起入內避雨。雨下個不停。送葬隊伍必須前進。因此只好準備雨具給所有人，並用油紙覆蓋靈柩，運送到火葬場。

那裡位於朝村莊東南方凸出的海角盡頭，一個淨是石子的小海灘上。因為焚燒的煙灰不會吹向村莊，因此自古以來這裡就被人們當成火葬場。

海邊的波濤特別洶湧。波濤翻騰捲起層層浪花，同時，雨點不斷刺進不平靜的水面。黯淡的雨，冷靜地刺穿非同小可的海面。海風呼嘯，突然將雨颳到荒涼的岩壁上。雪白的岩壁像是被噴上墨汁，變得烏黑。

我們穿過隧道，抵達火葬場。工人們還在為火葬準備，我們先躲進隧道避雨。

從火葬場看不見任何海景。只有波濤、淋濕的黑石和雨水。澆上燃油的靈柩呈現鮮豔的木頭原色，被雨滴敲打著。

火點著了。當初為了將死的住持，事先準備充足的配給燃油，因此熊熊火焰逆天而上，反倒吞噬了雨滴，發出陣陣鞭笞聲。層層濃煙中，白晝的火焰透明卻清晰可見。煙塵濛濛，漸漸被吹向山崖另一邊；那瞬間，只有形狀端麗的火焰在漫天大雨中巍然直立。

突然響起一陣東西爆裂的驚人巨響。棺蓋彈了起來。

我望向身旁的母親。母親雙手抓著念珠站在那裡。她的表情十分僵硬，整個人彷彿凝固縮小到甚至可以握入掌心。

*

我依照父親的遺言來到京都，成了金閣寺的弟子。我跟隨住持修行，剃髮為僧。學費由住持提供，取而代之的是我必須負責打掃環境和照顧住持。就像俗世那群以勞務換取食宿、寄居他人家中的窮學生。

入寺後不久，我立刻發現挑剔的舍監接獲徵召入伍，寺廟裡只剩一群老小。這時，我才如釋重負。因為他們不會像俗世的中學那樣，只因為我是和尚的兒子就捉弄我，這裡的人跟我都是同類。……唯一的不同，只有我口吃，而且比大家稍微醜陋點而已。

我從東舞鶴中學輟學後，在田山道詮和尚的建議下，轉學進入臨濟學院中學就讀。從再過不到一個月便開始的球季學期起，我得每天來回寺廟與學校之間。但我知道學校開學後，同學們會立即被分派到某處的工廠去工作，生產物資。現在，我面前的新環境，只剩下短短幾週的暑假。我服喪期間的暑假、昭和十九年（一九四四）時值戰爭末期，寂靜得不可思議的暑假……寺廟弟子過著紀律嚴謹的生活，但是對我而言，那就像是我人生最後一次、無可取代的休假。直到現在，我還能聽見那個夏天的蟬鳴。

……闊別數月再見的金閣，在晚夏的陽光中，沉靜無聲。

我剛剃度，頭頂上一片青。空氣緊貼在頭頂上的感覺，就好像自己腦袋中思考的事物，隔著一層薄而敏感又脆弱的皮膚，與外界的物像接觸，是一種莫名危險的感覺。

我頂著光溜溜的頭腦仰望金閣，感覺金閣不僅透過我的雙眼，甚至也從我的頭腦滲透進來。就像腦袋瓜子被太陽曬得熱燙，在晚風吹拂下頓時又變得沁涼一樣。

「金閣啊！我終於來到你身邊住下了！」我有時會停下握著掃帚的手，在心中呢喃。「用不著現在說也沒關係。希望有朝一日，你能向我打開心房，對我坦白你的祕密。我現在還看不見你的美，或許再過陣子就能清楚看見。希望真正的，比我心中幻想的金閣更加美麗清晰。另外，既然世上沒有其他事物比得過你的美，那麼請告訴我，你為何會如此美麗？又為何必須維持著美貌？」

那年夏天的金閣，以不斷傳來壞消息的混沌戰況為餌食，顯得更加光采動人。六月，美軍登陸塞班島，同盟國部隊登陸諾曼第，長驅直入。入寺參拜的人數明顯減少，金閣卻似乎很享受這樣的孤獨和寂靜。

戰亂和人心惶惶、堆積如山的屍體與大量鮮血，豐富了金閣的美，可謂再自然不過。因為金閣原本就是由動盪不安築起的建築，是以一名將軍為中心，集結許多黑心人士密謀企劃而成的建築。美術史學家眼中只看見建築樣式折衷融合的雜亂三層設計，無疑是來自令人不安的要素結晶融合，自然形成如此的建築樣式。假使只單用一種穩定的建築樣式，毫無疑問地，金閣恐怕早就承受不了那樣的不安而崩潰坍塌了。

……即使如此，我仍時常停下握著掃帚的手仰望金閣，我對存在於眼前的金閣甚是不可思議。某個晚上，我和父親一同造訪此處，當時的金閣反而不曾給我這樣的感覺；然而，一想到今後漫長歲月裡，金閣隨時都會出現在我眼前，我便難以置信。

我居住在舞鶴時，總覺得金閣恆常地坐落在京都一角；但是，住進這裡後，金閣只有在我望向它的時候，才會出現在我眼前。晚上睡在本殿時，我彷彿覺得金閣不存在。因此，我每天不時前去眺望金閣，遭到師兄弟嘲笑。無論看多少遍，我還是覺得金閣的存在著實不可思議。於是，看完金閣後，折回本殿的路上，我總覺得如果猛然轉身再瞧它一眼，金閣就會如尤麗狄絲一樣頓時消失無蹤。

某天，我打掃完金閣周邊，為躲避燠熱的朝陽，我走進後山，爬上通往夕佳亭的小徑。時間正值開園前，四處不見人影。一隊大概是舞鶴航空隊的戰鬥機低空掠過金閣上方，留下懾人的轟天巨響遠去。

後山上有一座人跡罕至、覆滿水藻的水潭，人稱安民澤。池中有個小島，上頭立著一座名叫白蛇塚的五重石塔。那一帶的清晨，充滿鳥兒此起彼落的啁啾，卻看不見鳥兒身影，彷彿是由整片林子發出悠揚鳥語。

池子前，夏草繁茂。小徑以低矮的柵欄劃分出那塊草地。一名身穿白襯衫的少年躺在草地上。他將竹耙輕倚在身邊低矮的楓樹上。

少年氣勢十足地起身，宛如要一把拂去飄蕩在草地上的夏日清晨潮濕空氣；他看著我說：

「原來是你啊！」

少年姓鶴川，是昨晚才在別人介紹下認識的。鶴川家位於東京近郊，是座香火鼎盛的寺廟。他老家給他送來很多學費、零用錢和糧食，只是為了讓他體驗弟子的修行生活，才透過住持將他托給金閣寺。他暑假期間返鄉了，昨晚提早回到金閣寺來。站在池畔、以東京口音說話的鶴川，從秋天起將成為我在臨濟學院中學的同學。從昨晚見識到他滔滔不絕又直言不諱的說話方式，就已使我感到畏懼。

而現在，一聽到他說「原來是你啊！」，我就嚇得啞口無言。他卻似乎將我的默不吭聲，解讀成一種責備。

「你不用那麼認真打掃，沒關係啦。反正，參觀的遊客一來就會弄髒。何況，遊客也不多啊。」

我咧嘴一笑。我無意識地流露出無可奈何的笑容，對某些人而言，似乎成了萌生親切感的種子。就像這樣，我總是無法對自己給予別人的印象細節負責。

我跨過柵欄，坐在鶴川身旁。鶴川又躺了下去，曲起手臂為枕；他雙臂外側被太陽曬得黝黑，內側卻白得透出靜脈。晨光透過樹葉縫隙，將青草淡綠的影子撒落一地。我憑直覺便知道這個少年不會像我一樣深愛著金閣。因為我不知不覺間，將我對金閣的偏執，全歸咎於自己的醜陋了。

「聽說你父親過世了？」

「嗯。」

鶴川迅速轉動他的眼珠子，毫不隱瞞地露出少年熱衷推理的神情，對我說：

「你之所以這麼喜歡金閣，是因為一看見它，就會想起你父親，對吧？比方說，你父親生前也非常喜歡金閣之類的。」

他猜中了一半，但是我對於自己聽見他的推理還能無動於衷、面無表情，感到有點得意。鶴川的興趣，就像喜歡製作昆蟲標本的少年一樣，老愛將人們的感情分門別類，整齊收藏在自己房間井然有序的小抽屜裡，再不時取出來，實地測試檢驗。

「你父親去世，一定讓你很傷心吧？所以你才會顯得那麼寂寞。昨晚我們第一次見面，我就有那種感覺了。」

我一點也不想反駁他。他一說我很寂寞，我就從對方認定我寂寞的感想中，贏得了某種安心和自由，便脫口說出：

「沒什麼好傷心的。」

鶴川張開眼睛，令人心煩的長睫毛高高揚起，他望著我說：

「是喔……那麼，你是憎恨你父親嗎？至少是討厭他吧？」

「我沒說我恨他，而且也不討厭他……」

「咦？那你為什麼不傷心？」

「沒有為什麼。」

「我真搞不懂你。」

鶴川碰上難題，又從草地上坐起來。

「那麼，你是不是有其他更傷心的事？」

「我不懂你想說什麼。」

我話才說完，便不禁反省：我為何喜歡引起別人的猜測？對我自己而言，那些事情理所當然，根本不值得猜疑。因為我的感情也會口吃。我的感情總是遲了一步。結果造成父親的死和悲傷感情互相孤立，兩者互不侵犯也毫無關聯。我的感情和事件，總是因為時間上的不一致或些許延遲，而被拉回七零八落的狀態；恐怕我的感情，在本質上就是零散的狀態吧。如果我也有悲傷這種情感，那麼它應該與任何事件及動機都無關，而會突如其來且毫無理由地朝我襲來吧。

……何況我無法對眼前的新朋友說明這一切。鶴川終於忍不住笑出來。

「你真是個怪胎！」

他白襯衫下的腹部不停起伏。灑落其上的陽光，使我感到幸福。我的人生激起了漣漪，就像這傢伙襯衫上的皺褶。話說回來，這件皺巴巴的襯衫為何如此潔白耀眼呢？……難道我也跟它一樣嗎？

禪寺不比俗世，有自己的規矩。因為正值夏天，每天清晨最晚五點起床。佛門將起床稱為「開定」。起床後立刻上早課誦經，稱為「三時回向」，即誦經三次。接著，打掃室內，用抹布全擦拭過一次。打掃完畢後吃早餐，稱為「粥座」。誦完〈食粥偈〉後才能開始吃粥。

粥有十利
饒益行人
果報無邊
究竟常樂

飯後進行如除草、打掃庭院、劈柴之類的雜務。待學校開學後，做完雜務就是上學時間。放學回來不久，就進晚餐。晚餐後，住持偶爾會向我們講授經典。九點「開枕」，也就是就寢。

我每日作息如上所述，每天起床的信號，是「典座」，即廚房伙夫搖鈴的聲音。

金閣寺，也就是鹿苑寺中，本來應有十二、三人。但是因為徵召入伍，或是戰備徵用，剩下的只有七十多歲、身兼導覽和售票的員工，一個負責伙食、年近六十的婦人，還有總管、副總管，加上我們弟子三人而已。老人們已經風燭殘年，少年們說明白點都還是小孩。總管又稱為副司，光會計的工作就忙不過來。

幾天後，我分配到送報至住持（我們稱之為老師）房間的工作。報紙會在早課後打掃完畢時送來。只有少數幾人，又要在極短時間內打掃房間數量多達三十間的寺廟，並擦拭所有走廊，工作難免落得草率。有次，我從大門口拿起報紙，行經「使者間」前廊，從客殿後面繞了一圈，再穿過房間之間的走廊，來到老師所在的大書院。看得出一路上的走廊都是隨意拿半桶水潑灑在地板上，再用抹布擦過而已，所以地板凹陷處隨處可見積水。在朝陽照射下，積水閃閃發光，連腳踝都被水沾得濕漉漉。因為正值夏天，我還覺得很舒暢。來到老師房間，得跪坐在紙門前，向裡頭喊一聲「打擾了」，待老師回答一聲「唔唔」之後，才能進入房間。其他師兄弟教我一個訣竅，先用僧衣下襬將沾濕的腳丫擦拭乾淨，再進老師房間。

我嗅著印刷油墨散發出俗世鮮明濃烈的氣味，偷偷看了看報紙上的大標題，加快腳步走過走廊，意外看到「帝都空襲勢在必行嗎？」的大標題。

或許有人覺得奇怪，但是在那之前，我從不曾將金閣和空襲聯想在一起。塞班島淪陷後，日本本土遭受空襲在所難免；京都市部分區域也趕緊進行強制疏散。即使如此，在我心中，金閣這個半永恆的存在和空襲的災難，彼此毫無交集。我感覺金剛不壞的金閣與科學性的戰火，深知彼此性質截然不同，它們一旦相遇，便會迅速錯開身子閃躲。……可是，不久後，金閣終究會毀於空襲戰火也說不定。再這樣下去，金閣無疑將化為灰燼。

……自從我心中產生這樣的念頭後，金閣再度增添不少悲劇性的美感。

那是學校開學前一天，夏日的最後一個下午。住持受託，帶著副總管到某地進行法事。鶴川邀我去看電影。我興致缺缺，使他也突然失去了興致。鶴川很容易受人影響。

我們兩人請了幾個小時的假，在卡其長褲外纏上綁腿，戴著臨濟學院中學的制服帽子，走出本堂。夏日豔陽高照，不見半個參拜的遊客。

「我們去哪裡？」鶴川問道。

我回答他，出門之前，我想先去好好看看金閣，因為說不定明天起，就無法在這個時間觀看金閣了。或許在我們去工廠工作的期間，金閣就遭到空襲，毀於祝融。鶴川露出目瞪口呆又不耐煩的表情，聽著我結結巴巴說出著莫名其妙的藉口。

說完想說的話，我就像說了什麼可恥的事一樣滿頭大汗。只有面對鶴川時，我才敢坦誠說出自己對金閣異樣的執著。但是，鶴川臉上只有人們努力想聽清楚我含糊不清的話語時，常見的那種焦躁感。

我迎面撞上這樣的面孔。當我娓娓道出重要的祕密時、當我激昂地傾訴對美的感動時、或當我向對方掏心掏肺時，遇見的就是這種面孔。一般來說，人類不會對其他人露出這樣的神情。那張面孔無可挑剔地模仿並忠實呈現出我滑稽的焦躁感，換言之，它變成我一面令我畏懼的鏡子。不論再怎麼美麗的臉龐，這時都會變得跟我一樣醜陋。我看見那表情的瞬間，原本想表達出來的重要想法都會落得如瓦片般毫無價值。

夏季的猛烈日光，直射在鶴川和我之間。鶴川青澀的臉龐上，閃爍著油光，根根分明的睫毛也在陽光下燃起金光，鼻孔因為悶熱的空氣而撐大。他等著我把話說完。

我說完了。說完的同時，也感到惱怒。因為我從第一次見到鶴川後，他一次也不曾取笑過我的口吃。

「為什麼？」

我追問他。正如我一再的敘述，嘲笑和侮辱遠比同情更合我的意。

鶴川嘴角浮現難以言喻的溫柔微笑。對我這麼說：

「因為我本來就對那些事情一點也不在意啊！」

我受到震驚。我成長在鄉野粗鄙的環境下，不知道還有這種溫柔。鶴川的溫柔告訴了我，從我的存在中去除掉口吃後，我依然還是我的這個新發現。我全身上下頓時體會到擺脫束縛、赤裸裸的快感。鶴川那對以長睫毛畫出輪廓的眼睛，從我身上過濾掉口吃，接受了我最真實的樣貌。過去的我，總莫名其妙地深信，如果有人無視我的口吃，等於直接抹殺了我的存在。

……我感受到感情的和諧與幸福。我永遠忘不了當時眼中所見的金閣情景，也不足為奇。我們倆鑽過售票口正在打瞌睡的老人面前，沿著圍牆快步走過不見人影的路，來到金閣之前。

……回憶至今依舊歷歷在目。兩個腳上纏著綁腿、身穿白襯衫的少年，並肩站在鏡湖池畔。金閣就聳立在兩人面前，中間沒有任何隔閡。

最後的夏日、最後的暑假、最後一天……我們的年少歲月，立在目眩神迷的尖端上。金閣也跟我們一樣立在尖端上，和我們面對面談話。對空襲的期待，竟讓我們與金閣如此接近。

晚夏靜謐的日光，在究竟頂屋頂貼上金箔；傾瀉而下的光芒，讓金閣內部充滿了黑夜般的昏暗。過去，這棟建築不朽的時間壓住我、阻隔我。然而，它最終將被燒夷彈烈火焚身的命運，逐漸靠向我們的命運。金閣或許會比我們早一步毀滅。這樣一想，我不禁覺得金閣和我們一樣有生命，活在相同的世上。

環繞金閣種滿赤松的群山，籠罩在蟬聲之中。彷彿無數看不見的僧人正在詠唱消災咒。

「佉佉。佉呬佉呬。吽吽。入嚩囉入嚩囉。鉢囉入嚩囉鉢囉入嚩囉。」

我暗忖，這座美麗建築不久的將來將化為灰燼。於是心象裡的金閣和現實中的金閣，便如將透光描繪在絹布上的畫，重疊在原畫上一樣，細節漸漸重疊融合。屋頂與屋頂、凸出池面的潄清亭與潄清亭、潮音洞的勾欄與勾欄、究竟頂的鐘形木窗與鐘形木窗，全吻合重疊在一起。金閣不再是屹立不動的建築。金閣幻化成現象界中虛無的象徵。這麼一想，現實中的金閣，變成了不亞於心象中金閣的美麗景物。

明天，天上或許會降下大火，將細長的柱子、優雅的屋頂曲線全燒成灰燼，讓我們再也看不見金閣。然而，我眼前的它，細緻迷人的身影，依然沐浴在炎夏烈火般熾熱的陽光下，泰然自若。

山邊聳立著一朵莊嚴的雲彩，就像父親出殯前，在靈堂前誦經時的我眼角看見的景色。雲彩綻放出積鬱的光，俯瞰著這座精巧的建築。金閣在強烈的晚夏陽光下，失去了細節的雅趣，內部依然籠罩在昏暗冰冷的黑暗中。看起來就像靠著它神祕的輪廓，拒絕四周耀眼輝煌的世界。只剩屋頂上的鳳凰，生怕被太陽曬得站不住腳，伸出尖銳的爪子，緊緊抓住台座。

對我凝望金閣許久感到不耐的鶴川，撿起腳邊的小石子，以熟練的投球姿勢，朝鏡湖池中的金閣倒影中央扔出去。

漣漪推著水面上的水藻向外擴散，美麗精緻的建築倒影瞬間瓦解。

*

從那之後直到戰爭結束的一年之間，是我和金閣最親近、最掛心它的安危，以及最沉溺在金閣之美的時期。應該說是我將金閣往下拉到跟我一樣的高度，在那樣的假設下，我就能大膽無畏放手去愛金閣的時期。我當時尚未受到金閣的負面影響，也仍未受到它的毒害。

我和金閣在這人世上的共同危難，激勵了我。因為我找到了將美與我連結在一起的媒介。我感受拒絕我、疏離我的世界，和我之間架起了一座橋。

燒死我的火焰，必定也會燒毀金閣。這樣的想法幾乎令我陶醉。注定死在相同的災難、一樣不吉利的火焰中，金閣和我所居住的世界變成了同一個次元。金閣雖堅固，卻和我脆弱醜陋的肉體一樣，擁有由碳組合而成的易燃肉體。這麼一想，我突然覺得可以像逃跑的盜賊吞下昂貴寶石，隱匿起來一樣，將金閣藏在我的肉體、組織內潛逃。

想想那一年期間，我並未習經、也沒讀書，成天都在上道德教育、軍事訓練和武術，或是去幫忙工廠生產物資及強制疏散民眾。戰爭助長了我容易作夢的性格，人生距離我更遙遠了。對我們少年而言，所謂的戰爭是一個宛如夢境、不具實體卻又令人慌張的體驗，就像將人生意義隔絕在外的隔離病房。

昭和十九年（一九四四）十一月，B29型轟炸機對東京展開第一次轟炸的當下，我心想或許京都明天也將遭遇空襲。京都全市陷入火海，成了我不可告人的夢境。這座古都長久以來保護著那些過分古老的東西，維持原有的姿態，以至於許多神社佛閣早已忘卻京都的記憶中，也曾燃起灼熱的灰燼。我一想像起應仁之亂如何使京都陷入荒蕪，便覺京都因為忘卻戰火帶來的不安太久，使它喪失了幾分的美。

或許明天金閣就慘遭祝融吧？那個充滿空間的形態也會喪失吧？到時候，屋頂上的鳳凰將會像不死鳥般重生飛翔吧！而被束縛在形態中的金閣，將會輕盈地拋開它的錨，無所不在地現身各處，滴著微光，漂蕩在湖上、在海面黑暗的浪潮上吧！

可惜我等了又等，京都始終沒遭到空襲。翌年三月九日，傳來東京老街一帶化為一片火海的消息，然而災禍離京都很遠，京都上方只看得見早春澄淨的天空。

我絕望地等待，並深信早春的天空就像亮晶晶的玻璃窗，不讓人窺視內部，但內部隱藏著大火和破滅。正如前述，我對他人的關心極其淡薄。父親的死和母親的貧窮，也幾乎不能左右我的內心。我幻想著天空就像某種巨大的壓榨機，將災禍、大破局、席捲所有人類的悲劇，不分人類或物質、醜陋或美麗，置於同一條件下全部壓碎。早春天空異常的燦爛光彩，就像覆蓋大地的巨斧刀刃閃現的寒光。我等待巨斧揮落，快得甚至令人無暇思考。

我至今仍然感到不可思議。我原本並未受限於黑暗的思想。我所關心的、上天給予我的難題，理應只有美才對。我並不認為是戰爭影響了我，使我懷抱黑暗的思想。如果人類只鑽牛角尖思索美的問題，就會在不知不覺間撞上世界上最黑暗的思想。那大概是人類的天性。

我想起戰爭末期，發生在京都的一段插曲。那件事簡直令人無法置信，但目擊者不只我一人。還有鶴川在我身邊。

那天停電，我和鶴川一起前往南禪寺。我們不曾造訪過南禪寺。我們橫越寬廣的車道，度過跨越傾斜軌道上的木橋。

五月的某個晴朗日子。傾斜軌道已廢棄許久，拉船上岸的斜坡軌道上全是鐵鏽，鐵軌幾乎埋沒在雜草裡。雜草裡的十字形小白花隨風搖曳。連架設傾斜軌道的斜坡都積滿汙水，軌道兩旁繁花落盡，只剩嫩葉的櫻花樹，在積水上投下滿滿的倒影。

我們站在小橋上，茫然地凝望著水面。如此短暫而毫無意義的時間，卻在戰爭的種種回憶中，留下鮮明的印象。無所事事、放空心靈的短暫時間，就像偶爾從雲層中露面的藍天一樣無處不在。那樣的時光，就如快樂的回憶般深切而鮮明，確實令人想不透。

「真美啊。」

我又毫無意義地微笑。

「嗯。」

鶴川也望著我微笑。我們深深感受到這兩、三個小時是屬於我們的時間。布滿碎石的寬闊道路向前綿延，路旁有條水溝，美麗的水草在清澈水面上蕩漾。走著走著，遠近聞名的山門便矗立在我們前面。

寺內遍尋不見人影。一片新綠中，點綴著許多塔頭的屋脊，銀鏽色的巨大書本倒扣在地，美不勝收。所謂戰爭在這瞬間，又算得上什麼？在某場所、某個時間，戰爭不過是存在於人類意識中的怪異精神性事件。

據說當年石川五右衛門⑨腳踏樓上的欄杆，讚嘆滿目繁花，大概就是在這座山門上吧。雖然櫻花已落盡，樹上只有嫩葉，我們還是懷著孩童般的心情，想跟五右衛門擺出一樣的姿勢眺望美景。我們付了一點入場費，爬上已變得黑漆漆的木頭階梯。階梯很陡。爬上最頂端的樓梯轉角處時，鶴川的頭撞上低矮的天花板。我忍不住取笑他，沒想到自己也立刻撞上天花板。我們倆轉彎，爬上階梯，就來到了樓上。

從地窖般狹窄的階梯上來，突然投身在壯闊景觀下的緊繃情緒，令人心暢神怡。我們盡情享受錯落的葉櫻與松樹、坐落在山腳下家家戶戶另一邊的平安神宮森林、京都市街盡頭朦朧的嵐山，以及北方貴船、箕裏、金毘羅等層層山巒的景致，之後才像個佛門弟子，脫掉鞋襪，恭敬地進入佛堂。昏暗的佛堂裡鋪上二十四張榻榻米，釋迦像置於中央，十六羅漢的金色眼瞳在黑暗中閃閃發光。這裡叫五鳳樓。

南禪寺同為臨濟宗，但不同於隸屬相國寺派的金閣寺，為南禪寺派總院。我們來到同宗異派的寺廟裡，卻像普通中學生一樣，一手拿著導覽，來回走動欣賞據說出自狩野探幽守信和土佐法眼德悅⑩筆下的那片色彩斑斕的天花板壁畫。

天花板一邊，畫了飛空天人演奏琵琶與吹笛。另一邊天花板上繪有手捧白牡丹展翼高飛的迦陵頻伽。迦陵頻伽是棲息於天竺雪山上的妙音鳥，上半身為豐滿的女子姿態，下半身為鳥。而天花板中央畫了一隻華麗的七彩鳳凰，與金閣頂上的鳥同是鳳凰，卻和威嚴十足的金鳥截然不同。

我們屈膝跪在釋迦像前，合掌膜拜，然後走出佛堂。但是，我們捨不得離開山門樓上，便倚靠在上來時的階梯旁，面向南邊的欄杆。

我莫名感受到有個美麗的彩色小漩渦。我猜想，可能是剛才那面色彩斑斕的天花板壁畫留下的殘影。凝聚了豐富的色彩，就像一隻近似迦陵頻伽的鳥，躲藏在一整面長滿嫩葉的樹叢和蓊鬱的松針中，只讓人隱約瞥見華麗雙翼的尾端。

事實並非如此。我們的眼皮底下，隔著馬路有座天授庵。穿過簡樸地種著許多矮樹的寧靜庭院，穿過只用四角石一塊塊鋪成菱形的彎曲小徑，來到紙門全部敞開的寬闊大廳。大廳裡的壁龕和百寶架一覽無遺。這裡似乎常用來舉辦獻茶，或租借給外人舉辦茶會，所以鋪著鮮豔的緋紅地毯。一名年輕女子跪坐其中。映入我眼簾中的景象只有這些。

戰爭期間，看不見女人穿著如此華麗花俏的振袖和服身影。若是這樣盛裝打扮出門，路上肯定會遭人指指點點，不得不打道回府。她的振袖和服就是這樣華美。遠遠望去，儘管看不見布面上的小細節，卻能看見水藍的底色上精細描繪並繡上繁花朵朵，緋紅色腰帶也繡上金絲閃閃，說得誇張些，連四周都熠熠生輝。年輕貌美的女子端坐著，雪白的側臉在四周烘托下更顯出眾，我不禁懷疑她是不是活人。我極度結結巴巴地問道：

「她究竟是不是活著？」

「我剛才也有一樣的想法。她美得像個人偶呢！」

---

⑨石川五右衛門（一五五八—一五九四）：安土桃山時代的大盜。

⑩狩野探幽守信（一六〇二—一六七四）：江戶初期的畫家。京都二條城與名古屋城壁畫也是出自其手。土佐法眼德悅：生卒年不詳，擅畫墨畫觀音像。

鶴川將胸口緊緊靠在欄杆上，目不轉睛地回答。

就在此時，一名身穿軍服的年輕陸軍士官從裡頭走出來。他彬彬有禮地在女子前方一、二尺處跪坐下來，面對著女子。兩人對坐良久，動也不動。

女子站起身。靜悄悄地消失在昏暗的走廊中。不久後，女子端著茶碗走回來，微風吹動她長長袖子。她將茶放在男子面前。按照茶道規矩，放下薄茶，說完招待的問候後，她又回到原來的地方跪坐下來。男子說了些什麼，卻遲遲不肯啜飲一口茶。那樣的時間令人感到異樣漫長、異樣緊張。女子深深低頭不語。

之後發生的事，令人難以置信。女子依舊端坐，卻冷不防地拉開領口。我耳中幾乎聽見從堅硬腰帶底下抽出絲綢的聲音。她露出雪白的胸口。我倒抽一口氣。女子以自己的手，托起一邊雪白豐滿的乳房。

士官手中捧著一個深色茶碗，維持跪坐的姿勢，以膝前進到女子面前。女子以雙手搓揉乳房。

我不敢說我親眼看見了以下情景，但是我歷歷在目地感受到，溫熱的白色乳汁噴入深色茶碗內側、浮著一層綠色泡沫的抹茶中，還滴下幾滴乳汁的畫面，以及寂靜的茶水表面因為白色乳汁變得混濁起泡的畫面。

男人端起茶碗，將不可思議的茶水一飲而盡。女子蓋住雪白的胸口。

我和鶴川看得入迷，背脊僵硬。後來我們依序回憶，認為我們大概看見懷了士官孩子的女人，與即將遠赴沙場的士官舉行訣別儀式吧。然而，當時的感動，拒絕給出任何解釋。由於我們看得過度入神，過了許久才發現那對男女不知何時已從廳堂消失蹤影，榻榻米上只留下一塊寬闊的緋紅地毯。

我看見那半張白皙如浮雕的臉龐，和那對無與倫比的雪白雙峰。即使女子已然遠去，但那天剩下的時間，甚至第二天、第三天，我仍執拗地回想著她的倩影。我相信那女子就是死而復活的有為子。

三

到了父親一週年忌辰。母親提出一個難以想像的要求。由於正好去參加勤勞動員[11]的我無法返鄉，母親便打算親自帶著父親的牌位上京，請求田山道詮和尚在舊友的忌辰，為故人誦上幾分鐘的經也好。但是母親根本身無分文，全靠舊情寫了封信給和尚。和尚答應了，並將來龍去脈告訴我。

我聽聞這消息時，心中並不開心。我先前故意省筆不提起母親的事，是有原因的。因為我不太想觸及母親的事情。

關於某件事，我一句話也不曾責備過母親。我猜想母親恐怕也尚未察覺到我知道那件事。但是，從那件事發生之後，我心中就一直無法寬恕母親。

那是我剛進東舞鶴中學就讀，寄居在叔父家中，第一學期放暑假，第一次返鄉時所發生的事。母親有個姓倉井的親戚，在大阪的生意失敗後回到成生，然而他的妻子不讓身為贅婿的他踏進家門。他無可奈何只好先寄住在我父親的寺廟裡，等待妻子平息怒氣。

我們的寺廟蚊帳數量稀少。母親和我跟罹患肺結核的父親睡在同一面蚊帳裡，現在想想，我們沒有染上結核還真是不簡單。就在那樣拮据的情況下，還加上了倉井。我記得某個夏天深夜裡，彷彿聽見蟬停靠在庭院的樹上，發出「知了知了」的短促鳴聲，在樹幹間飛來飛去。我大概是因為那些聲音而醒過來。潮聲陣陣，海風掀起黃綠色蚊帳下襬。蚊帳搖動得異常劇烈。

海風將蚊帳吹得膨脹，風穿透蚊帳孔洞，使蚊帳莫可奈何地搖動。所以被風吹得凹陷的蚊帳，無法忠實呈現風的形狀，隨著風勢減弱，稜角也跟著消失。蚊帳下襬摩擦榻榻米，發出竹葉的沙沙聲。但是蚊帳的振動，並非來自海風。比風吹更輕微的振動，在整面蚊帳上泛起漣漪；振動使粗糙的布面痙攣，從巨大蚊帳內側看見的情境，就像洋溢著不安的湖面。不知是遠方湖面上的船隻掀起的波浪，還是小舟駛過水面留下的餘波蕩漾……。

我戰戰兢兢地將視線投向振動的來源。緊接著，感受到黑暗中彷彿有人拿起一把錐子，刺入我睜大的眼睛裡。

睡四個人顯得太過擁擠的蚊帳中，躺在父親身旁的我，似乎在翻身時不知不覺將父親擠到角落。我和我看到的東西之間，只隔著皺巴巴的白色床單，我背後蜷縮著身體熟睡的父親鼻息，直接呼向我的衣領。

我發現父親醒了，是因為父親忍住咳嗽，導致不規則的呼吸觸及我背後。這時，十三歲的我，睜開的眼睛突然被溫暖巨大的物體擋住，什麼也看不見。我立刻明白了。原來是父親雙手手掌從我背後伸過來，遮住了我的眼睛。

⑪勤勞動員：二戰末期，因勞動力嚴重不足，而徵調學生前去生產軍需或物資。

父親的手掌，至今仍歷歷在目。寬大得難以言喻的雙手，從我背後環繞過來，迅速捂住我的雙眼，掩蓋住我所看到的地獄。來自另一個世界的手掌。不知是出於愛、慈悲還是屈辱，手掌即時打斷我面臨的恐怖世界，將它葬送在黑暗中。

我在父親的手掌中微微點頭。父親立刻從我輕點的小臉，察覺我的諒解和同意，便移開了手。……手掌移開後，我聽從手掌給我的命令，堅持閉上眼睛，直到令人無法成眠的夜晚離去，外頭耀眼的晨曦穿透我的眼瞼。

——請回憶一下，後來父親出殯時，我急著返鄉瞻仰父親遺容，卻未流下一滴眼淚。請回憶一下，手掌的羈絆隨著父親之死一起得到解脫，我透過目不轉睛地注視父親的遺容，確認了自己的生。對於父親的手掌，對於人世間所謂的愛情，我都沒忘記要恩將仇報；至於母親，先不論那件不可饒恕的往事，我則從未曾想過要復仇。

……母親準備在父親忌日前一天來金閣借住一宿，並已獲得許可。住持寫信要我在忌辰當天向學校請假。勤勞動員是當天來回，不須留宿。忌辰的前一天，我心情無比沉重，不想返回鹿苑寺。

心思透明且單純的鶴川，為我即將和闊別許久的母親再會而開心，寺裡的師兄弟也抱著好奇心。我憎恨貧困窮酸的母親。我苦惱多時，才向親切的鶴川解釋我為什麼不願和母親見面。工廠工作結束後，鶴川匆匆挽住我的手臂說：

「我們加快腳步跑回去吧！」

若說我完全不想見母親，是稍嫌誇張了些。我不是不想念母親，只是討厭面對親人流露出露骨的愛情。我不過是出自厭惡，才會嘗試找一大堆藉口罷了。這是我的缺點。找種種藉口來正當化一種坦率的感情也罷，但頭腦裡編造出無數個理由，有時會將自己也料想不到的感情強加上來。這些感情本來就不屬於我。

但是，我的厭惡也存在某些正確的成分。因為我自己就是個值得嫌惡的人。

「用跑的幹麼。累都累死了，拖著腳慢慢走回去就行了。」

「你想裝可憐讓你娘同情你，好藉此撒嬌對吧？」

鶴川總是如此，能說出對我充滿誤解的解釋。不過，我一點也不嫌他煩，他甚至成了我不可或缺的人。他是對我懷抱善意的翻譯人，將我的話語翻譯成現世的語言，也是我無法取代的摯友。

有時，我覺得鶴川就像從鉛塊提煉出黃金的鍊金術師。我是照片的負片，他則是正片。經過他的心靈過濾，我混濁昏暗的情感一點也不剩，變得透明純淨、散發光澤。我不知道親眼見過多少次，每次都令我大吃一驚！我結結巴巴、猶豫不決，而鶴川伸手將我的感情翻轉過來，傳達給外界。我從一連串的經驗中學習到，若只就感情的本質而論，這世上最邪惡與最良善的感情，兩者並無二致、效果相同；殺意與慈悲心從外表看來，也無法分辨。或許用盡一切話語說明，鶴川也不會相信這樣的事情，但是對我而言卻是一項恐怖的新發現。因為即使鶴川讓我不再畏懼偽善了，然而，偽善不過是和我變成了相對的罪過。

京都並未遭受空襲，但有一次我奉命出差離開工廠，帶著飛機零件的訂單前去大阪總工廠時，碰巧遇上空襲，我看見一個工人肚破腸流，被人用擔架抬走的場面。

為何露出體外的腸子看起來如此悽慘？為何看見人類的內面會毛骨悚然，不得不伸手掩蓋雙眼呢？為何流血會給人帶來衝擊呢？為何人類的內臟是醜陋的呢？……內在的血腥，和年輕水嫩的皮膚之美，本質豈不完全相同？如果我將這種欲使自身醜陋化為無的想法告訴鶴川，他會露出何種表情呢？如果將一個人視為玫瑰花般不分內外的物體，來觀看人類的內在與外在，為何這樣的想法會顯得毫無人性呢？如果人類能將精神與肉體的內側，如玫瑰花瓣一般輕柔地翻捲過來，展示在陽光和五月的微風下，該有多好……

——回到寺廟，母親已抵達，正在老師的房裡談話。我和鶴川跪坐在初夏日暮的外廊上，向裡頭報告我們回來的消息。

老師只叫我進房，當著母親的面稱讚我做得不錯。我低垂著頭，幾乎看也沒看母親一眼。只瞧見她身上洗到褪色的藏青鋪棉褲，以及放在膝上的髒髒手指。

老師告訴我們母子倆可以出去了。我們向他磕了幾個頭，走出房門。小書院南邊，面對中庭的儲藏室就是我的房間，只有五塊榻榻米寬。待我們進入房內獨處，母親開始哭了起來。

我早就預料到了，所以我才能淡然處之。

「我已經是鹿苑寺的弟子，在我獨當一面之前，希望妳別再來看我了。」

「我知道。我知道。」

我很開心自己使用殘酷的話語來回應母親。然而，母親卻一如往常，什麼也感受不到，毫不抗拒地全盤接受，令我心有不甘。話又說回來，光是想像母親跨越門檻阻隔，闖入我的世界，就令我驚恐不已。

母親曬得黝黑的臉上，長著一對細小狡猾而凹陷的眼睛。只有嘴唇像其他生物一樣紅潤，滿口都是鄉下人那種堅硬碩大的牙齒。她這年紀，換成都市裡的女人，濃妝豔抹也不足為奇。我敏感地感受到，好像盡可能把自己弄到最醜一樣的母親臉上，還殘留著一絲如沉澱物堆積而成的肉感，那令我憎恨不已。

從老師面前退下，盡情痛哭一頓後，母親拉開衣領，用配給的人造纖維手巾擦了擦黝黑的胸口。手巾質地散發動物般的光芒，被汗水沾濕後變得更光亮。

母親從後背包取出一包米，說是要給老師的。我沉默不語。母親又取出用老舊深灰色棉布裹了好幾層的父親牌位，放在我的書架上。

「師父肯幫忙，真是太令人感激了。明天有師父念經，你父親一定會開心的。」

「等忌辰辦完，妳就直接回成生嗎？」

母親的回答令我意外。她說寺廟的權利已轉讓給別人，僅有的田地也處理掉了。她還清了父親積欠的醫療費，從今以後她孑然一身，打算投靠住在京都近郊加佐郡的舅舅家。她出發前把事情都談好了。

我沒有寺廟可以回去了！那座荒涼的海角村莊，也沒有人等著我回去了。

不知母親是如何理解這時我臉上浮現的解放感。她將嘴湊到我耳邊，告訴我：

「你聽好。你的寺廟沒了。你除了當上金閣寺的住持以外，沒有其他路可走了。你必須得到老師的疼愛，成為他的繼承人。聽懂沒？那是為娘活著唯一的期望啊！」

我不知所措地回望母親。但是，我害怕得不敢正視她。

儲藏室已暗了下來。因為母親嘴巴就靠在我的耳邊，眼前這名「慈母」的汗水味就飄蕩在我四周。我記得當時母親笑了。遙遠的哺乳記憶、淺黑色乳房的追想，這些心象在不快的我的心中縈繞。彷彿有種肉體性的強制力，點燃了的卑鄙野心，令我恐懼。母親鬈曲的鬢髮觸碰到我的臉頰時，我看見薄暮下的中庭，滿布青苔的洗手池上，停了一隻蜻蜓。傍晚天空落在小小的圓形水池上。萬籟俱寂，此時此刻的鹿苑寺簡直就如無人寺廟。

我終於抬頭直視母親。母親咧嘴一笑，水潤的唇邊露出閃亮金牙。我的回答更加結巴。

「不過，我遲早會被徵召入伍，或許還會戰死沙場。」

「傻瓜！要是連你這種話都講不好的人都被抓去當兵，日本也玩完了。」

我背脊僵硬，忍不住憎恨母親。但是，結結巴巴講出來的話，也只是顧左右而言他。

「金閣搞不好會被空襲燒毀啊！」

「照現在這局勢來看，京都絕對不會遭遇空襲。美國人會客氣的。」

……我並未回答她。寺廟中庭在薄暮下，染成海底的顏色。石頭以經過激烈格鬥的模樣，沉入海中。

母親不把我的沉默放在心上，她站起身來，毫不客氣地看了看環繞五張榻榻米大的房間門板，並說：

「晚餐還沒好嗎？」

——事後回想起來，這次和母親會面，對我的心靈造成不少影響。若說，我發現母親和我終究生活在不同的世界是在這個時候，那麼母親的想法對我產生強烈影響，也是從這時候開始。

母親天生就是和美麗金閣無緣的人種，相對的，她擁有我不得而知的現實感覺。京都不須擔心遭到空襲，雖是我的夢想，但也有可能是事實。然而，假若今後金閣真的不會遭遇空襲危險，那麼現在的我恐怕會失去生存意義，我所居住的世界也將分崩離析。

另一方面，母親出人意表的野心令我憎恨，同時也俘虜了我。父親一句話也沒提過，但他或許是在和母親相同的野心下，將我送進這間寺廟。田山道詮和尚是個單身漢。如果老師本人是受前任住持托囑而繼承鹿苑寺，代表只要我有心，或許有可能獲選為老師的繼承人。

屆時，金閣就屬於我了！

我的思考陷入混亂。位居第二的野心一成了沉重負擔，思緒便又回到第一個夢想——金閣遭受空襲。夢想一被母親顯而易見的現實判斷打破，思緒便回到位居第二的野心這裡來。過度胡思亂想的結果，造成我肩頸連接處長出一顆紅色的大腫塊。

我置之不理。沒想到腫塊落地生根，從後頸施以灼熱沉重的力量壓迫著我。我夜不成眠，半睡半醒間，我夢見脖子上長出純金的光圈，呈橢圓形環繞住後腦勺，光芒愈發明亮。但醒來後才明白，那不過是充滿惡意的腫塊引發的疼痛。

最後我發燒臥床不起。住持將我送去外科醫生那裡。身穿國民服、腿上纏著綁腿的外科醫生，用一個簡單的名字稱呼腫塊，叫它疔瘡。他連酒精也捨不得用，直接用放在火上烤過消毒的手術刀劃開它。

我發出呻吟。我感到灼熱沉悶的世界，在我的後腦勺迸裂、萎縮、衰亡。

＊

戰爭結束了。在工廠聽人宣讀停戰詔書時，我腦中所想的正是金閣。

一回到寺廟，我理所當然便匆匆趕向金閣之前。參觀路徑上的碎石子被盛夏的陽光烤得發燙，我腳下那雙運動鞋粗劣的橡膠鞋底，黏住一粒又一粒小石子。

聽完停戰詔書，若是在東京，應該會有不少人跑到皇居前痛哭；在京都，或許會跑去無人的京都御所前哭泣吧。京都上上下下，有許多供人在這種時刻哭泣的神社佛閣。各地寺廟在這一天，一定都香火鼎盛，偏偏金閣寺卻沒有人來。

燒燙的碎石上，只有我的身影。應該說，只剩金閣和我分別站在兩側面對彼此。自從我一眼瞧見這天的金閣，我就感到「我們」的關係已然生變。

戰敗的衝擊和舉國哀戚，使金閣更顯不凡。或者佯裝著不凡。昨天之前的金閣並非這模樣。免於遭到空襲燒毀，從今以後再毋須擔心空襲，想必就是這些原因讓金閣找回了「我自古以來就在這裡，未來也將永遠在此屹立不搖」的表情。

金閣內部古老的金箔依舊如昔，而外牆塗上一層厚厚的保護漆抵擋夏日豔陽。金閣宛如無用的高雅日常用具，杳然無聲。就像巨大卻空無一物的裝飾架，放置在森林燃燒的綠火前。適合於這種裝飾架尺寸的擺飾，應該就只有無比巨大的香爐，或是出奇龐大的虛無。金閣一乾二淨地甩掉身上的裝飾，洗去實質，並不可思議地在原本的位置上，築起空虛的形體。更不尋常的是，金閣不時展現的美之中，我從未見過比今天更美的景象。

金閣超脫我的心象，不，它也超脫了現實世界，任何的變換更迭都與它無關，金閣從未展現過如此堅定不移的美！它拒絕所有的意義，它的美從不曾像現在這樣燦爛。

我絲毫不誇張，望著它的我雙腳顫抖、額頭冷汗直流。曾幾何時，我看完金閣後回到老家鄉下，感受到它的細節與整體如音樂般呼應、交響共鳴。相較之下，現在我聽見的確是完全的靜止、完全的無聲。沒有時光流動，也不見歲月遷移。金閣像音樂的可怕休止，也像響徹天地的沉默，存在、屹立在那裡。

「金閣與我斷絕了關係。」我心想，「這麼一來，我想和金閣住在同一個世界的夢想破裂了。原先就毫無希望的事態即將展開——我和美相隔兩地——只要世界還在，就不會改變的事態……。」

戰敗對我而言，不外乎就是這種絕望的體驗。直到現在，我眼中仍看得見八月十五日那道如火焰般的夏日強光。人們說一切價值都崩潰了，但是我內心卻不認同，我主張「永遠」覺醒、復甦，並擁有權利。訴說著金閣將永恆存在的「永遠」。

從天而降，緊貼在我們臉頰上、手上、腹部，將我們掩埋的「永遠」。可恨的「永遠」……沒錯。停戰這天，我也從四周群山陣陣響起的蟬鳴中，聽見這宛如詛咒的「永遠」。它將我掩埋，填入金色牆面。

那天晚上，在就寢讀經前，為了祈禱天皇陛下龍體安泰，並療慰戰歿軍士英靈，特地誦了很久的經。自從開戰以來，佛門各宗都改用簡略的輪袈裟，不過今夜，大家都換回平常的衣裳，尤其老師更是換上塵封許久的朱紅五條袈裟。

他彷彿連皺紋深處都洗得一乾二淨的略肥臉龐，今天看起來氣色非常好，一臉心滿意足的模樣。夏夜悶熱，但他衣服摩擦的聲音，卻給人帶來了涼意。

誦經結束後，寺廟裡的人全被叫到老師起居室，聽他講課。

老師選擇的公案，是《無門關》[12]的第十四則〈南泉斬貓〉。

〈南泉斬貓〉也收錄於《碧巖錄》第六十三則〈南泉斬貓兒〉，及第六十四則〈趙州頭戴草鞋〉兩則，是自古以來最為難解的公案。

話說，唐代池州南泉山，有位叫普願禪師的名僧。世人根據山名，也稱他為南泉和尚。某天，全寺上下去除草時，閒寂的山寺裡出現一隻小貓。眾人出於好奇，追著這隻小貓四處跑，並抓住牠。東西兩堂卻因此引發爭執。因為兩堂都想把這隻小貓當成自己的寵物，爭執不下。

南泉和尚目睹這一幕，立即抓住小貓後頸，舉起割草鐮刀架在牠脖子上，對眾人說：

「道得即救取貓兒，道不得即斬卻也。」

眾弟子無人應答。南泉和尚斬了小貓，扔之。

日暮時分，高徒趙州回到寺廟。南泉和尚向趙州說完來龍去脈，詢問趙州的意見。

趙州立即脫下腳上的鞋，頂在頭上走了出去。

---

[12]《無門關》：宋代無門慧開禪師撰，弟子宗紹編的一部禪宗經典，共收錄禪宗公案四十八則。

南泉和尚感嘆：

「啊，今天如果你在場，那隻貓兒或許就不會死了。」

——故事大致如上述，尤以趙州頭頂草鞋的段落最為難解。

但是，依老師的闡釋疏義，聽起來又不像那麼難解的問題。

南泉和尚斬貓，是斬斷自我的迷妄，以及妄念妄想的根源。透過無情的實踐，斬斷貓首，即代表斬斷一切矛盾、對立、自他的爭執。如果將殺貓的舉動稱為「殺人刀」，那麼趙州頭頂草鞋就是「活人劍」。他以無限的寬容，將沾滿泥濘、人人輕蔑的草鞋頂在頭上，藉此實踐了菩薩之道。

老師如此說明，絲毫未觸及日本戰敗一事，就結束了講課。我們丈二金剛摸不著頭腦。我一點也不明白老師為何在戰敗這天，特地選擇這則公案講述。

走在返回個人寢室的走廊上時，我向鶴川提出我的疑問。鶴川也搖頭說：

「我也不懂。沒經歷過僧堂生活，根本無法明白。不過，我覺得今晚這堂課最獨到之處，就是在戰敗的日子裡絕口不提及戰敗一事，只提及斬貓的故事啊。」

我絕不會因為戰敗而感到不幸。但是，老師那張心滿意足的幸福表情，卻令我掛心。

寺廟，通常是依弟子對住持的尊敬之念，來維持寺廟的秩序。雖然過去一年裡，我承蒙老師多方關照，但我對老師卻沒有深刻的敬愛之心。沒有倒也無妨。但是，自從母親點燃我的野心之火，十七歲的我開始偶爾會以批判的目光來看待老師。

老師公平無私。他的公平很容易使我想像，假如我是他，我能否像他一樣公平無私？老師的性格裡也缺少禪僧特有的幽默。通常肥胖的身體便會自帶著幾分幽默，但他沒有。

我聽說老師極盡尋花問柳之所能。一想像到老師玩樂的畫面，我便感到可笑，同時又忐忑不安。女人被他軟如麻糬的粉紅色肉體擁抱入懷，不知有何感想？想必會覺得粉紅的柔軟肥肉層層相連，就像被埋在肉的墳墓裡。

對於禪僧也有肉體這點，我實在難以想像。我想，老師極盡所能尋花問柳，是為了捨離肉體，輕視肉體吧？但是，遭到輕蔑的肉體卻能自由吸取營養，散發水潤光澤，團團裹住老師的精神，令人不可思議。就像馴服的家畜般溫順、謙遜的肉體。對和尚的精神而言，就是像愛妾一樣的肉體……。

我必須談談，戰敗對我而言代表著什麼。

戰敗不是解放。絕非解放。不變和永恆，不過是佛教性的時間復活，溶入了日常之中。

從戰敗的翌日起，我們又一如往常地執行寺廟每日的例行公事。起床、早課、粥座（早餐）、雜務、齋座（午餐）、藥石（晚餐）、入浴、就寢。……加上老師嚴禁我們購買黑市的米，只能靠施主捐贈。不過，副司顧慮到我們還在發育，偶爾會去黑市買些米回來，謊稱是施主捐獻，煮成少得可憐的粥，沉在碗底的只有幾粒米。他有時也會出去買甘藷。不僅早餐，連午餐和晚餐也都只有粥和甘薯，我們總是餓得吃不飽。

鶴川拜託東京的老家不時寄一些甜食來。待夜深人靜，他悄悄來到我枕邊，一起享用。深夜的天空，不時劃出幾道閃電。

我問鶴川為何不回到富裕的老家和慈愛的父母身邊。他回我：

「因為這也是修行啊。反正我遲早得繼承老爹的寺廟。」

鶴川似乎絲毫不為我們經歷的一切所苦。他就像一雙完整收納在筷盒裡的筷子。我進一步追問。他回我：「今後或許會有一個意想不到的新時代來臨。」那時，我想起戰爭結束第三天到校後，聽見大家傳說工廠的指導士官將載滿一卡車的物資全運到自己家裡。士官還公然宣告他從今天起要去幹黑市的生意。

我暗忖，那個大膽、殘酷、目光銳利的士官所作所為，無疑是正奔向罪惡。他腳下踩著半長統靴奔過道路，前方是容貌與戰爭中的死亡如出一轍、如朝霞般的雜亂無章。他胸前的白絲圍巾隨風飄動，駝著背，背上滿滿一堆偷來的物資，晚風拂過他的臉頰，出發上路。我想，他將會以驚人的速度磨滅吧？我聽見遠方雜亂無章地釋放光芒的鐘樓，響起輕快的鐘聲。

我和一切隔絕。我沒有錢、沒有自由，也沒有解放。但是，當我說出「新時代」的時候，雖然還未清楚成形，但十七歲的我確實已下定一個決心。

「若世人是藉由生活和行動來體驗罪惡，那麼我選擇盡我所能，深深沉入內心的罪惡中。」

我首先聯想到的罪惡，只有討好老師，以便有朝一日將金閣納入自己手中；或是在幻想中毒死老師，由我取而代之。我只能不切實際地作些白日夢。奪取金閣的計畫，在我確認鶴川沒有相同的野心後，良心甚至安穩不少。

「你對未來，難道沒有抱持任何不安或希望嗎？」

「完全沒有。就算有，又能怎樣？」

鶴川如此回答，他的語調裡聽不見一絲灰暗或自暴自棄。那時，閃電照亮了他臉上唯一一個細緻的部分——細長的眉毛。看來，鶴川任理髮師傅剃了他眉毛上下兩側。原本就細長的眉毛，變成人工式的纖細，眉尾一部分還帶著剛剃掉後黯淡的青色痕跡。

我朝他青色的眉尾一瞥，頓時不安起來。眼前這名少年不同於我這種人，他生命純潔的末端正在燃燒。燃燒之前，未來都隱藏不可見。未來的燈芯，浸泡在透明冰冷的燈油裡。如果未來只留下純潔無瑕，那麼誰又需要預見自己的純潔無瑕呢？

……當晚，鶴川回去自己的房間後，殘暑的悶熱使我輾轉難眠。不僅如此，我心中想著要抗拒自瀆的習慣，也奪走了我的睡眠。

我偶爾也會夢遺。但是，我腦海中並沒有色欲的影像，舉例來說，我夢見一隻黑狗在黑暗的市街上奔跑，牠張開火焰般的嘴喘著氣，隨著狗脖子上的鈴鐺響個不停，我情緒變得更加亢奮，當鈴鐺響到最大聲時，我就射精了。

自瀆的時候，我常陷入地獄式的幻想。有為子的乳房、有為子的大腿出現在我腦海。而我卻變成渺小得無與倫比的醜陋蟲子。

——我往地板一蹴而起，從小書院後面悄悄溜出門。

鹿苑寺後方，從夕佳亭所在之處再往東走，有座名叫不動山的山。山上覆滿赤松，松林內矮竹叢生，裡頭還夾雜著齒葉溲疏和杜鵑花之類的灌木。我相當熟悉這座山的路，即便摸黑走夜路也不會絆倒。登上山頂，便能遠眺上京、中京，還有遠方的叡山和大文字山。

我登上不動山。在受到驚擾的鳥兒拍翅聲中，目不轉睛地一邊躲閃樹墩，一邊爬上山路。我感到放空心神、什麼也不想地攀登山路，瞬間撫慰了我的心靈。到達山頂的時候，一陣涼爽夜風吹拂而來，包圍著我汗水淋漓的身體。

眼前景象，令我懷疑自己的眼睛。京都市解除了長久以來的燈火管制，觸目所及之處淨是一片燈火通明。戰後，我一次也不曾在夜裡登上這座山，因此對我而言，這幅光景幾乎是奇蹟。

燈光變成了立體。四處散落在平面的燈光，失去遠近感，彷彿一棟全由燈光組成的巨大透明建築，長出複雜的角，展開兩側如翼的側樓，巍然聳立在黑夜裡。這才是如假包換的京城。唯有御所旁的森林黯然無燈，宛如巨大黑洞。

遠處，不時從叡山一角冒出一道閃電，劃破漆黑的夜空。

「這就是俗世。」我思忖著，「戰爭結束，萬家燈火下，人們受邪惡思想所驅使。男男女女在燈火下凝視彼此的臉龐，嗅到了一股宛如死亡行為的氣息直逼面前。一想到無數的燈火淨是邪惡，我的內心便得到慰藉。希望我心中的邪惡繁殖，無數繁衍，釋放光芒，一盞盞邪惡燈火皆與眼前的燈海互相輝映！但願包圍我內心的黑暗，與包圍無數燈火的黑夜一樣深沉！」

*

參觀金閣的遊客漸增。老師向市政府提出申請提高參觀費用，好因應通貨膨脹，成功獲得許可。

以前來參觀金閣的，只有三三兩兩的遊客，個個裝扮樸實無華，身上不是軍服、工作服就是鋪棉褲。不久後，占領軍來了，俗世淫亂的風俗群起而至，團團圍住金閣四周。另一方面，獻茶的習慣也恢復了，女士們穿上深藏多年的華服，登上金閣。她們眼中的我們──我們身穿僧衣的身影──與她們形成鮮明的對比，儼然就像狂熱地扮演著僧侶的角色。就像為了給特地前來參觀的遊客欣賞珍奇的地方風俗，而固守往昔珍奇風俗的當地居民一樣。……尤其美國大兵更是肆無忌憚地拉扯我的僧衣袖子，笑得合不攏嘴。有的人則是遞出零錢，要求我們把僧衣借給他們拍攝紀念照。那也是因為有時鶴川和我被抓去用隻字片語的英語替遊客介紹，好代替不會英語的導覽人員，才會碰上這種場面。

戰後的第一個冬天。某個週五晚上開始下起雪來，週六仍下個不停。我在學校期間，也一直在期待著中午放學後，趕緊回去觀賞雪中的金閣。

下午仍在下雪。我穿著橡膠長靴，書包還掛在肩上，便沿著參觀路徑來到鏡湖池畔。雪花迅速飛落。我也張開嘴對著天空，我小時候也常這麼做。雪花發出輕輕打在薄錫箔上的聲音，落在我的牙齒上。雪花在我溫暖的口腔中擴散開來，我感受得到白雪融化滲入我血紅的口腔表面。這時，我想像著究竟頂上那隻鳳凰的嘴喙。想像著那隻金色怪鳥溫潤的嘴。

白雪讓我們油然而生一股少年般的心情。何況我就算過了年，也才十八歲。即使我感到體內充滿少年般輕盈的躍動，也會化為虛假嗎？

籠罩在白雪中的金閣之美，無與倫比。這棟空間通透的挑高建築，細長的柱子林立，露出清透的肌膚屹立雪中，任憑風雪吹打。

我思索著為何白雪不會口吃？白雪受到八角金盤葉子阻擋時，也會如口吃般時快時慢地掉落地面。但當我沐浴在穿過毫無遮蔽的天空，暢行無阻地落在身上的雪中，我就忘了內心的扭曲，彷彿沉浸在音樂裡，精神也恢復穩定的律動。

事實上，立體的金閣，多虧白雪妝點，變成了與世無爭、平面的金閣，變成了畫中的金閣。兩岸山上紅葉的枯枝幾乎支撐不住雪花，樹林比以往更顯光禿。松樹上的積雪甚為壯麗。結冰的池面上積滿更多雪。不可思議的是，有些地方不積雪，白色的大斑點，如裝飾畫上的雲，大膽地描繪在池面。九山八海石與淡路島也和冰面上的雪連成一片，池上茂密的小松，看起來就像偶然生長在冰層和雪原之中。

無人居住的金閣，除了究竟頂和潮音洞兩層屋頂，加上漱清亭的小屋頂共三層屋頂清晰分明的白色部分外，昏暗複雜的棟梁在雪中浮現出鮮明的黑。古老黑木的豔麗光澤，使我不禁想窺視一下金閣裡是否有人居住，就像我們在觀賞南畫的山中樓閣時，也會突然想將臉湊近畫面，看一下裡面是否住著人一樣。然而，即使我將臉湊上去，也只會碰上白雪交織而成的冰冷畫布，無法更加靠近。

究竟頂今天也朝著下雪的天空敞開大門。飄落的雪花，在究竟頂空無一物的小空間裡飛舞，最後落在壁面古老生鏽的金箔上停止了呼吸，凝結成一顆顆小小的金色露珠。仰望究竟頂的我，心中看見了這一連串的過程。

……翌日，星期天的早晨，導覽的老人來叫我。

原來是還不到開門時間，外國士兵就來參觀了。老導遊比手畫腳地讓他們稍候，接著跑來找「會英語」的我。說也奇怪，我的英語比鶴川流利，而且講英語時也不會口吃。

大門前停著一輛吉普車。一個酩酊大醉的美國大兵手扶著大門的柱子，低頭看著我，露出輕蔑的笑。

雪後放晴的前院，耀眼得令人睜不開眼。美國青年身材精瘦結實，他背對著耀眼的雪景，朝我臉孔呼出一口帶著威士忌酒氣的白色氣息。雖然早已習以為常，但是我一想像到這種體格與我們宛如天壤之別的人類體內波動的感情，令我不禁忐忑不安。

我決定不反抗，因此告訴他雖然還不到開門時間，但可以破例為他導覽，並向他索取入場費用和導覽費。沒想到醉醺醺的彪形大漢竟乖乖付了錢。接著，他望向吉普車裡頭，說了句「出來吧」之類的話。

雪光反射刺眼，看不清昏暗的車廂裡面。只見後座布罩的採光窗中，有個白色的影子晃動，就像兔子在動。

吉普車踏板上，伸出一條穿著細跟高跟鞋的腳。天寒地凍的，竟然沒穿襪子，令我大吃一驚。一眼就可看出這女人是專門服務外國士兵的娼婦，她身穿鮮紅如火的大衣，腳趾甲和手指甲也染上同樣火紅的顏色。大衣下襬向兩旁掀開時，露出骯髒的毛巾布睡衣。女人也酩酊大醉，目光呆滯。男人倒是穿著一身整齊的軍服。看來，女子是剛醒，還穿著睡衣，就被人披上大衣、圍上圍巾拖出門了。

雪光反射在女人臉上，使她臉色分外蒼白。幾乎沒有血色的肌膚，浮現口紅冰冷無機的緋紅色。女人一下車，就打了個噴嚏，細細的鼻梁上擠出許多小皺紋，她疲憊的醉眼瞬間瞥了一下遠方，立刻又沉入混濁的深淵。她呼喚男人的名字，將傑克發音拉長成了「傑伊克」。

「傑伊克，圖扣得（too cold）！圖扣得！」

女人的聲音哀切地迴盪在雪地上。男人並未回答。

這是我第一次從幹這種買賣的女人身上感受到美，並不是因為她長得像有為子。她就像每個部位都經過仔細玩味後描繪出來的肖像，故意畫得不像有為子。她儼然就是為了抗拒有為子在我心中的記憶，而形成的影像，帶著反抗式的新鮮美感。我會這麼說，是因為她似乎想要向我感官欲望上對人生最初感受的美，所產生的反抗獻媚。

這女人只有一點與有為子相同。就是她對沒穿僧衣、而穿骯髒工作服和橡膠長靴的我不屑一顧。

那天一大早，寺廟上下總動員，勉強才將參觀路徑上的積雪清理乾淨，開出一條路供人行走。若人數不多，排成一列還是足以通行，不過萬一來了團客，恐怕就不敷使用。我走在美國大兵和女人前頭。

美國大兵來到池畔，視野豁然開朗，他張開雙手不知道喊了些什麼，接著開始高聲歡呼。他粗暴地搖晃女人的身體。女人皺起眉頭，又對他說：

「噢！傑伊克。圖扣得！」

美國大兵看見覆蓋層層積雪的樹葉後頭，露出青木鮮紅的果實，便問我那是什麼，但我只能回他是青木。他或許是個與那魁梧身材格格不入的抒情詩人，但我從他清澈的碧眼中感受到殘酷。在《鵝媽媽》這首外國童謠裡，將黑眼睛描述為壞心且殘酷。人類透過異國事物來幻想著殘酷，或許是一種慣例吧？

我依照既定的導覽行程帶他們參觀金閣。爛醉如泥的美國大兵，踉踉蹌蹌地脫下軍鞋，亂丟在地上。我用凍僵的手從口袋裡掏出一份在這種場合派得上用場的英文說明書大聲宣讀。但是，美國大兵伸手從旁邊搶走它，怪腔怪調地念了起來，因此也就不需要我嚮導了。

我靠在法水院的欄杆上，眺望波光粼粼的水池。陽光從不曾將金閣之內照耀得如此明亮，令人擔憂。

在我不知不覺中走向漱清亭時，那對男女發生口角。爭執越演越烈，但是我一句也聽不清楚。女人也用某種強硬的話語回應他，但不知她說的是英語還是日語。兩人早已忘記我的存在，邊爭吵邊走回法水院來。

女人朝臉往前伸、破口大罵的美國大兵臉頰，狠狠賞了一巴掌。接著，她轉身拔腿就跑，踩著高跟鞋往參觀路徑入口處跑去。

我不知道出了什麼事，也跟著走下金閣，沿著池畔奔跑。追上女人時，手長腳長的美國大兵已經捷足先登，一把揪住女人鮮紅色的大衣領口。

美國青年揪住女人，朝我一瞥，然後，輕輕鬆開揪住女人火紅色胸口的手。鬆開的手，力量非比尋常。女人被推倒在地，筆直躺在雪上。火紅的大衣下襬掀開，白皙的大腿癱在雪地上。

女人躺著，不打算爬起來。她從下往上目不轉睛地瞪著直入雲霄似的壯漢，那對高高在上的眼睛。我無可奈何地蹲下，想扶起女人。

「嘿！」美國大兵吼一聲。我轉過頭去。他大大張開雙腿站我眼前，伸出手指向我示意，而且用不同於先前的溫潤嗓聲音說了一句英語：

「踩她！你踩她！」

我不明白他什麼意思。然而，他那對碧眼從高處命令我。寬闊的肩膀後方，蒙上一層白雪的金閣釋放燦爛光芒，冬季的藍天看似清洗過般清澈，空氣潮濕溫潤。他的碧眼絲毫不殘酷。那瞬間，我為何竟覺得他的要求極其抒情呢？

他垂下粗厚的手臂，抓住我的後頸，將我提了起來。但是，他命令的聲音依舊溫暖柔和。

「踩她！踩下去！」

我難以抗拒，便舉起穿著橡膠長靴的腳。美國大兵拍拍我的肩膀。我的腳落下，踩在宛如春泥般柔軟的物體上。原來是女人的腹部。女人雙眼緊閉，發出呻吟。

「踩用力點！再用力點！」

我用力踐踏。一開始踩下時的異樣感受，第二次時變成爆發的喜悅。我暗忖，原來這就是女人的腹部、這就是女人的胸。我完全沒料想到，他人的肉體竟會像顆球，老實地以彈力回應我。

「夠了。」美國大兵清楚地說。

接著，他彬彬有禮地抱起女人，拍掉她身上的泥和雪，然後頭也不回地扶著女人走掉了。女人直到最後，才將視線從我臉上挪開。

走到吉普車旁，美國大兵讓女人先上車後，酒醒的臉上露出嚴肅神情，朝著我說了聲「thank you」。他打算付錢給我，我拒絕了。他又從車子座位上取出兩條美國香菸，塞進我手裡。

我站在大門前的雪光反射中，臉頰熱得發燙。吉普車揚起一陣雪煙，搖搖晃晃慢慢遠去。吉普車消失蹤影，我的肉體亢奮起來。

……等亢奮好不容易平息下來，我腦海裡又浮現出偽善的企圖，令我欣喜。我揣測著，喜歡抽菸的老師不知會多麼開心地接下這份禮物？毫不知情地接下它。

我沒有必要坦承一切。我只不過是奉命被迫執行罷了。萬一我反抗，也不知道會遭受什麼對待。

我走向位於大書院的老師房間。擅長陽奉陰違的副司正在幫老師剃頭。我就在朝陽燦爛的外廊上等候。

庭院裡陸舟松上的積雪晶瑩炫目，宛如一面收折好的全新風帆。

剃髮時，老師閉目養神，雙手捧著一張紙承接掉落下來的頭髮。隨著剃刀滑過，他那顆像極了動物頭顱的輪廓變得更加清楚。完成後，副司取熱手巾裹住老師的頭。過了一會兒才掀開手巾。手巾下出現一顆就像剛出生的腦袋瓜子，又像剛用水煮過，冒著熱氣。

我終於得以報告我的來意，叩頭獻上兩條切斯特菲爾德（Chesterfield）香菸。

「好，你辛苦了。」

老師回我一句，臉部邊緣閃過一抹微笑。僅此而已。老師的手公事公辦地隨意拿起兩條香菸，擺在堆滿各種文件和信件的桌上。

副司開始幫老師按摩肩膀，老師又閉上眼睛。

我不得不退下。不滿之情使我全身發燙。自己犯下不可理解的惡行、做為獎賞收下的香菸、不了解箇中原因就收下香菸的老師……一連串的關係，應該更充滿戲劇性、更加猛烈。看盡人生百態的老師卻絲毫未察覺。這也成為另一個我輕蔑老師的理由。

然而，就在我正要退下時，老師又叫住了我。因為他正好想施恩予我。

「我想讓你，」老師說，「畢業後去就讀大谷大學。令尊若是地下有知，一定也很擔心你的出路。你必須努力用功，以優秀的成績進入大學。」

——這消息轉眼從副司口中傳遍整間寺廟。因為老師主動提起要讓我上大學就讀，證明了他格外看重我。據說從前不少弟子為了爭取老師的允諾，甚至必須連續百夜到住持房間幫他按摩搥肩，才能如願以償上大學。類似的事情多不勝數。決定靠老家提供學費就讀大谷大學的鶴川，拍了拍我的肩膀，為我開心。而一名從老師口中得不到任何答案的師兄弟，從此跟我老死不相往來。

四

不久，昭和二十二年（一九四七）春天，我進入大谷大學就讀預科。表面上看來，我是帶著老師不渝的寵愛，和師弟兄的豔羨，意氣昂揚地入學，但事實並非如此。關於升學，發生了一件至今回想起來也令人悔恨的事。

老師答應讓我升大學一週後，某個下雪的早晨，我剛從學校回來，那位並未獲准升學的師兄弟，露出一臉喜出望外的表情看著我。這男人在那之前，死都不肯向我開口。

無論男僕還是副司的態度，都有些異於平常，但是，我看得出他們表面上假裝與平常一樣。

當晚，我到鶴川的寢室，告訴他寺廟的人態度怪異。鶴川一開始也跟我一樣表現得不解納悶，但是不善偽裝感情的他，終究露出內疚的神情，目不轉睛地盯著我。

「我是從那傢伙，」鶴川說出另一名師兄弟的名字，「我是從那傢伙口中輾轉聽來的。只不過，事發當時他也去上學了，真正的經過，他並不清楚……據說你不在的期間，寺廟內發生了一件怪事。」

我心中七上八下，忍不住追問下去。鶴川要我發誓嚴守祕密，然後看了看我的臉色，才娓娓道來。

據說，那天下午，一名身穿緋紅色大衣、專門服務外國人的娼婦造訪了寺廟，要求會見住持。副司代替住持來到大門。女人喝斥副司，說無論如何也要見上住持一面。不巧，這時老師沿著走廊走來，看見女人的身影，便來到大門。據女人所說，將近一週前，某個雪後放晴的早晨，她與美國大兵一起前來參觀金閣時，遭美國大兵推倒在地，廟裡的小僧為了討美國大兵歡心，踐踏她的腹部。女子當晚就流產了，所以她要求賠償。若不賠償，她就要向社會大眾公開鹿苑寺的暴行。

老師默不吭聲，付了一些錢打發女人。老師明知當天負責嚮導的不是別人，正是我。但由於無人目擊我的暴行，老師決定對我三緘其口，並且不加以過問。

但是，寺廟的人一從副司口中聽說這件事，立刻認定是我幹的。鶴川眼中噙著淚水，握住我的手。他清澈透明的目光凝視著我，少年般純真正直的聲音朝我直擊。

「真的是你幹的嗎？」

……我直視自己黑暗的感情。鶴川追根究柢地質問我，迫使我面對自己的黑暗面。

鶴川為什麼要問我這種問題呢？是出於友情嗎？他知不知道他提出這樣的問題，等於拋棄了他自己真正的職責呢？他知不知道提出這樣的問題，等於在我內心深處背叛了我？

我已經說過很多次，鶴川相當於我的正片。……知果鶴川忠於他的職責，就不該追根究柢地質問我；他應該不聞不問，將我昏暗陰沉的感情，忠實地翻譯成開朗明亮的感情才對。

屆時，謊言將變成真實，而真實就會變成謊言。如果鶴川能發揮他天生的樂觀，將所有陰影翻譯成向陽，將所有黑夜翻譯成白晝，將所有月光翻譯成日光，將所有深夜潮濕的青苔翻譯成白天隨風窸窣作響的晶透嫩葉，我或許會結結巴巴地向他懺悔一切。但是，偏偏這時候，他沒有選擇沉默。於是我黑暗的感情便獲得了力量。

我露出模稜兩可的笑容。燈火闌珊的寺廟深夜。冷風凍寒了膝蓋。幾根古老粗厚的柱子聳立四周，環繞住竊竊私語的我們。

我全身顫抖，恐怕是寒冷所致。但是，第一次臉不紅氣不喘地向朋友撒謊的快感，也足以讓身穿睡衣的我膝蓋冷得顫抖。

「我什麼也沒做。」

「是嗎？那就是那個女人撒謊嘍？可惡，連副司都信了她說的話啊！」

他的正義感逐漸高昂，甚至憤慨激昂地說他明天一定會幫我向老師解釋清楚。此時，我心中驀然浮現老師那顆剛剃完頭髮、像燙過的蔬菜一樣，冒著蒸蒸熱氣的腦袋。接著浮現出毫無抵抗之力的粉紅色臉頰。我不知為何，突然對心中浮現的這些畫面甚感厭惡。我必須趁鶴川的正義感尚未萌芽之前，親手把它埋進土裡。

「不過，老師會相信是我幹的嗎？」

「很難說。」鶴川頓時啞口無言。

「不管其他人背地裡如何議論紛紛，只有老師一直保持沉默旁觀，不妄下論斷。我覺得可以放心。」

接著，我向鶴川說明，讓他明白他的解釋反而只會加深大家對我的猜疑。我告訴他，正因為老師知道我是無辜的，所以才不聞不問。我說著說著，心中萌生出些許喜悅，喜悅逐漸向下牢牢扎根——「沒有目擊者，沒有證人」的喜悅……

其實我並不相信只有老師認定我是無辜的。好正相反。老師對一切不聞不問，反而證實了我的推測。

說不定老師早在從我手上接下兩條切斯特菲爾德香菸時，就已經看穿了我。他之所以不聞不問，或許只是為了退一步給我空間，耐心等候我自動自發懺悔。不僅如此。他或許還以升大學為誘餌，來換取我的懺悔。如果我不懺悔，就不讓我升學，以懲罰我不誠實；如果我真心懺悔，他或許便會視我是否徹底悔悟，特准我升大學，好讓我對他感恩戴德。更大的陷阱是老師命令副司別告訴我這點。如果我真是無辜，就可以一如往常無感無知地度過每一天。另一方面，倘若我犯了罪，而且多少還有點智慧，我便可以完全模仿無辜的自己，度過純潔而沉默的日子，也就是絕不須懺悔的日子。不，只要模仿即可。模仿是最好的方法，也是唯一能證明我清白的道路。老師在暗示我這點。而我中了他設下的陷阱。……一想到這裡，我便怒火中燒。

我也不是沒有辯解的餘地。如果我不踐踏那女人，外國大兵說不定會掏出手槍威脅我的生命。我無法反抗占領軍。我的所作所為全出於脅迫。

但是，我透過橡膠長靴鞋底，感受到女人的腹部、如諂媚般回應的彈力、她的呻吟、宛如壓碎的肉泥花瓣綻放、某種感覺的扭曲、當時從女人體內彷彿出現一道若隱若現的閃電貫穿我內心……我不能說，我連體會到這些感覺都是出於被迫。我至今從未忘懷那甜美的一瞬間。

老師知道我感受到的核心，那甜美的核心！

那之後的一年，我就像籠中鳥。牢籠無時無刻映入我的眼簾。我雖已決定絕不懺悔，但每天都過得不安心。

不可思議的是，當時我一點也不認為踐踏女人是犯罪的行為，因為在我的記憶裡，踐踏女人的行為漸漸散發出光輝。不只是因為我知道女人流產的結果。而是那個行為就如沙金沉澱在我的記憶裡，隨時綻放出耀眼的光芒。罪惡的光芒。沒錯。我不知不覺間具備了明瞭的意識，清楚知道自己犯下了罪惡，即便是微小的罪惡。犯罪的意識就像勳章般高掛在我心底。

……實際的問題是，在我參加大谷大學招生考試前的這段時間，只能一味揣摩老師的意向，除此之外別無他法。老師一次也不曾出爾反爾，推翻讓我升學的口頭約定，但是，他也不曾催促我去準備招生考試。我只能說不管老師如何指示，我都在殷殷期待著老師的一句話。老師故意保持沉默，讓我遭受長時間的拷問。我也不知道是出於害怕還是反抗，無法再針對升學一事詢問老師的意向。過去我和其他人一樣對老師心懷敬意，現今卻以批判的目光望著老師，他的身影逐漸變成龐然大物，再也不像懷有人類之心的存在。無論我再怎麼移開目光不去看他，他依舊存在，宛如一座奇怪的城堡盤踞不動。

時值晚秋。老師應長年往來的施主之請前去赴喪，施主家遠在搭乘兩小時火車的路程之外，因此老師從前一晚就告知寺內上下他要在清晨五點半出發。由副司陪同老師前往。我們為了趕上老師出門的時間，也必須四點起床，完成掃除並準備好早餐。

副司幫老師打理服裝儀容的時間，我們就起床上早課誦讀經文。

昏暗寒冷的廚房（庫裏），不斷傳來用吊桶打水的嘎吱聲響。寺廟眾僧都忙著洗臉。後院雞鳴響亮地劃開晚秋破曉前的黑暗。我們合掌併攏僧衣袖口，匆匆趕到客殿佛壇前。

那間不供人休憩的寬敞房間，在黎明前的冰冷空氣中，空蕩蕩的榻榻米呈現一種拒人於千里之外的冰冷觸感。燭台上火焰搖曳。我們朝佛像三拜。先站立叩頭，再隨著鉦聲跪下叩首。如此反覆三次。

早課誦經時，我時常從異口同聲誦經的男聲中，感受到盎然的生氣。一天之中，以早課的誦經聲最為強而有力；強勁的誦經聲足以吹散整夜的妄念，彷彿是從聲帶中噴濺而出的黑色水花。我不明白自己究竟如何。但一想到不明就裡的我，聲音一樣朝四面八方噴灑出男人的汙穢，竟莫名地給我增添勇氣。

我們還沒吃早餐，老師出發的時間就到了。老師出門，寺廟全體人員都要在大門前列隊歡送他，是寺廟的規矩。

天還沒亮。滿天星辰。大門到山門之間的石板路，在星光下亮晃晃地向前延伸，巨大的麻櫟、梅樹和松樹的影子四處蔓延，影子融化在影子裡，占據地面。破曉的寒冷空氣，從我手肘鑽過破了洞的毛衣滲透進來。

一切都在無言中進行著。我們默默低下頭。老師幾乎沒有反應。老師和副司腳下木屐踩過石板路的咯咯聲響，逐漸離我們遠去。目送他們離開，直到完全不見他們的背影，是禪家的禮儀。

他們越走越遠，我們看見的並不全是他們的背影。只看得見僧衣的白色下襬和白襪。我有時以為已經看不見他們了，但他們只是融入樹影裡。不久，白色下襬和白襪又出現在樹影的另一邊，腳步聲的回音反而變得更加響亮。

我們屏氣凝神目送他們離去，直到兩人走出山門徹底消失蹤影。對於目送的人而言，時間漫長無比。

那時，我心中產生了異樣的衝動。就像正想脫口說出重要的話，卻受口吃阻礙時一樣，這股衝動在我的喉嚨裡燃燒。我渴求解放。遑論母親先前暗示，要我繼承住持職位的心願了，此時此刻，我也不再冀望就讀大學。我渴望從無言掌控我、加諸於我身上的壓迫中逃脫。

不能說，這時的我失去了勇氣。我很清楚坦白的人需要什麼勇氣！沉默不語活了二十年的我，深知坦白的價值。說我太誇張嗎？有人或許認為對抗老師的無言，而堅持不坦白的我，是為了檢視「罪惡是否可行？」的論點。如果我堅持到最後都不懺悔，行惡就已然成為可能，即使只是微小的罪惡。

因此，當我看見老師僧衣的白色下襬和白襪在樹林陰影中若隱若現，在拂曉前的黑暗中逐漸遠去，我喉嚨裡燃燒的力量，幾乎變得難以控制。我想坦白一切。我想追上老師，拉住他的衣袖，大聲地將那個下雪天發生的事一五一十陳述出來。絕非對老師的尊敬，讓我有了那樣的衝動。老師的力量對我而言，近似一種強而有力的物理性力量。

……但是，一旦我從實招來，我人生中最初犯下的微小罪惡便將瓦解，這樣的想法阻止了我，彷彿有什麼緊緊揪住我的背。老師的身影鑽過山門，消失在晨曦朦朧的夜空下。

大家頓時得到解放，亂哄哄地衝入大門。我在發呆，鶴川拍了拍我的肩膀。我的肩膀因此清醒。這對瘦削寒酸的肩膀又找回了自信。

*

……即使有這樣的經過，但正如前述，我最後還是進了大谷大學。無須懺悔。那之後過了幾天，老師將我和鶴川叫去簡單叮囑幾句，提醒我們應該開始準備招生考試，並為了讓我們專心備考，免除我們的雜務。

我就這樣升上了大學，但是，並不代表一切就因此完結。老師這種態度，依舊什麼也沒交代，而且關於他心中屬意誰成為繼承人，我也沒有任何頭緒。

大谷大學。我這輩子第一次在這裡接觸到了思想，並且與我自行選擇的思想變得更加親近，這裡成了我人生的轉捩點。

這所大學創立於將近三百年前，自寬文五年（一六六五），筑紫觀音寺大學寮遷移到京都枳殼邸內，便成了這所大學的前身。爾後，此處長期成為大谷派本願寺弟子的修道院，直到本願寺第十五世常如宗主時，浪華（大阪）門徒高木宗賢捐獻淨財，才占卜選擇了現今位於洛北烏丸頭的校地興建校舍。一萬兩千七百坪的腹地，以大學而言並不大。但這裡不僅成為大谷派子弟，也成為各宗各派青年學習研修佛教哲學基礎知識的根據地。

古老的磚門隔開電車軌道和大學操場，面對西邊天空下疊嶂層巒的比叡山。一進磚門，便能見到一條碎石路通到本館前的停車場。本館是一座古老沉鬱的二層紅磚建築。青銅望樓巍然聳立在大門屋頂上，說是鐘樓又看不見鐘，說是時鐘台卻沒有時鐘。那座望樓就在纖細的避雷針下，以空虛的方形窗口裁剪下一片蔚藍天空。

大門旁邊有棵老菩提樹，莊嚴繁茂的枝葉，在陽光下呈紅銅色。校舍從本館經過多次擴建，毫無秩序地相連，但多半是古老的木造平房。這所學校禁止穿鞋入內，因此每棟建築物之間都鋪上破損的竹蓆，串聯起永無止境的迴廊。校方像臨時起意似地只修補竹蓆破損的部分。因此從一棟走到另一棟時，腳下便會踩在從嶄新木頭色到古老木頭色等各種濃淡的馬賽克上。

我就像任何一所學校的新生一樣，每天懷著新鮮的心情上學，卻總覺得不著邊際。我認識的人只有鶴川，因此也總是只跟鶴川交談。連鶴川似乎也感到再這樣下去，我們特地來到新世界便失去了意義。過了幾天，下課時我們兩人故意分道揚鑣，各自開拓新的朋友。然而，口吃如我連那樣的勇氣也沒有，因此隨著鶴川的朋友越來越多，我就變得越孤獨。

大學預科一年級修習的科目有修身、國語、漢文、華語、英語、歷史、佛典、邏輯、數學、體操等十種課程。邏輯課從一開始就令我苦惱。某天上完邏輯課，午休時，我帶著兩、三個問題試著去請教一位同學，我從很久之前就仰賴著他的存在。

這名學生總是離群獨處，一個人坐在後院花壇邊吃便當。他的習慣就像一種儀式，味如嚼蠟般的吃相也彷彿拒人於千里之外，因此誰也不肯接近他。他也不跟同學交談，看起來就像在拒絕擁有朋友。

我知道他姓柏木。柏木最明顯的特徵，就是那對嚴重彎曲的內翻足。他走起路來舉步維艱，總像走在泥濘中，好不容易從泥濘中拔出一條腿，另一條腿又深陷進去。每次邁開步伐，全身就隨之躍動，行走方式就像一種誇張的舞蹈，欠缺日常的感覺。

我打從入學當初就注意柏木，並非無緣無故。他的殘缺讓我放心。他的內翻足從一開始就意味著，他贊同我所在的處境。

柏木坐在後院長滿三葉草的草地上打開便當。這個後院面對荒廢的空手道社和桌球社，社團教室的玻璃窗幾乎全破損了。院子裡種植了五、六棵細瘦的松樹，還有空無一物的小型木架溫室。塗在木架上的青色油漆剝落，表面粗糙起毛，就像枯萎的假花一樣蜷縮起來。一旁有兩、三層的盆栽架和瓦礫堆，還有種了風信子和櫻草的花圃。

三葉草地很適合安坐。柔軟的葉子吸收陽光，撒滿一地微小的影子，使那一帶看起來就像輕輕漂浮離地。坐著的柏木與走路時不同，和其他學生沒有兩樣。不只如此，他蒼白的臉上，洋溢著一種嚴厲可怕的美感。肉體上殘缺的人，和貌美的女子一樣，擁有無人能敵的美。殘缺的人和貌美女子都對受人矚目感到疲累，對身為受人矚目的存在心生厭煩。他們受眾人目光逼得走投無路，只能以存在本身回過頭來直視大眾。因為勝利屬於觀看者。正在吃著便當的柏木垂下目光，我感覺到他那雙眼睛已看盡了自己四周的世界。

他在陽光下，感到心滿意足。這個印象打動了我。看見他沐浴在春光和百花中的身影，我立刻明白，他並不擁有我感受到的羞恥和內疚。他不是強調自我主張的影子，而是已然存在的影子本身。毋庸置疑地，陽光無法滲入他一身堅硬的皮膚。

他專心地吃著那盒看起來相當難吃的便當，菜色雖貧瘠，但也不比我早餐時自備的便當來得差。昭和二十二年（一九四七），還是不靠黑市就無法攝取到營養的時代。

我拿著筆記本和便當站在他身旁。我的影子在他便當上蒙上一層陰影，柏木抬起頭來朝我一瞥，立刻又垂下雙眼，繼續如蠶啃咬桑葉一樣單調地咀嚼。

「剛才上課，我有些地方不懂。想跟你請教一下。」我結結巴巴地用標準語說。因為我一直想著，上大學之後要用標準語說話。

「你講話結結巴巴的，我聽不懂你說什麼。」柏木突然回答。

我臉上泛起潮紅。他舔著筷子前端，一口氣說道：

「我很清楚你為什麼來跟我搭話。你姓溝口，對吧？我們身上都有殘缺，互相交個朋友也沒什麼不好。但是，相較於我，你把自己的口吃看得太重了吧？你過度重視自己，所以也太過度重視自己的口吃！」

後來，我知道他同是臨濟宗禪家子嗣時，才明白我們之間最初的問答，多少展現出他的裝腔作勢，想表現出自己是個禪僧。但是，不能否定這時他讓我留下了強烈的印象。

「結巴！結巴！」柏木朝著無法連續說出兩句話的我，打趣地說：「你終於碰見一個可以放心口吃說話的對象了。對吧？因為所有人類都是這樣尋找夥伴的。對了，你還是處男嗎？」

我笑也不笑地點頭。柏木提問的方式就像個醫生，讓我有種據實以告才是為自己好的感覺。

「我想也是。你還是個處男。一點也不美好的處男。你不受女人歡迎，也沒有花錢買女人的勇氣。僅止如此。但是，如果你是打算同病相憐，找個處男當朋友，那找我就找錯人了。要我告訴你，我為何會脫離處子之身嗎？」

柏木不等我回答，便滔滔不絕說了起來。

……

……

我出生於三宮市近郊的禪寺，天生就有一雙內翻足。……我這樣坦白說起自己的事，你或許會認為我是那種隨便找個人就講起自身遭遇的可憐病人，但是這種事情，我可不是對誰都說。我也覺得很難為情，不過我打從一開始，就決定選你當作傾訴自白的對象。因為我認為我的經歷對你最有價值，只要你依循我的經驗前行，相信對你而言應該會是最好的道路。你大概也知道，宗教家就是這樣嗅出他的信眾，而禁酒家就是這樣嗅出他的同志吧。

沒錯，我對自己的存在處境感到羞愧。我認為和那樣的處境和解、融洽地生活，等於敗北。要說埋怨，我心中的確懷有數不盡的怨恨。我認為父母親應該在我還年幼時，讓我接受矯正手術。如今為時已晚。不過，我懶得埋怨父母親。也對他們毫不關心。

我相信自己絕對得不到女人的愛。你大概也知道，這種確信比人們所想像的更加安樂平和。不和自己存在處境和解的決心，未必和這種確信矛盾。因為如果我相信能在這種狀態下得到女人的愛，就等於我和自己的存在條件和解了。我明白了正確判斷現實的勇氣，與和那種判斷對抗的勇氣，很容易互相適應。我總覺得活著就像一直在抗戰。

我得說，這樣的我當然不會像朋友那樣，一心想著透過歡場女子破處。因為歡場女子並非因為愛客人才接客。不管老人、乞丐、獨眼，還是美男子，只要不知道，就算痲瘋病人她們也接。一般人或許會因為這樣的平等性感到安心，花錢買下第一個女人。但是，這種平等性不合我的個性。四肢健全的男人和這樣的我，都以相同資格得到她們的歡迎，令我難以忍受。那對我而言是種可怕的自我冒瀆。因為我認為，倘若對方忽視、甚至無視我所擁有的內翻足處境，將致使我的存在消失。換言之，我也被囚禁在你現在懷抱的恐懼之中。為了全面認同我的處境，我需要比一般人更多上好幾倍的機制。我覺得人生必須如此。

只要世界或我們其中一方改變，應該就能撫慰將我們和世界置於對立狀態的可怕不滿。但是，我憎恨夢想著會發生變化的夢，變成了一個極端厭惡夢想的人。然而，依循邏輯絞盡腦汁，得到「世界改變，我就不存在；我改變，世界就不存在」的結論，這樣的確信反而近似一種和解、一種融合。因為我與生俱來的模樣不會被愛的想法，終於得以與世界共存。於是，身體殘缺者最後落入的陷阱，不是消除對立狀態，而是以全面認同對立狀態的形式產生。身體殘缺就這樣永遠成了不治之症。

這時，青春——我非常直截了當地使用這個詞彙——的我身上，發生了一件令人難以置信的事。她是我家寺廟施主的女兒，一個以美貌聞名，畢業於神戶女校的富家千金。她突如其來地向我表白愛慕之情。我有好一段時間無法相信自己的耳朵。

多虧我的不幸，使我擅長洞察人類心理，所以我不會輕易在同情裡尋找她愛的動機，也並非因此而鬧彆扭。因為我深知女人不會只因為出於同情就愛上我。我猜她愛我的原因，是出於非比尋常的自尊心。因為她夠美，也熟知女人的價值，所以她無法接受充滿自信的求愛者。她不想將自己的自尊心，和求愛者的自負放在天秤上。越是所謂的良緣，越令她感到厭惡。最後，她如潔癖般地抗拒愛情中的所有均衡——關於這點，她很誠實——而看上了我。

我的回答早就底定。你或許會笑我，但是我對這女人回答「我不愛妳」。除此之外，還有其他答案嗎？這個回答很誠實，而且不含一絲誇耀。面對女子的表白，奇貨可居似地回答「我也愛妳」，若換成我這麼做，看起來何止滑稽，幾乎是悲劇。擁有滑稽外型的男人，知道如何以高明的技巧，避免別人錯將自己視為悲劇。因為他知道，如果看起來像一場悲劇，人家就不能放心地對待自己了。為了安撫他人的靈魂，最為重要的是別讓自己看起來顯得悲慘。所以，我才能乾脆俐落地說出「我不愛妳」這句話。

女子並不退縮。她說我的回答是謊言。那之後，她總是小心翼翼避免傷害我的自尊心，並試圖說服我。對她而言，有男人不愛她，根本超乎想像；就算有，他也是在欺騙自己。她就這樣成功地對我進行了一番精細的分析，並認定我其實早從以前就愛著她。她冰雪聰明。假設她真的愛著我，那麼她等於愛上一個難以應付的對象。她知道說我醜陋的臉孔美會惹怒我；說我的內翻足美，會令我更加氣憤；若她說愛的不是我的外貌，而是我的內在，我會更加怒不可遏。這些事情，她都計算分析過了，因此她只繼續說她「愛」我。而她也透過分析，找出了應對我內心想法的感情。

我無法接受這樣的不合理。事實上，我的欲望變得越來越強烈，但是欲望並未結合她和我。如果她愛的不是別人而是我，那麼就必須有個獨一無二的特性，將我和他人區分開來。那個特性，正是我的內翻足。她即使沒說出口，但她愛著我的內翻足。這樣的愛，在我的思考中不可能存在。如果我的特色在內翻足之外，愛或許可能存在。然而，如果我承認內翻足之外的特色，是我存在的理由，我就必須事後彌補去認同那項特色，接著也得相互彌補地認同他人存在的理由，進而承認包圍在世界中的自己。愛是不可能的。她以為她愛我，也是一種錯覺，而我也不可能愛她。所以，我不斷告訴她：「我不愛妳。」

奇怪的是，我越說我不愛她，她就越深深地沉溺在愛我的錯覺中。某天晚上，她終於主動獻身向我求歡。她的身體美得令人目眩神迷。只可惜我不能人道。

這樣的重大失敗，輕而易舉地解決了一切問題。我終於向她證實了我「不愛」她。她離開了我。

我無地自容，但是比起那令人羞恥的內翻足，任何恥辱都不足掛齒。令我狼狽的是其他原因。我明白了我無法人道的理由。我一想到魚水之歡時，我的內翻足會碰觸到她的纖纖玉足，頓時便無法人道。這項發現，讓我絕不會受人所愛的確信和安穩感受，從內側完全崩塌。

因為那時候，我心中滋生了一種不嚴謹的喜悅，想透過欲望及欲望的達成，來證實愛的不可能。但是，肉體背叛了我的念頭，肉體扮演出我試圖以精神完成的事。我遭遇上矛盾。

若大膽無畏地說出庸俗的描述，就是我懷著沒有人會愛我的確信，在夢想著愛，最後的階段我卻讓欲望代替了愛，並感到安心。可是，我明白了欲望在要求我忘卻我存在的處境，要求我放棄愛的唯一關卡，也就是沒有人會愛我的確信。我原本一直深信所謂的欲望，是更加明確清晰的東西，所以我從來未想過它會需要夢見自己。

從這時候開始，比起精神層面，我突然變得更加關心肉體。然而，我無法化身為純粹的欲望，只能夢想著它。欲望化為一道風，變成了外人看不見的存在，但我卻能看清一切，輕而易舉地靠近對象，愛撫她的每一吋肌膚，最終潛入她內部。……當肉體產生自覺時，你可能會想像一種具有質量、不透明且觸手可及的「物體」。而我並非如此。我身為一個肉體、一個欲望的完成，就是必須化為透明、看不見的存在，也就是幻化成風。

只可惜，內翻足會突然過來阻止我。只有這雙腿絕對不會變成透明。與其說它是腿，不如說更接近一種頑固的精神。它成為比肉體更加確實的「物體」，存在於我面前。

人們總認為不借助鏡子就看不見自己，而身體殘缺就像被迫掛在鼻尖上的鏡子。鏡子不分晝夜映照我全身。不可能忘卻。因此，對我而言，世人所謂的不安，在我眼裡不過是兒戲。我不會不安。我如此存在，就好像太陽、地球、美麗鳥兒和醜陋鱷魚的存在一樣真實。世界好比墓碑，屹立不動。

我從毫無不安、毫無立足之處開始了獨創的生活哲學。「自己為什麼而活？」人們會對人生的目的感到不安，甚至選擇自殺。但對我而言，算不了什麼。內翻足是我人生在世的條件、理由、目的和理想……因為它就是「生」的本身。對我而言，光是存在就已足夠。畢竟所謂存在的不安，不就是產生自認為自己並未充分存在這種奢侈的不滿嗎？

我注意到自己村子裡一個獨居的老寡婦。有人說她六十歲，也有人說她年紀更大。在她亡夫忌辰當天，我代替父親前去誦經，佛前只有老寡婦和我，沒有半個親戚。誦經完畢後，她帶我到另一房間請我喝茶，時值夏季，我拜託她讓我沖涼。老寡婦替我沖洗赤裸的背。她憐憫地看著我的腿看得出神，這時我心中浮現某種企圖。

我們回到剛才的房間，我邊擦拭身體，邊正經八百地對她說：我出生時，佛祖出現在我母親夢中，告訴她這孩子長大成人後，如果有女人發自內心崇拜他的腳，她就能往生極樂世界。虔誠的寡婦抓著念珠，目不轉睛地凝視我的雙眼。我隨口念起經來，掛著念珠的手合在胸前，像具屍體般赤裸裸地仰躺在地。我閉上雙眼。口中依然念著經。

可以想像我是如何按捺笑意。我心裡洋溢著笑。我的幻想裡絲毫不見自己的蹤影。我知道老寡婦一邊念經，一邊不停膜拜我的腳。我一心只想著自己這雙受人膜拜的腿，差點因為滑稽的畫面窒息。我只想著內翻足、內翻足，腦子裡全充斥著那雙腿。它奇怪的形狀、它處在極其醜惡的狀況，它是荒謬的鬧劇。事實上，頻頻叩首的老寡婦散亂髮絲觸碰到我腳底，搔癢難耐的感覺令我更忍不住發噱。

我以前，從接觸到那雙美腿而不能人道的時候開始，就覺得自己對欲望產生了誤解。因為這時，我發現自己處於醜惡的膜拜之中，卻興奮不已。我的幻想裡分明沒有我啊！還是在這種最不可饒恕的狀況下！

我站起身來，冷不防地推倒老寡婦。我無暇思考為何老寡婦絲毫也不訝異。老寡婦躺在地上，動也不動，閉上雙眼繼續念經。

奇妙的是，我至今仍清楚記得當時老寡婦念誦的佛經，是《大悲心陀羅尼經》其中一節。

伊醯伊醯。室那室那。阿羅嘇佛囉舍利。罰沙罰嘇。佛囉舍耶。

正如你所知，根據「解釋」，這段經文是這樣的意義。

「召請。召請清淨無垢的佛陀，毀滅貪瞋癡三毒。」

我眼前是閉著雙眼恭迎我的花甲老婦，那張脂粉未施、曬得黝黑的臉。我的亢奮卻絲毫沒消失。而我不知不覺中受到誘惑引導，正是鬧劇的最高潮。

但是，我不該使用「不知不覺」這種文學性的描述。我看見了一切。地獄的特色，就是能在黑暗之中，清晰地看見每個角落！

老寡婦充滿皺紋的臉，既不美也不神聖。但是，她的醜陋和衰老，彷彿不斷將確切的證據，給予了內心空白、看不見任何夢想的我。再怎麼美的女人，在不作一點夢的狀態下觀看她，誰敢說姣好容貌不會變形成這個老寡婦的臉呢？我的內翻足和這張臉……沒錯，簡單來說，我眼中看見實相，維持著我肉體的亢奮。我第一次懷著親和的感情，相信了自己的欲望。而且我知道，問題不在於如何縮短我和對象之間的距離，而是如何保持距離，好讓我能繼續將對方視為我的對象。

儘管看吧！那時的我，從身體殘缺正是停止的同時到達解脫的邏輯，和絕對不會遭受不安折磨的邏輯，發明了我獨特的性欲邏輯，發明了與世人稱為「惑溺」相似的虛構。欲望就像隱身蓑衣或一陣風，欲望帶來的結合，對我而言只是一場夢；我作夢的同時，也一覽無遺地呈現在他人面前。這時候，我的內翻足和我的女人，結合的同時，都被拋出了世界之外。內翻足和女人都與我保持相同距離。實相就在眼前，欲望只不過是假象。看著實相的我，朝假象之中無限墜落，並對著實相射精。我的內翻足和我的女人，絕對不彼此碰觸、不互相結合，被彼此拋出世界之外……欲望永無止境地昂首前進。因為那雙美麗的腿與我的內翻足，已經永遠不會再互相接觸。

我的想法難以理解嗎？需要說明嗎？不過，自從那之後，我安心地相信「愛不可能」。這點，你也能懂吧？沒有不安，也沒有愛。世界永久停止，同時到達了解脫。還有必要特地註明這世界是「我們的世界」嗎？我可以用一句話為世間所有與「愛」相關的迷濛下一個定義——虛像企圖與實相結合的迷濛。終於，我明白了絕對不會有人愛我的確信，正是人類存在的根本樣態。這就是我破處的經過。

……

……

柏木說完了。

我傾聽著他的侃侃而談，好不容易才能鬆一口氣。強烈的感動向我直撲而來，接觸到過去從未思考過的想法令我痛苦，我無法從中清醒。柏木說完後，過了一會兒，我身邊灑落四周的春陽甦醒過來，照得明亮的三葉草地閃閃發光。後方籃球場傳來的叫喊聲也跟著甦醒了。一切都沒變，仍是同一個春天的正午時分，但是表現出來的意義已徹底不同。

我無法保持沉默。我想擠出幾句話來附和他，於是結結巴巴地說了些笨拙的話。

「所以，從那之後，你就變成孤獨一人了，是嗎？」

柏木故意裝成聽不清楚的樣子，讓我重複了一遍。但是，他的回答多了些親近感。

「什麼孤獨？我為何一定要孤獨？關於那以後的我，等我們繼續認識下去，你就會漸漸明白。」

下午的上課鈴聲響起。我準備站起身來。柏木坐著，粗魯地拉扯我的衣袖。我身上那套制服是拿就讀臨濟學院時的衣服修改而成，只換了新的鈕扣，布料老舊，且都磨損了。再加上衣服太小，讓我本來就弱不禁風的身體顯得更加瘦小。

「這節是漢文課吧？太無聊了。我們去那邊散步吧！」

柏木說完，像把七零八落的身體重新組合回來一樣，費了很大的工夫才站起來。讓我想起電影裡看到的駱駝起身坐下。

我之前從不曠課，但因為我想多了解柏木一些，不能錯過這個機會。我們朝學校大門走去。

走出大門時，柏木獨特的走法，不經意引起我的注意，使我萌生一股近乎羞恥的感情。我竟然也和世人產生一樣的感情，覺得與柏木並肩同行很可恥，還真是奇異。

柏木讓我清楚明白了我的羞恥之所在。同時也促使我邁向人生。……我所有羞恥不名譽的感情，所有邪惡之心，都受到他的言語陶冶，變成一種新鮮的感覺。或許是因為這個緣故，當我們踏著碎石子，走出紅磚大門時，正面的比叡山在春日滋潤下，看起來就像今天第一次看到。

我覺得比叡山就像沉睡在我周圍的許多事物一樣，以全新意義重現在我面前。比叡山山頂尖凸高聳，山麓卻無限綿延開闊，恰如一個主題的餘韻繞梁不絕。櫛比鱗次的低矮屋頂另一邊，比叡山千岩萬壑的翳影，埋沒在山腹濃淡有致的春意下，呈現一片昏暗的藍。只有暗藍色的翳影，看似格外接近、鮮明。

大谷大學門前行人三三兩兩，汽車也少。從京都站前通往烏丸車庫前的市營電車路線，也偶爾才傳來電車行進的聲響。馬路對面的大學操場古老門柱，與這邊的大門相對而立，左邊則有青如嫩葉的銀杏行道樹。

「我們去操場那邊走一走吧？」柏木說。

他先我一步穿越電車軌道。猛烈晃動全身，像滾動的水車般，狂奔穿越幾乎無車的車道。

操場占地寬闊，一些看似蹺課或停課的學生，兩兩一組在遠處練習傳接球，近一點的地方有五、六個學生在練習馬拉松。戰爭結束不過兩年，青年們又在企圖消耗精力。我想起寺廟裡貧乏的餐點。

我們坐在一根開始腐朽的搖擺平衡木上，心不在焉地望著橢圓形跑道上練習馬拉松的跑者忽近忽遠的身影。周圍的陽光與輕拂而過的和煦微風，為蹺課時光帶來一種清新宜人的膚觸，彷彿剛縫製好的襯衫。選手們氣喘吁吁地呼出一團氣，慢慢跑了過來，留下隨著疲勞增加而凌亂的腳步聲，和高高揚起的塵埃，逐漸遠去。

「真是一群呆子！」柏木直接破口大罵，不留一絲聽起來像是不服輸的餘地，「那是什麼模樣？想表現出他們很健康嗎？拿健康在別人面前炫耀，又有什麼價值？」

「四處都可以公開看到運動，正是末世的徵兆。該公開的東西一點也不公開。所謂該公開的東西……就是死刑！為何不公開死刑？」他宛如作夢般繼續說道，「你不認為是因為公開看見人們死於非命，才得以保全戰爭時的安寧秩序嗎？據說不再公開執行死刑，是因為有人認為那會使人心慌亂不已。實在不像話！那些在空襲中收拾屍體的人，都展現出溫和快活的樣子。」

「親眼看見他人的苦悶、鮮血和臨終的呻吟，分明會使人謙虛，使人心變得細膩、開朗、柔和。我們絕不會在看見他人受苦的時候，變得殘酷暴戾。我們突然變得殘暴，就是在這樣明媚的春日午後，坐在修剪整齊的草地上，漫不經心地望著陽光穿透樹葉縫隙嬉戲的瞬間，不是嗎？」

「世界上所有惡夢，歷史上所有的惡夢都是這樣產生的。但是，人們在光天化日之下，血肉模糊痛苦掙扎的身影，會給予惡夢清楚的輪廓，將夢化為伸手可及的物質。惡夢不再是我們的苦惱，不過是他人肉體上強烈的痛苦罷了。但是，我們感受不到他人的痛苦。多麼值得感恩啊！」

此時，比起聽他血腥的獨斷（當然內容也深具魅力），我更想聽他破處之後的經歷。我之所以一心期待他為我帶來「人生」，也正如前所述。我插嘴暗示他這樣的問題。

「女人？哼。我最近可以靠第六感看出哪種女人喜歡內翻足的男人了。女人之中的確有那類人。喜歡內翻足的男人，說不定是那種女人唯一想隱藏一輩子、甚至帶進墳墓的下流癖好，也是她唯一的夢。」

「我知道一個辦法，可以一眼就分辨出喜歡內翻足的女人。那種女人多半姿色過人，鼻梁尖挺冷漠，嘴角卻流露出些許放蕩……」

就在此時，一個女子從對面走了過來。

五

女子並非走在操場上，操場外圍有條通往住宅區的路。馬路比操場地面低了約兩尺，女子便是走在那條路上。

女子從氣勢恢弘的西班牙式大宅側門走出來。這棟大宅有兩座煙囪、斜格子玻璃窗，以及寬敞的玻璃屋頂溫室，給人一種脆弱的印象。不過，隔著馬路的操場，其中一邊豎起高聳的鐵絲網，想當然是出於大宅主人的抗議才架設的。

柏木和我坐在鐵絲網角落的搖擺平衡木上。我偷偷瞧了女子的容貌一眼，不禁大吃一驚。因為她那張氣質高雅的臉龐，和柏木向我說明的「喜歡內翻足」的女人相貌一模一樣。後來回想起來，才覺得自己真是大驚小怪，柏木說不定早就認得那張臉，並一直幻想著她。

我們等著女子過來。春天陽光灑滿大地，對面有濃郁的靛青色比叡山峰，這裡則有漸漸走近的女子。我還沒有從剛才柏木說的那番奇怪言論——他的內翻足和她彷彿兩顆星辰，散落在實相的世界中互不接觸，而他本身則無限埋沒在假象的世界裡，實現他的欲望——給予我的感動中清醒過來。此時，白雲飄過擋住了太陽，我和柏木籠罩在淡淡的陰影中，使我們的世界彷彿頓時露出假象的身影。一切都變成灰色，虛幻縹緲，連我自己的存在也變得不再真實。只有遠方比叡山靛紫色的山頂，和緩緩走來的高雅女子，在實相的世界裡熠熠生輝，彷彿只有他們才確實存在。

女子越走越近。但是，時間的推移，卻恰似逐漸累積的痛苦。她逐漸走近的同時，與我們毫無關聯的陌生面容也隨之鮮明起來。

柏木起身。在我耳邊，以沉重壓抑的聲音對我低語：

「走吧！照我的話做。」

我不得不邁開腳步。我們和女子平行，沿著距離女人腳下那條馬路約兩尺高的石牆，往相同方向前進。

「從那邊跳下去！」

柏木尖銳的指尖輕朝我背後一推。我跨過低矮的石牆，縱身跳下馬路。兩尺的高度沒什麼大不了。但是，緊接著，天生內翻足的柏木發出驚人叫聲，跌落在我身旁。當然，他是沒有跳好才會跌倒。

身穿黑色制服的背，在我的眼下劇烈起伏。在我眼中，他匍匐在地的姿勢看起來不像個人，一瞬間像是一個毫無意義的巨大黑色汙點，也像雨後路面上混濁的積水。

柏木跌落在女子行走方向正前方。女子停下腳步，佇立不前。我蹲下想扶起柏木的瞬間，彷彿從她冷漠尖挺的鼻子、帶著些許放蕩的嘴角、水汪汪的眼睛等一切，看見了有為子在月光下的面容。

然而，幻影旋即消失，還未滿二十的女子，以輕蔑的眼光朝我一瞥，想從我們身邊經過。

柏木比我更敏感地察覺到她的行動。他發出嘶吼。可怕的吼叫，在正午無人的住宅區裡迴盪。

「薄情的女人！妳想丟下我不管嗎？我為了妳才會這麼狼狽啊！」

女子轉過身來，渾身顫抖。她以乾燥細長的手指，撫摸失去血色的臉頰，好不容易才開口問我：

「我該怎麼辦才好呢？」

柏木早已仰起頭來，凝視著她，清清楚楚說出一字一句：

「難道妳家連藥都沒有嗎？」

她沉默了一會兒，才轉身背對我們，朝來時路走回去。我扶起柏木。扶他起身時，他非常沉重，痛苦地直喘氣。但是，我將肩膀借給他一起走時，他的行動卻意外地輕盈……

——我快跑抵達烏丸車庫前的車站，跳上電車。當電車開始駛向金閣寺，我才鬆一口氣。掌中全是汗。

我一手摟著柏木，來到那棟西班牙式大宅前，女子走在前面，正鑽過側門。瞬間，一陣恐懼突然朝我襲來。我扔下柏木，頭也不回地落荒而逃。連順道回學校的餘力也沒有，自顧自地在寂靜的人行道上奔跑。我跑過藥行、糕餅店、電器行等比鄰的店鋪前面。這時，翩然閃爍的奼紫嫣紅，映入我的眼角。我猜想，那時我正好經過黑牆上掛滿一整排梅花紋教徽燈籠、門口也掛上同款梅花紋紫色布幔的天理教弘德分教會前面。

我也不知自己想奔向何方。電車慢慢駛向紫野時，我才恍然明白自己著急的心，急欲前往的目標是金閣。

雖然是平日，但正值觀光旺季，當天環繞在金閣四周的遊客熙熙攘攘。負責導覽的老人驚訝地望著撥開人群向前奔向金閣的我。

我站在遭飛揚塵土和醜陋人群團團包圍住的春日金閣前。在導覽員聲嘶力竭、響徹四方的介紹聲中，金閣總是半掩著它的美，看似在裝傻。只有池面上的倒影依舊清朗澄明。換個角度來看，彷彿《眾聖來迎圖》上受諸菩薩環繞來迎的彌陀，濛濛塵埃則像籠罩諸菩薩的金色祥雲，而金閣在飛揚塵土中呈現的朦朧身影，則好似顏料老舊褪色、畫面磨損的畫作。混雜與喧囂，滲入細長的柱子裡，被吸上狹小的究竟頂，經過屋頂上的鳳凰，沿著從寬變細鼎立的建築，通往蒼白的天空，也不足為奇。金閣這棟建築光是存在，就能統制一切，並訂出限制。金閣西有漱清池、兩層之上有突然變得窄小的究竟頂，周圍越是浮躁吵雜，這座不均衡的細緻建築，越發揮近似過濾器的作用，將濁水變為清水。金閣也從未拒絕人們喧騰的私語，字字句句滲入通透無牆的柱子之間，不久後便過濾成一種寂靜、一種澄明。於是，金閣不知不覺間也在地面上成就了如同池中倒影般屹立不搖的清朗澄明。

我心情平靜下來，恐懼也逐漸消退。對我而言，所謂的美，就必須是如此。隔離我、保護我遠離人生。

「如果我的人生會活得像柏木一樣，就請保佑我吧！因為我實在承受不了那樣的人生。」我幾乎像祈禱一樣心想。

柏木暗示我，在我面前即興演出的人生中，生存和破滅兩者意義並無不同。他的人生，欠缺自然，也欠缺如同金閣般的構造之美。換言之，不過是一種令人不忍卒睹的痙攣。我受它深深吸引，從他的人生中看清了自己的方向，也是事實。但是，首先得以全是尖刺的生之碎片，弄得雙手沾滿鮮血，令我感到害怕。柏木以同樣程度輕蔑著本能和理智。他的存在本身就像一顆奇形怪狀的球，四處滾動碰撞，欲撞破現實的高牆。甚至連一種行為都算不上。簡言之，他暗示的人生，是一齣危險的鬧劇，目的只是為了清掃世界，以未知偽裝打破欺瞞我們的現實，好讓世界不再殘留些許的未知。

我會這麼說，是因為我後來在他的寄宿處，看見了這一張海報。

那是旅行協會印製的美麗石版畫，畫中日本阿爾卑斯山浮現在青空下的白色山頂上，印著橫寫的「邀請你前往未知的世界！」幾個字。柏木狠狠地用紅筆在那排文字和山頂上打了個叉，旁邊以讓人聯想到他用內翻足走路時那種躍動潦草的字跡寫上「未知的人生，令人無法忍受」。

翌日，上學路上，我一路都在擔憂柏木的身體。後來想想，那時拋下他逃回家，也是以友情為重所做出的行為，我不認為需要負什麼責任。但還是忍不住擔心今天在教室看不到他的身影。直到快上課時，我才看到柏木一如往常，不自然地聳著肩走進教室。

下課時間，我立刻抓住柏木的手臂。我鮮少會有如此生氣勃勃的行動。他咧嘴一笑，跟我一起來到走廊。

「你的傷勢還好嗎？」

「什麼傷勢？」——柏木以憐憫的微笑望著我。「我什麼時候受了傷？咦？你在胡說什麼？你夢見我受傷了嗎？」

我接不上話。柏木讓我等得焦急不已，才解開祕密。

「那是我演的。我練習如何跌落在那條馬路上很多次，巧妙假裝成摔得很嚴重，活像真的骨折一樣。女子視若無睹，想直接經過我，倒是出乎我意料之外。不過，你看著吧！她已經愛上我了。不對，我說錯了，應該說她已經愛上了我的內翻足。你看，那傢伙還親自在我腳上塗了碘酒呢！」

他提起褲管，讓我看他染成淡黃色的小腿。

那時，我彷彿看見了他的詐術。他故意跌落在馬路上，當然是為了引起女子的注意，但是，假裝受傷應該是為了掩飾他的內翻足吧？不過，這樣的疑問並不會讓我對他產生輕蔑，反而成了我們更加親近的種子。我產生了一種青年人才會有的感覺，認為他的哲學越是充滿詐術，越證明了他對人生的誠實。

鶴川並不看好我和柏木之間的來往，他給我充滿友情的忠告，而我只感到厭煩。不僅如此，我還駁斥鶴川，如果是他，或許可以交到益友，至於我這種人，和柏木來往正適合。當時，鶴川眼中浮現出無以名狀的悲傷色彩。直到許久之後，我回憶起他的神情，心頭還是充滿強烈的悔恨。

＊

五月。柏木為避開假日人潮，訂了一個計畫，選擇平日請假，一遊嵐山。還說如果當天放晴就不去，暗鬱的陰天才去；的確很像他會說的話。他打算要陪伴那位住在西班牙式大宅裡的千金小姐，不過他會幫我帶房東的女兒過來。

我們約在大家俗稱嵐電的京福電車北野站。當天很幸運，正好碰上五月難得一見陰鬱多雲的天氣。

鶴川家似乎出了什麼問題，他告假一週回東京去了。鶴川不是個會告密的人，但至少他不在，我就不須為了在上學途中開溜，而感到過意不去了。

沒錯。那次遊覽嵐山的回憶，對我是苦澀的。不管怎麼說，當天遊覽嵐山的一行人都還血氣方剛，而慘綠青春擁有黑暗、焦躁、不安和虛無感，則為遊山玩水的一天塗滿色彩。柏木恐怕早已看穿了一切，所以才故意選擇那種陰沉沉的天氣吧。

當天颳西南風，風勢時而猛烈，又戛然而止，只剩不安的微風窸窸窣窣。天空昏暗，但還不至於看不見太陽的位置。一部分烏雲透出白光，就像從疊穿好幾件的衣服領口隱約可見的白色胸口。即便白光再朦朧，也看得出雲層深處的太陽之所在，然而轉眼間，白光也融入了與陰天一樣的深灰色中。

柏木所言不假。他真的在兩名年輕女子簇擁下，出現在剪票口。

其中一個的確是那女子。冷漠尖挺的鼻子、放蕩的嘴角、身上穿著舶來布料製成的洋裝、肩上掛著水壺的美麗女子。她前面是略顯豐腴的房東女兒，無論穿著或容貌都相形見絀。唯有小小的下巴和緊閉的嘴唇，展現出少女的嬌羞。

在前往嵐山路上的車廂內，就已失去遊山應有的愉快氣氛。因為柏木和千金小姐不停爭執，雖然聽不清他們爭執的內容，但千金小姐有時好像強忍著淚水，緊緊咬住嘴唇。房東女兒則對一切漠不關心，低聲哼著流行歌曲。她冷不防開口對我說：

「我家附近有一位非常漂亮的插花老師，她前陣子說了一個悲傷的愛情故事給我聽。老師說，戰爭時她有一個男友，是陸軍軍官，眼看他即將遠赴戰場，他們便還在南禪寺短暫相聚，互相道別。雙方父母不允許他們交往，但離別前，老師懷了身孕，只可憐孩子死產。軍官哀痛之餘，要求在離別前，至少喝一口老師身為母親所分泌的奶水。據說，因為時間不多，老師當場將奶水擠在抹茶裡讓軍官喝下。一個月後，男友戰死沙場。從此，老師決定守寡，獨自生活。可惜她還那麼年輕漂亮。」

我懷疑自己的耳朵。戰爭末期，我和鶴川兩人從南禪寺山門望見那幕讓人難以置信的情景又甦醒了。我故意不告訴房東女兒那段回憶。因為我認為一旦說出口，會使剛才聽她這番話所得到的感動，背叛當時神祕的感動。正因為我選擇不說，因此她剛才所說的那番話，不僅為當時的神祕情景解開謎團。更讓神祕之上添加了一層深厚的神祕色彩。

電車那時奔馳在鳴瀧附近的大竹林旁。竹子正值五月凋落的季節，竹葉枯黃。微風搖曳枝頭，枯葉落在密集的竹叢中，但是竹根彷彿與凋零的落葉絲毫無關，粗大的根盤根錯節地延伸到竹林深處，悄然無聲。只有疾駛而過的電車附近那些竹子，誇張地大搖大擺。其中一根竹子格外鮮嫩青翠，留在我眼底。那根竹子劇烈搖擺彎曲的模樣，在我眼中留下的印象，是豔麗奇異的運動，然後漸漸遠去，消失無蹤……

我們一行人抵達嵐山，來到渡月橋畔，前去參拜了先前因為不知道而總是忽略的小督局⑬之墓——

源仲國奉命尋找為躲避平清盛追捕而隱身於嵯峨野的小督局，他在中秋名月之夜循著隱約傳來的琴聲，找到小督局隱居之處。那首琴曲為〈想夫戀〉。謠曲〈小督〉裡有一段詞為

⑬小督局（一一五七—卒年不詳）：平安時代末期中納言藤原成範之女，深得高倉天皇寵愛。

「明月出，詣法輪，聞琴聲，尋伊人。松濤山雨雷鳴起，所尋之人撥琴音，借問曲名應為何？兩情繾綣思夫君，笑答名為想夫戀。」後來，小督局留在嵯峨野的草庵中，為已故的高倉帝祈福，度過了後半生。

墳墓坐落在細長的小徑深處，不過是一座夾在巨大楓樹和枯朽老梅樹之間的小石塔。我和柏木特別為故人誦讀一段短短的經文。柏木生硬、冒瀆般的誦經方式也傳染給我，我像學生們用鼻子哼歌的心情，輕鬆草率地誦完經。小小的瀆聖卻大大解放我的感受，讓我生氣蓬勃。

「所謂優雅的墳墓，原來這麼寒酸啊！」柏木說，「擁有政治權力和財力，才能光明正大留下富麗堂皇的墳墓。因為那些人生前沒有半點想像力，所以他們的墳墓，才會淪落到由缺乏想像力的傢伙來建造。而優雅的人，光靠彼此的想像力就能生活，因此他們的墳墓也一樣，除了仰賴想像力，別無他法。我覺得這樣才可悲。因為連死後也不得安寧，還必須繼續乞求他人的想像力。」

「優雅只能存在於想像力之中嗎？」我也痛快地接著他的話，「你所謂的實相，優雅的實相，是指什麼？」

「就是它。」柏木以掌心輕拍長滿青苔的石塔頂端，「石頭或白骨，都是人類死後留下的無機物。」

「還真是很佛教的思維呢！」

「才不關佛教屁事！優雅、文化、人類想像的美，一切實相都是不毛的無機物。我指的不是龍安寺，但世上萬物不過是石頭罷了。哲學是石頭。藝術也是石頭。至於人類有機性的關心，可悲的是，只有政治啊！人類實在是種自我冒瀆的生物呢！」

「性欲算哪邊？」

「性欲嗎？大概是介於中間吧！人類和石頭像原地打轉，沒有結果的捉迷藏！」

我本想當場反駁他所認定的美，然而兩名女子聽膩了我們的議論，已從小徑折返回去，我們只好趕緊追上去。從小徑上遠望保津川，正好可見渡月橋北邊的河堰一部分。河川對面的嵐山，籠罩著陰鬱的綠；只有河堰這裡，生意盎然地濺出一道白色飛沫，水聲響徹四周。

河上的小舟為數不少。我們一行人沿著河堤前行，走入盡頭的龜山公園門口，看見紙屑散落一地，知道今天公園遊客稀少。

我們回頭望向公園門口，再次眺望保津川與嵐山嫩葉形成的景色。對岸的小瀑布傾瀉而下。

「美好的景色是地獄啊！」柏木又說。

我總覺得柏木的這套說詞像信口胡謅。但是，我又模仿他，試著將眼前美景視為地獄。努力並非徒勞。因為環繞在嫩葉中那片寂靜平淡的風景中，也出現了地獄悠然搖曳。地獄似乎不分晝夜，總是隨時隨地、隨心所欲地出現。好像只要我們隨口一呼，地獄就會立刻呈現在眼前。

嵐山上相傳十三世紀從吉野山移植過來的櫻花已全部散落，枝椏上長出了嫩葉。花季一過，櫻花在這片土地上，不過就像人們口中呼喚的已故美人名字一樣。

龜山公園裡最多的是松樹，因此一年四季色彩恆久不變。這裡是一座占地廣大、高低起伏的公園，一棵棵松樹皆巍然挺立，一定高度之下的樹幹並未長出松針，裸露的枝幹不計其數，不規則地交錯。讓公園景色呈現出不穩定的遠近感。

一條以為往上卻又立刻出現下坡的迂迴大道環繞著公園，四處都有樹墩、灌木或小松樹，一塊白色巨石半埋在土裡，四周紫紅色的杜鵑花爭相綻放。花色在陰沉的天空下，似乎帶著惡意。

一對年輕男女坐在架設於窪地的鞦韆上，我們從他們旁邊經過，在小丘頂端的紙傘狀涼亭休息。從涼亭朝東眺望，公園全貌一覽無遺；向西眺望，可見兩岸蓊鬱下的保津川潺潺水流。鞦韆的嘎吱聲響就像不停咬著牙似地，傳上了涼亭。

千金小姐攤開包袱。柏木說過不用準備便當，原來所言不假。攤開的包袱上有四人份的三明治、難以入手的舶來糕餅，最後出現了只在占領軍需要時才會補充軍需、唯有黑市才買得到的三得利威士忌。當時的京都，據說是京阪神一帶的黑市買賣中心。

我不會喝酒，但還是和柏木一起合掌之後，接過她遞來的酒杯。兩名女子則喝了水壺裡的紅茶。

我對千金小姐和柏木如此親近的關係，仍半信半疑。我不懂眼前這名盛氣凌人的女子，為何對柏木這種長著內翻足的窮書生如此殷勤周到。兩、三杯黃湯下肚後，柏木回答我的疑問：

「我們剛才不是在電車上爭執不下嗎？那是因為她家裡成天逼她跟討厭的男人結婚。她很快就退讓了，差點就認輸。所以我半安慰半威脅，說要徹底妨礙這樁婚事。」

這些話本來不該在當事人面前說出口，但是柏木竟若無其事說了出來，好像千金小姐不在場一樣。千金小姐聽了這些話後，表情也毫無變化。她纖柔的頸子上掛著陶片串成的藍色項鏈，背對陰沉的天空，濃密秀髮的輪廓讓她那張過度鮮明的臉龐逐漸朦朧。她眼睛過度濕潤，因此只有眼睛給人留下生動、赤裸的印象。放蕩的嘴角一如往常微微張開。兩片唇瓣之間的縫隙，露出一排細小尖銳的貝齒，潔白晶亮。正如小動物的牙齒。

「好痛！好痛！」柏木冷不防屈身，按著小腿發出呻吟。我連忙蹲下照顧他，但他伸手推開我，露出不可思議的冷笑，朝我使了一個眼色。我抽回手。

「好痛！好痛喔！」柏木發出逼真的哀號。我不禁望向身旁的千金小姐。她臉上表情明顯變化，眼神不再平靜，嘴巴焦躁得抖個不停，只有冷漠高挺的鼻子無動於衷，成了奇異的對照，打破臉上的調和與均衡。

「忍著！忍著！我現在就為你治療！現在立刻！」——我第一次聽見她那旁若無人的高亢嗓音。千金小姐抬起頭來，環顧四周，接著立刻跪在涼亭石頭上，抱住柏木的小腿以臉頰摩挲，最後甚至親吻著它。

當時那股恐懼感，再次打倒了我。我望向房東女兒。她正望著其他方向，口中哼著歌。……這時，我看見陽光穿過雲層傾瀉而下，或許是我的錯覺。但是，寂靜的公園全景構圖產生了不協調，包圍我們的澄明畫面，那片松林、河光、遠山、雪岩、如星辰四散的杜鵑花……令人感受到連填滿這些景象的畫面各個角落，都遍布著細細的龜裂。

實際上，該發生的奇蹟發生了。柏木漸漸停止呻吟。他抬起臉來的瞬間，又朝我拋來一個冷笑般的眼色。

「治好了！真神奇耶。開始痛起來的時候，妳這麼一做，疼痛就立刻止住了！」

他雙手抓住女子的秀髮往上提。被抓住秀髮的女子，露出忠犬的表情，抬頭望著柏木微笑。在朦朧的白光深淺變化下，這瞬間，千金小姐美麗的臉蛋在我眼裡，竟變成了柏木話中那個花甲老婦的容顏。

——不過，成功製造出奇蹟的柏木，變得豁然開朗。開朗得近似瘋狂。他放聲大笑，突然抱起女子放在他腿上，和她接吻。他的笑聲在窪地裡的松樹梢上迴盪許久。

「你怎麼不開口逗逗她？」柏木朝默默不語的我說，「虧我特地幫你帶了一個年輕女孩過來，你卻不說話。你是擔心她會恥笑你口吃嗎？口吃！口吃！她搞不好會迷上你的口吃喔？」

「他口吃嗎？」房東女兒好像現在才留意到，她說：「這麼一來，《三個殘廢》就湊齊兩個角色了呢。」

這句話狠狠刺傷了我，令我難以忍受。我對她的憎惡，伴隨著一股暈眩，轉變為一種突如其來的欲望，甚是奇異。

「我們分成兩組，各自找個地方躲起來吧？兩小時後再回來這座涼亭。」柏木低頭望著還在盪鞦韆玩不膩的情侶說。

離開柏木和千金小姐後，我和房東女兒一起從涼亭所在的那座山丘，往北邊下去，再爬上繞向東邊的緩坡。

「那個人想將小姐塑造成『聖女』。他總是用同一招。」

女孩說。我結結巴巴地反問她：

「妳怎麼知道？」

「我當然知道，我和柏木也有過關係呀。」

「你們現在已經沒什麼了吧？不過，妳也不簡單，竟能若無其事的。」

「我無所謂呀。像他那種殘廢，沒辦法。」

她這句話反倒給了我勇氣，讓我流暢地提出下一個問題：

「妳不是也喜歡他那雙殘缺的腿嗎？」

「別鬧了，我怎麼會喜歡他那雙青蛙一樣的腿。不過，我倒覺得他那對眼睛很漂亮。」

我再次失去信心。因為不管柏木怎麼想，女人都還是會愛上柏木不自知的美麗本質；然而我以為我對自己無所不知，我的自以為是，使我拒絕接受他的美麗本質存在。

——我和女孩爬到坡道盡頭，來到一片幽靜的小原野。從松樹和杉樹之間，隱約可見大文字山和如意岳等遠山。竹林覆蓋了從這座丘陵直到下方城鎮的斜坡；竹林盡頭有一棵遲開的櫻花樹，花瓣還未凋落。那些櫻花的確開得很晚，大概就像口吃一樣不流暢地開，所以才會落後這麼多。

我胸口鬱悶，胃部沉重。不是因為酒。而是一到緊要關頭，欲望就會增加重量從我肉體分離，形成抽象的構造，壓在我肩上。簡直就像漆黑、沉重的鐵製機具。

我多次提及，我很感謝柏木促使我面對人生的親切，或者說是惡意。中學時代，劃傷學長短劍劍鞘的我，已明確看出自己沒有資格站上人生光明的表面。柏木是第一個告訴我黑暗捷徑，讓我從背面抵達人生的朋友。乍看之下彷彿通向毀滅，其實意外地富於權謀策略，能將卑劣直接轉變成勇氣，將我們所謂的惡德還原成純粹的能量，可謂一種鍊金術。即使不如意，即使事實不如己意，依舊是人生。人生得以前進、獲得、推移並喪失。即使稱不上是典型的「生」，但也具備了一切生的機能。如果上天在我們眼睛不見之處，給予我們「萬物之生都不具目的」的前提，那麼我一己的人生就愈發與其他萬物之生擁有同等價值。

我認為，柏木也說不上清醒。我早就知道任何陰鬱的認知，也都潛藏著醉意。而讓人醉的，終究還是酒。

……我們坐在褪色並遭到蟲蝕的杜鵑花叢下。我不懂房東女兒為什麼願意陪我。我故意用殘酷的描述形容自己，我不懂女孩為什麼會受「玷汙」自己的衝動所驅使。世上或許有人會因為羞恥和體貼，而選擇不抗拒，但是女孩卻將我的手放在她豐腴的小手上，就像午睡時聚在身上的蒼蠅。

漫長的接吻及女孩下巴柔軟的觸感，喚醒了我的欲望。雖然是我長久以來的夢想，但現實感卻極其稀薄。欲望繞著別的軌道奔馳。蒼白陰沉的天空、竹林的摩娑窸窣、七星瓢蟲沿著杜鵑花葉拚命攀爬……這些景色依舊毫無秩序，零星四散地存在著。

我極力避免將眼前這名少女當作欲望的對象。而是應該將她視為人生。應該將她視為為了前進並獲得的一道關卡。若錯失眼前的機會，人生將永遠不再來造訪我。這麼一想，我忍不住心急，就像受口吃阻撓，話說不出口時，掛在心上那千百個屈辱的回憶。我應該毅然決然開口，就算口吃也該說些什麼，將生占為己有。我耳邊響起柏木刻薄的催促，「結巴！結巴！」兩聲毫不客氣的叫嚷，鼓舞了我……我終於將手滑向女子衣物下襬。

就在此時，金閣出現了。

充滿威嚴、憂鬱而細緻的建築。像一座處處留下剝落金箔的奢侈屍骸。金閣總是澄明地漂浮在既近又遠、親近卻又疏離的神祕距離，現在它乍現在我眼前。

金閣阻擋在我和我心之所往的人生之間；起初像一幅工筆畫般小巧，逐漸變大，一如能在巧致的模型裡，看見幾乎包容整個世界的巨大金閣；它淹沒了環繞我的世界每個角落，大小正好填滿我的世界。它像壯闊的音樂充滿世界，單靠音樂就能讓世界充滿意義。有時疏遠我、屹立在我之外的金閣，現在卻又完全包圍我，容許我在它之中占有一席之地。

房東女兒飛也似地遠去，小得像顆塵埃。既然金閣拒絕了女孩，代表我的人生也拒絕她。環繞在無懈可擊的美之中，我又怎麼能朝人生伸出手？從美的立場來看，它也有權利要求我死心吧？伸出一隻手去觸摸永恆，另一隻手去觸摸人生，是不可能的。假如我對人生做出的行為，意義在於發誓效忠某個瞬間，並讓那個瞬間停止，金閣或許會知悉，短暫地取消對我的疏遠，並親自化為停止的瞬間，前來告訴我，我對人生的渴望是多麼空虛。金閣知悉人生在世，化為永恆的瞬間使人陶醉，然而比起金閣化為瞬間的永恆，前者顯得微不足道。就在此時此刻，美恆久不變的存在，無疑正阻礙我們的人生、毒害了生。生讓我們瞥見瞬間的美，在這樣的毒害前，簡直不堪一擊。瞬間的美轉眼坍塌、滅亡，而生本身也將暴露在滅亡的灰白色光芒下。

……我完全沉浸在金閣幻影懷抱裡的時間並不長。當我清醒後，金閣已不見蹤影。它不過是矗立在遙遠東北方衣笠之地，經歷漫長歲月仍原封不動存在的一棟建築罷了，從這裡根本不可能看得見。金閣幻影接納我、擁抱我的時光已然消逝。我躺在龜山公園山丘上，周圍只有草花和慢飛的昆蟲，以及一個恣意橫躺的女孩。

女孩對我的臨陣退縮拋來一個白眼。她坐起身，扭腰背對我，從手提包裡取出一面鏡子照了照。她默不作聲，可是她的輕蔑就如秋天的牛膝草種子，刺遍我全身每寸肌膚。

天空低垂。輕柔的雨滴敲打著四周的草地和杜鵑花葉。我們連忙起身，匆匆跑上通往剛才那座涼亭的路。

＊

那天給我留下了極其黑暗的印象，我們的嵐山行悲慘地畫下句點確實是原因之一，但原因不僅如此。當天晚上就寢前，從東京發來一封給老師的電報，老師立刻向所有人宣布電報的內容。

鶴川死了。電報內容非常簡單，只寫了他意外死亡。後來我們才知道原來詳情是前一天晚上，鶴川去了淺草的伯父家，平常不習慣喝酒的他卻喝了酒。回程時，在車站附近遭一輛突然從巷子裡衝出來的卡車撞倒在地，頭蓋骨骨折，當場死亡。全家人亂了方寸，終於想起該給鹿苑寺打一封電報時，已是意外發生的翌日下午。

我流下了父親過世時都沒有流過的眼淚。因為比起父親的死，鶴川的死與我更緊緊相關。自從結識柏木後，我和鶴川多少變得有些疏遠，如今失去他之後，我才明白，連接在我與光明的白晝世界之間那一縷細絲，因為他的死而斷了。我是為了喪失白晝、喪失光明、喪失夏天而哭泣。

即使我想飛去東京弔唁，也身無分文。每個月從老師那裡領到的零用錢頂多只有五百圓。母親原本就貧困。一年最多寄一、兩次錢給我，每次大概兩、三百圓。母親之所以整理家產並前去投靠加佐郡的舅舅，也是因為父親死後，她只能靠施主每月捐獻不足五百圓的米救濟，和政府少得可憐的補助款，無法維持生活。

我沒看見鶴川的遺體，也無法參加他的葬禮，我內心迷惘，不知如何證明鶴川之死。過去他沐浴著穿透樹葉落下的陽光，身穿白襯衫、上下起伏的腹部，如今仍在燃燒。誰能想像，他一身專為光明而製、最適合光明的肉體和精神，會被埋葬在墳墓底下長眠呢？他身上不見些許英年早逝的徵兆，天生無憂無愁，絲毫不具備類似死亡的要素。或許正是如此，他才會猝然離世吧。就像純種的動物生命脆弱，由於鶴川是由「生」最精純的成分煉製而成，因此無法防止「死」。而我正好與他相反，注定禍害遺千年。

他生前居住的世界，透明的構造，對我一直是個深不可測的謎。由於他的死，使謎團變得更加可怕。疾駛橫衝出來的卡車，就像撞上透明得看不清的玻璃一樣，將鶴川的透明世界撞得粉碎。鶴川不是因病而死，正完美符合這個比喻；而車禍身亡這種純粹的死，最合乎他純粹無比的「生」之構造。透過瞬間的衝撞接觸，他的生與死產生了化合反應。一種迅速的化學作用。……那個光明磊落、不可思議的青年，無疑只能透過這種激烈的方法，才能讓他和自己的影子、自己的死連結在一起。

即使鶴川居住的世界，洋溢著光明燦爛的感情和善意，但我還是可以斷言，他並非因為誤解和天真幼稚的判斷才能居住其中。他那顆只應天上有的光明之心，背後有一種力量、一種堅韌的柔軟在支撐他，也成為他運動的法則。他將我晦暗的感情一一翻譯成開朗的感情，可謂無比正確的做法。他的光明對照出我每一個黑暗的角落，過分展現出詳細的對比，所以有時我不免懷疑，鶴川是否如實地感受過我的心？事實並非如此！他內心世界的光明，既純粹也偏頗，它建立出特有的細緻體系，其精密程度或許接近於惡的精密程度。如果不是這個年輕人不屈不撓的肉體力量，不斷支持著光明的內心而動，鶴川光亮而透明的世界，說不定很快就會瓦解。他不顧一切地向前奔跑。而卡車輾過了他的肉體。

鶴川給人的好感，源自他開朗的容貌和修長的軀體，如今雖然他的肉體已消失，卻引我思考更多有關人類可視部分的神祕。我想起我們觸目所及的一切，都能行使光明力量，真可謂神奇。我想起精神為了擁有質樸且實際的存在感，不知該耗費多少氣力向肉體學習。禪以無相為體，明白我心之無形無相，正是所謂的見性。然而，見性的能力恐怕必須對形態魅力極度敏銳，才得以直接看清無相。不能以無私的敏銳來觀看形與相的人，又怎能清晰看見、清楚明白無形和無相呢？像鶴川那樣光是存在就散發光芒的人，眼中能見、伸手可及的人——即可謂為生而生的人，此時此刻已不復存在；清晰可見的形態，正是模糊不清的無形態，最明確的比喻；實際的存在感，正是無形的虛無，最栩栩如生的模型。我認為鶴川儼然就如這樣的比喻。比方說，他與五月繁花的相似、相稱，不為別的，正因為他於五月驟逝，所以他才會和放進他靈柩裡的花朵如此相似、相稱。

我的「生」缺乏鶴川生命那種確實堅定的象徵性。因此，我需要他。而最令人嫉妒的是，他這輩子絲毫不曾有過一種像我那樣的獨自性，或肩負獨自使命的意識。正是這種獨自性，奪走了生的象徵性，也就是讓他人生成為其他事物之比喻的象徵性，從而也奪走了生的延續和連帶感，成為永遠擺脫不了的孤獨根源。真不可思議。我甚至和虛無也失去了連帶感。

*

我又開始陷入孤獨。那之後，我再也沒見過房東女兒，和柏木也不像之前走的那麼近了。柏木的人生態度充滿魅力，仍深深吸引著我，但我產生了抗拒，即使非我所願，但還是疏遠了他。因為我認為這才是祭奠鶴川最好的方式。我寄信給母親，信中態度果斷地寫下「在我獨當一面之前，請別來探望我」。這些話，我之前也親口對母親說過，但總覺得不再次以強硬的口氣寫下來寄給她，我就不放心。母親的回信中，以斷斷續續的句子，寫了一些她努力幫忙舅舅下田幹活的狀況，並列出一些簡單的做人之道，文末還添了「等我親眼看你當上鹿苑寺住持，我死也瞑目」這樣一句。我痛恨這行字，往後幾天，這行字一直令我憂心不安。

整個夏天，我都沒去造訪母親。由於餐食粗劣，夏天令我渾身難受。九月十日後的某一天，氣象預報報導可能將有強颱來襲，需要有人去金閣值夜。我提出申請，也通過了。

從這時開始，我對金閣的感情發生了微妙變化。不是憎恨，而是我有一種預感，覺得在我心中逐漸萌芽的東西，終有一天必會發生與金閣互不相容的事態。從去了龜山公園之後，這種感情變得更加清晰，我卻不敢替它命名。然而，當班的一晚，金閣將全權委任於我，我隱藏不住內心的喜悅。

究竟頂的鑰匙交給了我。尤其珍貴的金閣第三層，門楣上懸掛著後小松帝的御筆匾額，崇高地掛在離地四十二尺的高度。

收音機不時傳來颱風接近的消息，卻遲遲不見登陸跡象。午後陣雨已停，皎潔的滿月高掛夜空。寺廟人員走至庭院觀察天象，議論紛紛，說這是暴風雨前的寧靜。

寺廟寂靜無聲。金閣裡只剩我一人。我站在月光照射不到的地方，感受金閣沉重卻奢侈的黑暗包圍著我，令我恍惚。這種現實的感覺令我逐漸深浸其中，彷彿成了幻覺。待我回過神來，我才知道自己現在確實處於那天在龜山公園時，將我與人生隔離開來的那道幻影裡。

我孤身獨處，絕對的金閣包覆著我。不知該說我擁有金閣，還是金閣擁有我？或是我們之間產生了稀罕的均衡，讓我成了金閣，而金閣就是我？

風勢從晚上十一點半左右越颳越大。我拿著手電筒爬上樓梯，以鑰匙打開究竟頂門鎖。

我倚在究竟頂的勾欄上。風來自東南方。天空尚未出現變化。月影在鏡湖池水藻之間閃爍，四周一片蟲鳴蛙叫。

起初，強風狠狠打上我的臉頰時，一種幾乎可謂感官性的戰慄，流竄過我的肌膚。風勢直逼而來，無限增強，就像個徵兆，彷彿要連同我和金閣一起颳倒。我的心在金閣裡，同時也在風之上。規定了我內在世界構造的金閣，沒有任憑強風吹拂的帷幔，泰然自若地沐浴在月光下。然而強風、我凶惡的意志，無疑將撼動金閣、喚醒金閣，並在倒塌的瞬間，奪走金閣高傲自居的存在意義。

沒錯。那時，美包圍了我，我環繞在美之中。然而，我懷疑，若非無限增強的暴風意志支持著我，我豈能十全十美地包覆在美之中？正如柏木呵叱我「結巴！結巴！」似的，我也試著鞭笞強風，喊出激勵駿馬的話：

「繼續增強！繼續增強！再快一點！再強勁一點！」

森林開始窸窣作響。池邊的樹枝互相碰撞。夜空失去平靜的靛藍，變得深沉混濁。蟲鳴未衰，彷彿即將席捲、翻動大地般呼嘯的強風，就像來自遠方的神祕笛聲，逐漸逼近。

我看見月前飛過大量的雲。雲層從南往北，從群山的另一邊不停湧出，宛如大軍壓境。雲層有厚有薄，有大有小。全都來自南邊，掠過月前，籠罩住金閣的屋頂，就像急著辦什麼大事一樣，往北飛奔。我彷彿聽到頭上那隻金鳳凰的鳴聲。

風驀然平息，又再度增強。森林敏感地豎耳傾聽，時而沉靜，時而吵鬧。池中月影也隨風忽暗忽明，不時發出散亂扭曲的光芒，迅速掃過池面。

盤踞在山巒遠方的積雲，像隻大手伸展開來，覆蓋住整面天空。翻騰捲動，排山倒海而來。雲縫之間可見澄淨的天空，轉瞬之間又被雲層覆蓋住。但是，薄雲橫越天空時，可以透過它看見月亮描繪出朦朧的光環。

整個夜間，天空都如此運行著。但是，風勢並未變得更加猛烈。我躺在勾欄旁邊睡著了。隔天清早，風和日麗，寺廟的老男僕來喚醒我，告訴我幸好颱風已離京都遠去。

六

我為鶴川服喪將近一年。我重新體悟到，孤獨一旦開始，便很容易習慣，不和任何人說話的生活，對我而言最輕鬆、不須努力。對生的焦躁也離我遠去。逝去的每一天都非常快活。

學校圖書館成為我唯一的享樂場所，我在這裡不讀禪書，而是隨手翻閱一些翻譯小說和哲學書籍。我就不列出那些作家或哲學家之名了。我承認他們多多少少影響了我，成為後來左右我行為的因素，但我寧願相信行為是我獨創的，因為我不樂意將我的行為歸因於受到某種既成哲學的影響。

從少年時代起，我為人所理解已成為我唯一的自豪；也如前面所述，我一直缺乏表達上的衝動，好讓別人來理解我的所作所為。我總嘗試讓自己不須任何斟酌，就能使自我變得更加明晰，但那是否來自想理解自己的衝動，著實令人懷疑。因為這種衝動會順從人的本性，自行成為架設在自己與他人之間的橋梁。金閣之美給人酩酊醉意，讓我的一部分變得不透明。這種醉意從我身上奪走了所有對其他事物的陶醉，為了對抗它，我必須另外依靠我的意志，來確保我心中明晰的部分。別人如何，另當別論。對我而言，明晰才是我的自我；反過來說，當時的我並不擁有明晰的自我。

……進入大學預科的第二年，昭和二十三年（一九四八）的春假。某天晚上，老師出門了。沒有朋友的我獨自出外散步，好消磨難得的自由時間。我走出寺廟，鑽出大門。大門外側有一道水溝環繞寺廟，水溝旁立著一塊告示。

隨然多年來早就看慣了告示牌，但反正我閒來無事，便回頭靠著月光，讀起老舊告示牌上的文字。

注意

一、非獲許可，不得變更現狀。

二、不得有影響保存文物之其他行爲。

懇請注意上述事項。違者將依國法懲處。

昭和三年三月三十一日　内務省

告示牌上的注意事項，明顯是指金閣。但是抽象的語句，不知在暗示什麼。我只覺得告示牌應立在其他地方，無關不變不壞的金閣。告示牌或許預料到將會出現不可理解的行為，或是不可能的行為。當初立法的人，恐怕也為了概括這些不法行為而傷透腦筋。為了懲罰只有狂人才策劃得出來的行為，該如何在事前嚇止狂人付諸實行？大概需要寫些只有狂人才看得懂的文字吧。

我胡思亂想著這些沒來由的事情時，大門前寬闊的柏油路上出現一道人影，往我走過來。白天的遊客早已走光，只剩月光照亮的松樹，和對面電車道上來往交錯的汽車前燈閃光，占據了這一帶的夜。

我突然認出那道人影就是柏木。看他的走路方法就知道。長達一年來，我選擇疏遠他的想法，立刻束之高閣。我只想起對他的感激，感謝他撫慰了我的內心。沒錯。打從第一次見到他起，他就用他那雙醜陋的內翻足、肆無忌憚的傷人言詞，以及毫無保留的自白，撫慰了我殘缺的心思。我那時候才領悟到可以和別人站在同等立場互相交談的喜悅。才品嘗到我讓自己身陷於和尚與口吃這種堅定意識底層，帶來近似行惡的喜悅。反之，我與鶴川往來時，這些意識經常都遭到抹消。

我以笑容歡迎柏木。他身穿制服，手裡拿著細長的布包。

「你要出門嗎？」他問我。

「不是……」

「幸好遇見了你。其實……」柏木坐在石階上，解開布包，出現兩管散發深色光澤的尺八[14]，「前陣子，我老家的伯父過世了，我得到他留下來的尺八。可是，我本來就有一管以前向伯父學音樂時，他送我的尺八。他留下的遺物似乎很名貴，不過，我覺得用習慣的這管比較好。空有兩管好像也沒什麼用，所以我想送你一管，就把它帶來了。」

我從來不曾拿過別人的禮物，不管是什麼，得到禮物總是開心的。我拿起尺八看了看，前面有四個洞，後面則有一個。

柏木接著說：

「我學的是琴古流。難得月色迷人，可以的話，我想在金閣上吹奏看看，所以就來了。我也可以順便教你……」

「我想，現在可以。因為老師不在，打雜的老爺子偷懶，還沒打掃完。等打掃完畢，他就會關上金閣的門了。」

柏木的出現太唐突。他說因為月色迷人，想上金閣吹奏尺八的提議更是唐突。這一切都背叛了柏木在我認知中的形象。但是，對我單調的生活而言，受到驚嚇本身就算得上一種喜悅了。我手裡拿著他送我的尺八，帶著他走進金閣。

我已經記不太清楚，那天晚上我和柏木聊了什麼。大概也不是什麼大不了的內容。主要是柏木從頭到尾都沒說出他平常掛在嘴邊的奇特哲學，和刻薄惡毒的反調。

或許他是為了故意向我展示我從未想像過的另一面，才專程過來找我。只對冒瀆美有興

⑭尺八：日本傳統木管樂器，類似笛子或簫。

趣的毒舌家，向我呈現出他敏感細膩的另一面。對於美，他擁有遠比我更加精密的理論。他不是用言語，而是用舉手投足、眼神、吹奏尺八的曲調和凸出於月光之中的額頭，來表達他的理論。

我們倚靠在第二層潮音洞的欄杆上。微微翹起的屋簷陰影底下那道簷廊，下方共有八根典雅的天竺式插肘木支撐，伸向月影倒映的池面上。

柏木首先吹奏了名為〈御所車〉的小曲，我為他熟練的技巧而震驚。我模仿他將嘴唇靠在吹孔上，卻吹不出聲音。他教我左手在上握住尺八，以下巴抵住吹孔下方，並讓我仔細學會如何張開貼在吹孔上的嘴唇，以及如何將寬闊而薄的風送入吹孔的訣竅等。我試了許多次，還是吹不出聲音。我連臉頰和眼睛都使盡了力氣，即使平靜無風，卻覺得池上明月彷彿裂成千千萬萬個碎片。

筋疲力竭的我，一瞬間不禁懷疑柏木是否為了嘲弄我口吃，才故意讓我進行這樣的苦行。然而，我逐漸感受到，試圖吹出樂音的肉體之努力，彷彿淨化了平時擔心口吃而總想圓滑說出第一個字的精神之努力。我還感受到吹不出來的聲音，早已確實存在於月光照耀下的靜寂世界某個角落。我只消用盡各種努力，到達那個聲音，並喚醒那個聲音就好。

該如何才能達到像柏木吹奏出來的靈妙聲音呢？別無他法，只有熟練才有可能，美就是熟練。正如柏木分明長著一雙醜陋的內翻足，卻能達到澄明的美妙音色一樣，我認為自己也能透過熟練到達相同境界，這想法給了我勇氣。但是，我產生了另一種認知。柏木吹奏的

〈御所車〉曲調之所以美妙動聽，不單是有月夜為背景襯托，也是因為他醜陋的內翻足之故吧？

隨著我對柏木了解越深，我才明白他討厭可以長久維持的美。他只偏好轉瞬消逝的音樂，或插好幾天就枯萎的鮮花，討厭建築和文學。他之所以造訪金閣，無疑也只是為了尋求明月照耀下的金閣。話說回來，音樂之美真是不可思議啊！吹奏者成就了短暫的美，將一定的時間轉變為純粹的持續，稍縱即逝、永不重複；音樂的壽命就如蜉蝣般短暫，卻是生命本身最完整極致的抽象與創造。沒有比音樂更像生命的東西了，而同樣是美，也沒有比金閣更遠離生命、更侮蔑「生」的美了。柏木吹奏完〈御所車〉的瞬間，音樂虛構的生命隨之死亡，而他醜陋的肉體和陰鬱的認知卻毫髮無傷、絲毫不變地殘留在那裡。

柏木向美尋求的並非慰藉！在不言不語間，我明白了這點。他喜愛的是，他以嘴唇朝尺八吹孔吹氣的短暫瞬間，在空中成就了美之後，比以往更加鮮明地保留下他自己的內翻足和陰鬱的認知這點。柏木喜愛的是……美的無益、美通過我們體內卻不留痕跡，以及美無法改變任何事物。如果美對我而言，也像柏木心中的概念，我的人生不知會變得多麼輕鬆。

……我遵循柏木的指導，不厭其煩地再三嘗試。我顏面充血，呼吸愈發急促。這時，我彷彿突然變成一隻鳥，從喉嚨裡洩露出鳥啼似地，尺八發出一聲粗厚的聲響。

「就是那樣！」

柏木笑著大喊。縱然聲音並不美妙，但同樣的聲音不停響起。這時，我從不屬於我的神祕聲音裡，隱隱聽見頭頂上那隻金銅鳳凰的鳴啼。

＊

後來，我每晚都照著柏木給我的樂譜勤練尺八。隨著能吹奏〈紅日照耀白色大地〉等樂曲後，我和他也恢復舊有的情誼。

五月，我想必須回送柏木些什麼，做為尺八的回禮。可惜我身無分文。我豁出去將這件事告訴柏木。他回我他不要什麼花錢的禮物，然後奇妙地歪了歪嘴角，對我這麼說：

「我想想。難得你這番好意，我倒是有個想要的東西。我最近很想插花，只是鮮花太昂貴。現在金閣四周正好是菖蒲及燕子花盛開的季節吧？你能不能幫我摘四、五枝燕子花，含苞待放的也好，剛開或已經盛開的也行；還要六、七根木賊。今晚再摘也可以。你晚上可以把花送來我寄宿的地方嗎？」

我不假思索地答應後，才發覺他實際上是在唆使我當小偷。但為了面子，我也只能變成採花賊了。

當天的晚餐是麵食。是一顆又黑又大的麵包，加上滷菜而已。幸好正值週六，下午不須坐禪，該出門的人已經出門了。今晚是「內開枕」，可以早睡，晚上十一點前外出也行，而且隔天早上稱為「寢忘」，還可以賴床。老師也早就出門了。

過傍晚六點半，天色逐漸昏黑。起風了。我等待著初更的鐘聲。到了八點，中門左側的黃鐘調⑮大鐘敲響了初更的十八響，餘韻悠揚，音色高亢明亮。

金閣漱清亭旁的蓮潭水注入鏡湖池，形成一道小瀑布，半圓形的柵欄圍著這瀑布。燕子花群生於四周。最近幾天，花兒開得分外迷人。

我一走過去，燕子花草叢便在夜風下窸窣作響。高掛的紫色花瓣，在沉靜的水聲中輕輕顫抖。那一帶伸手不見五指，花瓣的紫和葉子的濃綠，看起來都是一片漆黑。我想摘兩、三枝燕子花。但是，花和葉隨風窸窸窣窣，逃開我的手，一片葉子割傷了我的手指。

我抱著木賊和燕子花造訪柏木的寄宿處時，他正躺著看書。我擔心會遇上房東女兒，幸好她不在家。

小小的偷竊行為，使我身心快活。每次我和柏木扯上關係，我總是會進行小小的背德、小小的瀆聖和小小的罪惡，那些行為必令我感到快活。但是，我不知道罪惡分量逐漸增加，是否會導致快活的分量也隨著無限增加呢？

柏木興高采烈地接下我帶來的禮物。他還去房東太太那裡借來當成插花用的水盤和水中剪枝用的水桶等等。那房子是平房，他住在四張半榻榻米大的獨立廂房。

我拿起靠著壁龕直立擺放的尺八，將嘴唇貼在吹孔上，試著吹奏一首小小的練習曲，我

⑮黃鐘調：雅樂六調子之一。

吹得巧妙熟練，讓回房的柏木嚇了一大跳。但是，今晚的他，不再是來到金閣時的他了。

「你吹尺八時，一點也不會口吃嘛。我是因為想聽看看結巴的曲子，才教你尺八的耶。」

這句話，又將我們拉回到第一次見面時同樣的位置。他找回了自己的位置，而我也輕鬆地問他住在西班牙式大宅裡的千金。

「啊啊，那個女人嗎？她早就結婚了。」柏木簡單回答，「我鉅細靡遺地教她如何掩飾自己不是處女之身的方法，不過她丈夫為人老實，看來是順利應付過去了吧。」

他邊說邊將浸泡在水裡的燕子花一根一根拿出來仔細端詳，再將剪刀浸入水中，在水裡剪斷莖。他手中的燕子花，投影在榻榻米上劇烈晃動。他又突然說：

「你知道《臨濟錄》的示眾章裡，有這麼一句名言嗎？『逢佛殺佛，逢祖殺祖……』」

我接著他的話說：

「『……逢羅漢殺羅漢，逢父母殺父母，逢親眷殺親眷，始得解脫。』」

「沒錯，就是這段。那女人就是羅漢。」

「所以，你解脫了嗎？」

「哼。」柏木將剪好的燕子花整齊擺好，望著花說：「殺得還不夠徹底。」

裝滿清水的水盤內部塗上了銀色。柏木小心翼翼地將彎曲的劍山扳直。

我百無聊賴地繼續說：

「你知道《南泉斬貓》的公案吧？戰爭結束後，老師曾召集大家，講解了那段公案……」

「『南泉斬貓』嗎？」柏木量了量木賊的長度，邊插入水盤裡邊回答：「那件公案，在人的一生中，經常變化成各種不同的形態頻繁出現。那是一件令人毛骨悚然的公案。每在人生的轉角碰上它時，同一件公案的樣貌和意義都截然不同。南泉和尚所斬的貓，原本就是怪物。那隻貓很美，美得不可方物。貓有金眼，毛色亮麗柔順，這世上所有的逸樂和美，都如彈簧似地壓縮隱藏在牠小巧而柔軟的身軀中。除了我之外，大部分註釋者都忘了說，貓是美結合凝聚而成的物體。可是，貓簡直就像故意似的，突然從草叢中跳出來，露出溫柔卻狡猾的目光，讓人給逮住，進而引發兩堂之爭。因為美可以委身於任何人，卻不屬於任何人。所謂的美，該怎麼說才好呢？美就好比蛀牙。它碰到舌頭、刮傷舌頭、引發疼痛，好強調自己的存在。最後忍受不了疼痛，請牙醫將它拔除。把沾滿血的咖啡色骯髒小蛀牙放在掌心上看了之後，人們不是會這麼說嗎？『是它嗎？原來就是這個不起眼的小東西啊？它給我痛苦，不斷向我強調它的存在；原來頑固地在我的體內扎根的東西，如今不過是個死亡的物質。但是，兩者真的是同樣的東西嗎？如果蛀牙本來就存在於我之外，那麼它又因為什麼樣因緣，連接至我的內在，成為我痛苦的根源呢？這東西存在的根據是什麼？它的根據在我之內嗎？或者在它本身之中呢？話說回來，從我身上拔除又放到我掌心上的它，絕對是其他東西。絕對不是『那個』。

「你聽懂了吧？所謂的美就是這樣。因此斬貓就像拔掉疼痛的蛀牙、挖除美一樣，但那是不是最後的解決方法就不得而知。美的根源不會斷絕，即使貓死了，貓的美或許還沒死。趙州為了諷刺過度簡化的解決手法，才將鞋子頂在頭上。可以說，趙州知道除了忍受蛀牙的痛苦外，別無他法。」

不愧是出自柏木的解釋，但我覺得他大概看穿了我的內心，才借我的話題發揮，以諷刺那個未解決的公案。我開始真正畏懼起柏木。但我擔心沉默更加可怕，便進一步詢問：

「你屬於哪邊？是南泉和尚，還是趙州呢？」

「很難說。現在，我是南泉，你是趙州；有朝一日，或許你會成為南泉，而我變成了趙州。因為這件公案就像『貓眼』一樣千變萬化啊！」

說話的同時，柏木雙手微微抖動，把生鏽的小劍山放入水盤排好，再將長長的木賊插於其上，配上三瓣葉修剪整齊的燕子花，逐漸插成觀水型的配置。水盤旁堆放了許多清洗乾淨的細沙，以便最後修飾加工，沙礫細緻剔透，呈白色和褐色。

他的手藝只能以精湛形容。他一個接一個下定小小的決斷，準確地集中對比和均整的效果，使自然植物在一定的旋律下，鮮明地轉移到人工秩序裡。天然的花與葉，轉瞬改變樣貌成為應有的花與葉；木賊和燕子花不再是一株株無名的同種植物，而是極為簡潔、直述式地表現出木賊及燕子花的本質。

然而，他的手法也帶著殘酷。他就像擁有不快的陰暗特權似地對待植物。不知是否這個緣故，每當剪刀聲響，剪下花莖時，我彷彿看到花滴下一滴滴的血。

觀水型插花大功告成。水盤右側，木賊的直線和燕子花葉俐落高雅的曲線交叉，其中一朵花已然綻開，另外兩朵仍舊含苞待放。這盆花擺在小壁龕裡，幾乎塞滿。水盤上的水影靜止下來，掩蓋住劍山的沙礫，呈現出清澄的水邊風情。

「太精采了！你是在哪學的？」我問。

「我跟附近的女插花師傅學的。她應該快到這裡了。我和她交往，同時向她學插花，等我學會自己插花後，就覺得膩了。她還很年輕貌美。據說，戰爭時，她和一名軍人互訂終身、懷了身孕，孩子死產，軍人也戰死了，後來她就不停流連在男性之間。那女人手頭有點小錢，教人插花只是她的消遣。你今晚可以隨便帶她出去走走。不管去哪，她都會跟著去。」

……這時襲擊我的感動錯亂了。當年我從南禪寺山門上看見她時，身邊還有鶴川，三年後的今天，她卻以柏木的眼睛為媒介，浮現在我面前。她的悲劇，過去被明亮的神祕之眼盡收眼底，現在又遭到什麼都不相信的黑暗眼瞳窺視。可以確定的事實是，當時那對宛如白晝之月般遙遠的乳房，已被柏木雙手撫摸過；當時包覆在華美振袖和服裡的雙腿，也早被柏木的內翻足觸碰過了。可以確定的是，她已經遭柏木、遭到認知汙染了。

這樣的想法令我苦惱，使我坐立不安，無法繼續待在原地。但是，好奇心拉住了我。我以為是有為子轉世的她，現在卻成了一個被身障學生拋棄的女人，而我迫不及待地期盼著她的出現。不知不覺間，我也和柏木同流合汙，沉浸在親手汙染自己回憶的喜悅錯覺中。

……女人終於來了。我的內心並未掀起波瀾。我至今仍記得一清二楚。她沙啞的嗓音、優雅有禮的舉止和高雅的談吐，但她顧忌著我，眼睛裡閃爍凶狠的神色，朝著柏木發牢騷……這時我才明白柏木今晚叫我過來的理由，原來是要拿我當擋箭牌。

女人與我記憶中的幻影判若兩人。她給我的印象，就像第一次見面的其他個體。女人高雅的談吐逐漸變成胡言亂語，她還是沒將我放在眼裡。

女人終於忍受不了自己的自怨自艾，似乎決定從挽回柏木之心的努力，暫時後退一步。她改為假裝從容冷靜，環顧狹窄的房間。女人足足待了三十分鐘，才發現擺在壁龕裡的那盆花。

「真是美麗的觀水型呢！你手藝真不錯！」

等著她說出這句話的柏木逮到機會，給了她致命一擊。

「我手藝很巧吧。正如妳所見，妳已經沒有什麼值得我學習了。沒有妳的用處了，真的。」

我看見女人聽完柏木這些話後，臉上頓時失去血色，於是我轉開視線。女人輕輕一笑，接著規規矩矩地以膝行靠近壁龕。我聽見女人的聲音：

「這算什麼花！這是什麼東西！」

水花四濺，木賊傾倒，綻放的燕子花被扯成碎片。我不惜行竊摘來的花草，竟落得一片狼藉。我不禁站起身來，不知如何是好地將背靠在玻璃窗上。我看見柏木抓住女人纖細的手腕，接著抓住她的頭髮，賞了她一巴掌。柏木一連串粗暴的行為，其實與剛才插花以剪刀剪斷莖葉時冷靜的殘忍並沒兩樣，就像那個行為的延續。

女人以雙手捂住臉，衝出房間。

柏木抬起頭來望著僵立在原地的我，異樣地露出孩子般的微笑，對我說：

「你快點追上去安慰她。快點！」

我自己也不太清楚，我是被柏木那句話的威力震懾住了？還是發自內心同情著女人？總之，我立刻拔腿追上去，從寄宿處跑了兩、三棟房子才追上她。

那裡是烏丸車庫後方的板倉町其中一塊區域。電車進入車庫的回聲，迴盪在深沉的夜空下，行駛時發出的淡紫色火照亮夜空一角。女人從板倉町往東去，走上小巷。我不發一語，走在邊哭邊走的女人旁邊，過了一陣子她才發現我，朝我靠了過來。她的聲音因為哭泣變得更加沙啞，但她仍以高雅的言詞，滔滔不絕地向我抱怨柏木的暴行。

我們不知走了多遠！

她在我耳邊鉅細靡遺地控訴柏木的暴行，以及惡劣卑鄙的細節，但是她所說的一切在我耳裡聽來，不過是「人生」這個字罷了。他的殘忍性、計畫周到的手段、背叛、冷酷、向女人勒索金錢的種種手段，這一切只不過說明了他難以言喻的魅力。而我只要相信他對自己那雙內翻足的真誠就足夠。

自從鶴川猝死後，一直接觸不到生的我，久違地觸碰到了另一個不那麼薄命的黑暗之生，碰觸到一種只要還活著就會不停傷害別人的生之躍動，並且得到了鼓舞。他那句「殺得還不夠徹底」的簡潔話語突然覺醒，衝擊著我的耳朵。我心中回想起戰爭結束時，在不動山頂上望著京都市街萬家燈火，而發出的祈禱，「但願包圍我內心的黑暗，與包圍無數燈火的黑夜一樣深沉」這句話。

女人前進的方向不是她家。為了說話，她專挑行人稀少的小巷，漫無目的地亂走。好不容易走到女人獨居的住處時，我已經分不清自己身處何方了。

時刻已過十點半，我打算告辭回寺廟去，女人硬是挽留了我，邀我進房。

她走在前面，打開電燈，突然對我說：

「你曾經詛咒過別人，希望他死掉嗎？」

我立即回答「有」。說也奇怪，在那之前我一直遺忘了，但我明顯希望房東女兒快點死去，因為她見證了我的恥辱。

「真可怕。我也是。」

女人放鬆姿態，側身坐在榻榻米上。房間裡的電燈大概有一百瓦，在限制電力的時期，難得看見這樣的亮度。跟柏木住宿處的電燈相比，足足有三倍亮。電燈這時才照亮了女人身體。她腰上的白博多名古屋帶鮮明潔白，友禪和服上浮現紫色朦朧的藤花。

從南禪寺山門到天授庵大廳之間，隔著鳥兒才能飛越的距離；而我似乎花了好幾年的時光，漸漸縮短那段距離，感覺現在總算到達了那裡。從那時起，我終於隨著光陰一分一秒流逝，確實接近了天授庵神祕情景所代表的意義。我認為，我非這麼做不可。正如遙遠的星辰光芒抵達地球時，地上的樣貌早已改變一樣，女人變質也是無可厚非。如果當初我從南禪寺山門上看見她時，就注定和她今天會結合在一起，我想，相貌的改變也不算什麼，只需一點修正就能復原，再度以當時的我和當時的她相見。

於是，我說了。我呼吸急促、結結巴巴地告訴了她。那時的嫩葉重生，五鳳樓天花板上的天人和鳳凰也全甦醒過來。女人臉頰泛起充滿活力的紅暈，眼中閃現混亂不定的光芒，取代原先凶狠的眼神。

「原來如此。哎呀，原來如此。真是奇妙的緣分啊！所謂奇緣，就是如此吧！」

女人眼中充滿激昂喜悅的淚水。她忘了先前的屈辱，反過來投身回憶之中，使激昂延續轉移為另一種激昂，幾近瘋狂。紫色藤花紋和服下襬凌亂展開。

「我已經擠不出奶水了。啊啊，我可憐的孩子！雖然我已擠不出奶，但我還是照樣做給你看吧。因為你從那時就喜歡著我。現在，我就把你當成他吧。一想到是他，我就不覺得羞恥了。我就照當年的情景，再讓你看一次。」

女人以下定決心的語氣說完之後所做的事，看似出於過度的狂喜，又像來自過度的絕望。大概是她的意識裡只有狂喜，促使她做出激烈行為的真正力量，是來自柏木給她的絕望，或者絕望濃烈又久久不散的後味。

我看見她在我眼前解開固定腰帶的絹布，解開一條條固定的細繩，解開摩擦發出聲響的絲綢腰帶。女人敞開領口。她從隱約可見雪白的胸口，掏出左邊的乳房，展示在我面前。

若說我未感到眩暈，就是謊言。我看見了。看得一清二楚。然而，我僅成了證人。我從山門樓上看見一個遠處的神祕白點，並非眼前這塊具有一定質量的肉。由於那個印象經過了長久的發酵，使眼前的乳房在我眼裡，不過是肉塊或一種物質。而且也不是要控訴什麼或引誘什麼的肉塊。它只是顯示存在索然無味的證據，脫離了生的整體，孤伶伶地呈現在那裡罷了。

我還想撒謊。沒錯。我的確感受到一陣眩暈。然而，我的雙眼看得太過詳細，使乳房超脫了女人的乳房，逐漸改變樣貌成為毫無意義的碎片；我逐一看見了變化的過程。

……不可思議的是接下來發生的事。經過如此痛苦的過程後，我才終於看出它的美。它被賦予了美無義無感的性質，即使乳房就在我眼前，卻漸漸躲藏在它本身的原理之內。就如薔薇躲藏在薔薇的原理之內一樣。

對我而言，美總是姍姍來遲。比別人更遲，當別人同時發現了美和感官，而我總是遲了一步才發現。眼看乳房恢復了與整體的關聯……超越肉體……變成無感卻不朽的物質，通向永恆。

希望人們能明白我所想說的事。此時，金閣又出現了。應該說，乳房變成了金閣。

我回想起初秋值夜的颱風之夜。即使在月光照耀下，深夜的金閣內部，格子吊窗的內側、木板門的內側、金箔剝落的天花板底下，都沉積了沉重豪華的黑暗。那是理所當然。因為金閣本身不外乎就是精心構築打造而成的虛無。眼前的乳房就跟金閣一樣，表面釋放出肉體閃耀的光芒，內在同樣塞滿了黑暗。本質同樣是沉重豪華的黑暗。

我絕不沉醉於認知。認知反倒遭受了踐踏和侮蔑。生和欲望更不用提！……深深的恍惚並未離開我，我彷彿暫時麻痺了，面對著她裸露的乳房坐了下來。

……

我又再次遇見了將乳房收回懷裡的女人冰冷至極的輕蔑眼神。我向她告辭。女人送我到門口，在我背後高聲關上了格子門。

——直到返回寺廟前，我陷入恍惚。心中只有乳房與金閣不停來去交錯。無力的幸福感充滿了我。

但是，當我透過隨風窸窣作響的漆黑松林，看見松林彼方的鹿苑寺大門時，我的心漸漸冷卻，無力感勝過了幸福，陶醉恍惚的心境變成了厭惡，一股莫名的憎恨湧上心頭。

「我又再次與人生隔離了！」我喃喃自語，「又一次！金閣為什麼要保護我？我分明從沒拜託過它，它為什麼要將我和人生隔離呢？原來如此，金閣或許是想拯救我，使我不墮地獄。金閣透過這麼做，讓我成為比下地獄的人更壞、『比任何人都更加通曉地獄消息的男人』了！」

大門漆黑且無聲。早晨鳴鐘時會熄燈的側門，上頭的燈還微微發亮。我推開側門。垂掛在門板內側古老生鏽的鐵鎖發出響聲，門打開了。

守門人已入睡。側門內張貼了一張晚上十點後最後回寺廟者要鎖門的內規；尚未翻面的名牌還有兩張。一張是老師的名牌，另一張則是老園丁的名牌。

我走著走著，只見右手邊工作場上橫放了幾根超過五公尺長的木材，即使夜已深也看見木材發出明亮的木頭色。我走近工作場，看見木屑散落一地，就像鋪上一層黃色小花似的，黑暗中飄散著一陣濃郁的木香。我本想從工作場角落的水井旁邊走回庫裡（僧房兼廚房），但折了回來。

就寢前，我必須再見金閣一面。我將沉睡的鹿苑寺本堂置之身後，經過唐門前，踏上通往金閣的路。

金閣逐漸映入眼簾。在四周窸窣的樹叢環繞下，金閣在黑夜裡屹立不搖，不眠不休，就像在護衛著黑夜。……沒錯，我不曾看見金閣如沉睡的寺廟般安穩入眠。這棟沒有人住的建築物，可以忘卻睡眠。因為居住其中的黑暗，完全不須服從人類的法則。

我有生以來第一次以幾近詛咒的口吻，朝金閣瘋狂嘶吼：

「我總有一天一定會掌控你。我總有一天會把你變成我的，讓你沒有機會再來妨礙我！」

聲音空虛地迴盪在深夜的鏡湖池上。

七

總之，我的體驗中似乎有種不謀而合的作用，正如貼滿鏡子的長廊，同一個影像無限延續到深處，遇見新的事物也清楚映照出過去所見事物的影子。我受到這樣的相似引導，不知不覺步入走廊深處，彷彿踏進無底深淵。我們並非突如其來碰上了命運。不久後應判處死刑的男人，在平時熟悉的道路上看見兩旁電線杆和平交道，腦海中應該也會不斷描繪出刑架的幻影，並對幻影感到熟悉。

因此，我的體驗裡，沒有過去的累積。沒有類似重疊形成地層，進而堆積成山的厚度。除了金閣，疏遠萬事萬物的我，即便面對自己的體驗，也不覺得特別親近。我只知道尚未遭黑暗的時間汪洋吞沒、不曾陷入無盡反覆的無意義——由這些小部分的連鎖，構成了可憎又不吉利的畫面，正在那些體驗裡逐漸成形。

我有時心想，那一個個小部分究竟是什麼？那些發光的零碎斷片，比在路旁閃閃發亮的啤酒瓶碎片更加缺乏意義，更欠缺法則。

話雖如此，我也不認為這些斷片是過去曾經美麗完整的形態，坍塌後形成的碎片。因為在我看來，那些斷片雖身處無意義之中，並完全欠缺法則、悽慘落魄地遭到世人遺棄，但仍各自夢想著它們的未來。即使身分低賤如碎片，仍絲毫無畏、沉靜得令人毛骨悚然地……夢想著未來！夢想著傷口絕不會痊癒或康復、伸手不及、前所未見的未來！

如此不明瞭的自我省察，也會帶給我一種格格不入的抒情式亢奮。這時候，若碰巧遇上月明之夜，我就會帶著尺八，到金閣岸邊吹奏。現在，我不用看樂譜也能吹出先前柏木吹奏過的〈御所車〉曲調了。

音樂如夢，同時也恍如與夢相反的清醒狀態。我思忖著，音樂究竟屬於哪邊？無論如何，音樂具備了使兩種相反事物逆轉的力量。我有時輕而易舉便化身為我吹奏的〈御所車〉曲調。我深知精神化身為音樂的樂趣。不同於柏木，音樂對我而言確實是一種慰藉。

……每次吹完尺八，我總忍不住暗忖，金閣為什麼不責備、不阻礙我化身成音樂，卻默許我呢？另一方面，每當我想化身成人生的幸福和快樂時，金閣為何一次也不放過我？總是立即打斷我的化身，讓我回歸自我，不就是金閣的做法嗎？為什麼只有音樂，金閣才容許我陶醉和忘我呢？

……這麼一想，正因為金閣允許，使得音樂的魅力變得稀薄。因為既然獲得金閣的默認，那麼音樂再怎麼類似生，也不過是假冒的虛構之生；即使我化身為音樂，也必然短暫而無法永久。

請別以為我在女人和人生上遭受兩次挫折後，就放棄一切，消沉並封閉自我。直到昭和二十三年（一九四八）歲暮前，我有過好幾次機會，柏木幫我介紹了一些女人，我也毫不退縮地全力以赴。可惜總落得相同結果。

金閣總會出現在女人和我之間，以及人生和我之間。我想抓住的東西，只要伸手一碰就立刻灰飛煙滅；我對未來的展望也化為沙漠。

有次，我在庫裡後方的菜田工作，空閒時看見蜜蜂造訪小小的黃色夏菊。一隻蜜蜂的金色翅膀嗡嗡作響，飛過撒滿陽光的天空，在數量繁多的夏菊中選了一朵，在花兒前面上下晃動，停留了好一會兒。

我想像自己變成蜜蜂的眼睛，觀察面前的小花。菊花展開無瑕且端正的黃花瓣，儼然就像一座微小的金閣，美麗而完整，但絕未變形成金閣，仍是一朵夏菊。沒錯，的確是菊花，是一朵花，是一種不含形而上暗示的形態。透過保持得恰到好處的存在，散發出滿溢的魅惑，恰恰符合蜜蜂的欲望。面對無形、飛翔、流動、強而有力地蠢動的欲望，將形態化為欲望的對象，隱身於其中而活，是多麼神祕啊！形態逐漸變得稀薄，即將破裂，不停顫抖。那也無可厚非，因為菊花端正的形態，是參照蜜蜂的欲望而成；菊花的美也是朝著預感綻放。因此現在正是形態的意義，在生之中閃耀的瞬間。形態正是無形流動的生之鑄型；同時，無形的生之飛翔，也是這世界所有形態的鑄型。……蜜蜂一頭鑽進花朵深處，沾滿了花粉，沉醉於酩酊之中。我看見接納蜜蜂飛入其中的夏菊，強烈地抖動身體，好像也變成了穿著黃色氣派盔甲的蜜蜂，隨時準備離開花莖騰空飛起。

我幾乎為陽光、和陽光下的種種活動感到眩暈。忽然間，我又脫離了蜜蜂的眼睛，變回我自己的眼睛，此時，我的眼睛正好落在金閣眼睛的位置上看著這一切。事情是這樣的。正如我放棄蜜蜂的眼睛，變回我自己的雙眼一樣，當生逼近我的剎那，我放棄了我的眼睛，而將金閣的眼睛變成了我的。金閣無疑就在此時此刻，出現在我和生之間。

……我變回我的雙眼。蜜蜂和夏菊不過是在茫茫的物質世界裡，「被安排好的」東西。蜜蜂飛翔和花朵搖曳，無異於微風吹拂。在靜止冰凍的世界裡，一切都相同，不分高低，曾經散發誘人魅惑的形態已死。菊花不是因為形態，而是透過我們含糊籠統地以「菊花」之名稱呼它，才依照約定展示出它的美麗罷了。我非蜜蜂，不受菊花誘惑；我非菊花，也不受蜜蜂戀慕。一切形態與生的流動之間的親密已消逝。世界被棄置於相對性之中，只剩時間不停流動。

永恆而絕對的金閣出現，我的雙眼變成金閣之眼時，世界將改變樣貌，而在變形的世界裡，只有金閣保持形態，占有美，其餘事物都將歸於沙塵，我不消贅言了。自從那名娼婦踏進金閣庭院以來，還有鶴川猝死之後，我心中反覆提出這樣的疑問：「罪惡是否可行？」

*

事情發生在昭和二十四年（一九四九）過年期間。

多虧週六除策（去除警策⑯之意），我到三番館的廉價戲院看完電影的回程路上，久違地來到新京極獨自漫遊。在雜沓的人潮中，我碰上了一個熟悉的面孔，還來不及想起他是誰，面孔已隨人潮推擠消失在我身後。

他頭戴毛氈帽，身穿高級外套，圍著圍巾，身邊帶著一名身穿紅棕色大衣、一眼就能看出是藝妓的女人。男人桃紅色的肥胖臉孔上，有種嬰孩般的清潔感和長鼻子，一般中年紳士看不到如此異樣的長相……不是別人，正是老師，而毛氈帽幾乎掩蓋了老師的臉部特徵。

我雖然沒什麼好內疚，卻害怕被對方發現。因為在那短暫的一瞬間，我產生了想逃避的心情，我不願成為老師變裝外出的目擊者、見證人，也不想和老師默默結下信賴或不信的關係。

這時，一隻黑狗混在年節夜晚的人馬雜沓中。黑色長毛狗似乎很習慣穿梭於人潮，牠巧妙鑽過女人華美大衣和穿著軍隊外套的行人腳邊，四處光顧各家商店。黑狗在一家專賣聖護院八橋煎餅的老字號禮品店門前嗅著香味。我這才因為商店的燈光，看清黑狗的臉，牠一眼潰爛，堆積在潰爛眼角上的眼屎和鮮血，就像瑪瑙。另一完好的眼睛緊盯正下方地面。背上的長毛糾結成團，僵硬的毛束分外顯眼。

我不知為何黑狗會引起我的關心。說不定是黑狗心中頑固地懷著一個與明亮繁華街道截然不同的世界、徘徊不定的模樣吸引了我。黑狗行走在只能靠嗅覺的黑暗世界裡，與人類的市街重疊。不如說，燈火、唱片的歌聲和笑聲，都受到揮之不去的黑暗氣味所威脅。因為氣味的秩序最確實，黑狗潮濕腳下揮之不去的尿臭，和人類內臟器官散發出來的隱隱惡臭，確實有著關聯。

天寒地凍。兩、三個像從事黑市買賣的年輕人，扯下過了初七還未撤下的門松枝葉走過。他們張開戴著全新皮革手套的掌心，互相較量。其中一人手心上只有幾根松葉，另一人手心裡留下一小根完整的松枝。這群黑市商人邊笑邊走了過去。

我不知不覺間跟在黑狗後頭。途中以為跟丟了，但黑狗又突然出現，在通往河原町的路上轉彎。我就這樣來到一條比新京極還昏暗的人行道上，就在電車軌道旁。黑狗消失了蹤影。我停下腳步，左右張望，還走到電車軌道旁，尋找黑狗的去向。

此時，一輛車身晶亮的計程車停在我面前。車門打開，女人先坐進車裡。我不自覺轉頭看向車子的方向。準備跟著女人上車的男人，忽然注意到我，呆站在車門旁動也不動。

男人就是老師。我不知為何不久前與我擦身而過的老師和女人，繞了一圈之後又碰上了。總之，男人就是老師，先上車的女人身上那件紅棕色大衣，以及剛才看過的顏色，還留在我的記憶裡。

這次我躲不掉了。我驚慌得說不出話來。還來不及發出聲音，口吃就在口中翻滾沸騰。最後，我露出連自己都意想不到的表情。我毫無緣由地突然朝老師咧嘴一笑。

⑯警策：為防止坐禪時打瞌睡，拿來敲打肩膀的長方形木板。

我無法說明我為何笑出來。笑意從外而來，彷彿突然貼附在我嘴邊。老師看見我的笑容，頓時臉色驟變。

「蠢蛋！你跟蹤我嗎？」

老師大聲喝斥我，逕自坐進車裡，狠狠一甩關上車門，計程車便疾駛離去。這時我才恍然大悟，不久前在新京極撞見老師時，他已確實注意到我了。

翌日，我等待著老師把我叫去痛斥一番。那應該也會是我解釋清楚的大好機會。但是，跟上次踐踏娼婦那事件一樣，從第二天起，老師便以無言的放任開始折磨我。

偏偏就在此時，母親又寄來一封信。結語依舊是，她活著的樂趣，就是期待我當上鹿苑寺住持的那一天到來。

「蠢蛋！你跟蹤我嗎？」老師這一喝，我越想越覺得不對勁。假若他是一名詼諧而豪放磊落、像個禪僧的禪僧，他就不會將如此庸俗的斥責加諸在弟子身上吧。反之，他應該會說出更加有效且一針見血的話才對。雖然事態已無法挽回，但後來想想，老師當時一定誤會了我，以為我跟蹤他，甚至露出抓到狐狸尾巴的表情嘲笑他。他一時驚慌狼狽，才會不自覺對我發怒。

不管怎麼說，老師的沉默無言，又成了不安，鎮日壓迫著我。老師的存在成為巨大的力量，就像在眼前揮之不去的飛蛾影子。老師應施主之邀外出進行法事時，照例會由一到兩名侍僧陪伴同行，原本一定是由副司陪同，但最近實行所謂民主化之後，就由副司、殿司、我和另外兩個弟子，共五人輪流負責。挑剔嚴格的個性至今仍廣為大家談論的舍監，接獲徵召入伍後戰死了。因此，由四十五歲的副司兼任舍監一職。鶴川過世後，又補了一名新的弟子。

同一時期，一樣隸屬相國寺派的某傳統古剎寺住持逝世了，老師應邀參加新任住持的就職儀式，這次輪到我同行。老師並未故意排除我，因此我衷心期待在往返途中或許可以得到解釋的機會。臨行前一天晚上，又追加一名新進弟子同行，使我的期望全白費了。

熟悉五山文學[17]的人，想必還記得康安元年石室善玖[18]進入京都萬壽寺的入院法語。新任住持抵達就職的寺廟後，從山門經由佛殿、土地堂、祖師堂，最後進入方丈室，一路上留下了許多美妙法語闡釋佛法。

新上任的喜悅令住持心中雀躍，他指著山門自豪地說：

「天域九重內，帝城萬壽門。空手拔關鍵，赤腳上崑崙。」

方丈室內開始焚香，舉行向嗣法師獻上報恩香的嗣法香儀式。從前的禪宗不拘泥於慣例，個人省悟的起源比什麼都受到重視，在這樣的時代，與其說是師父決定弟子，不如說是

---

⑰五山文學：以鎌倉末期和南北朝時代為中心，盛行於鎌倉及京都五山的禪僧漢文學。後成為江戶時代儒學興盛的基礎。

⑱石室善玖（一二九四－一三八九）：室町時代的禪僧。康安元年為西元一三六一年。

弟子選擇師父。弟子除了最初受業的師父之外，還必須接受各方師父的印可⑲，並須在獻嗣法香時，透過法語公開自己心中決定繼承其法的師父名諱。

我一邊望著盛大隆重的焚香儀式，一邊苦惱著，將來假設我繼承了鹿苑寺，在獻嗣法香時，能否依照慣例宣告老師的名字？我說不定會打破七百年來的慣例，宣告其他人的名字。早春午後，方丈室裡寒風刺骨，五種香的香氣四溢，擺放在三具足（華瓶、燭台、香爐三種佛具）後閃閃發光的瓔珞、環繞在本尊背後的耀眼光背，以及並肩而坐的僧侶袈裟色彩，我幻想著，如果有一天我也能在那裡焚燒嗣法香……。我在新任住持的身上，描繪自己變成住持的模樣。

……到時，我必會在早春凜烈的大氣鼓舞下，用世上最歡欣痛快的背叛來踐踏這個習慣吧。在座眾僧恐怕會嚇得目瞪口呆，氣得臉色鐵青吧。我不會說出老師的名字。我將會說出其他名字……其他名字？但是，真正令我省悟的師父是誰？我真正的嗣法師又是誰？我說不出話來。口吃阻礙著我，我無法輕易說出口。我一定會口吃吧？結結巴巴地說另一個名字是「美」或是「虛無」，於是引起哄堂大笑。而我只能狼狽地呆然佇立在笑聲中……

——我突然從夢中驚醒。老師有他該做的事，需要身為侍僧的我協助。對於侍僧而言，能列席參加這種儀式本來就相當值得驕傲，何況鹿苑寺住持還貴為當日上賓。上賓負責在嗣法香結束後敲打白槌，證明新任住持並非「贗浮圖」，即不是冒牌和尚之意。

老師稱頌：

麼顯而易見。

「法筵龍象眾，
當觀第一義。」

緊接著，高聲敲響白槌。響徹方丈室的白槌聲，讓我重新認識到老師擁有的權力是多麼顯而易見。

我忍受不住老師沒完沒了的無言放任。若是我還有些許人類的感情，就無法不去期待對方回以相應的感情。無論是愛也好，是憎也罷。

伺機窺探老師臉色，已成為我可悲的習慣，但他臉上未浮現任何特別的感情來。他的面無表情甚至算不上冰冷。即使他的面無表情意味著侮蔑，也不是針對我個人而來，而是更加普遍的事物，好比人性或種種抽象概念。

我從那時起，決定強迫自己回想老師那顆活像動物的腦袋，和醜陋難堪的肉體。我想像他排便的模樣，甚至他與紅棕色大衣女人同床共寢的姿態。我幻想著他面無表情的臉放鬆了，因快感而鬆弛的臉上，露出不知是歡笑還是痛苦的表情。

老師光滑柔軟的肉，與同樣平滑軟嫩的女人肉體融合，幾乎無法分辨。老師大腹便便，擠壓著女人隆起的腹部。……但不可思議的是，無論我如何天馬行空地想像，老師的面無表

⑲印可：師父證明弟子已熟習佛法並悟道。接受印可證明的僧稱為嗣法，其師則稱為嗣法師。

情都會立即令我聯想到排泄或交配的動物表情，沒有介於兩者之間的東西。日常那些細膩感情交織而成的色彩，不像彩虹一樣連結彼此，而是一個一個從極端變化為另一個極端。若說兩極之間有什麼關聯、有什麼線索，也就只有當初那瞬間粗鄙的喝斥：「蠢蛋！你跟蹤我嗎？」

想倦了，等膩了，最後我成為難以拔除的欲望——只想清楚捕捉老師憎惡的表情一次——的俘虜。最後，我想出了這樣的計謀，瘋狂且稚氣，而明知會對我不利，卻無法控制自己，甚至不顧這樣的惡作劇會進一步證明老師對我的誤解。

我到學校向柏木打聽了店家地點和店名。柏木不過問理由就告訴了我。當天我立刻到那家店，看見無數明信片大小的祇園名妓照片。

經過人工化妝的女人臉孔，起初看來都是一個樣，但看久了，便逐漸顯現出每個人性格的微妙差異。透過一樣塗上白粉與胭脂的面具，躍然展現出明暗、伶俐的智慧和美麗的愚昧、不悅和永無止境的開朗，以及不幸和幸福等多樣的色調。我好不容易才找到我想找的那一張照片。在店裡過度明亮的燈光照耀下，照得紙面反光，害我差點就錯過了。不過，照片在我手中不再反光，出現了身穿紅棕色大衣的女人臉孔。

「請給我這張。」我對店員說。

不可思議的是，我不知為何變得如此大膽。這也和自從著手執行計謀後，我一掃先前的鬱悶，變得分外開朗，並因難以言喻的喜悅，心中激昂得不可思議，互相有所影響。我一開始想趁老師不在的期間趁機動手，讓他察覺不出是誰幹的好事。但是，隨著時間流逝，昂揚的情緒驅使著我，讓我不惜選擇讓他清楚知道是我幹的危險方法。

送早報到老師房間一直是我的工作。三月春寒料峭的清晨，我一如往常到大門口拿報紙。我從懷裡掏出祇園妓女的照片，夾入其中一頁報紙時，心中不禁澎湃。

前院圓環中央，環繞在圓形籬笆中的鐵樹，沐浴在朝陽下。鐵樹粗糙的樹皮在朝陽下勾畫出鮮明的輪廓。左邊有棵小菩提樹。四、五隻晚歸的黃雀停在菩提樹枝上，發出如手轉念珠的細微啾啁。這時還有黃雀，令我意外。在晨光照耀下的枝椏間移動來去的纖柔黃色胸毛，確實是黃雀。鋪滿前院的白色石子，悄然無聲。

我大略以抹布擦拭完地板後，小心翼翼地走過還到處濕漉漉的走廊，以免沾濕了腳。老師位於大書院的房間紙門依舊緊閉。天色尚早，還能清楚看見潔白的紙門。

我跪在走廊上，一如往常地說：

「恕弟子打擾。」

得到老師的回應後，我打開紙門入內，將摺疊起來的報紙輕放在書桌一角。老師低著頭在看書，並未正視我的雙眼。……我退出房間，關上紙門，強作鎮定，慢慢從走廊走回自己的房間。

直到上學前的這段時間，我一直坐在自己房間裡，任憑心跳逐漸高昂，我以前從不曾懷抱希望期待著一件事。分明是期待老師對我心生憎恨才幹出這樣的事，但我心中卻幻想人與人之間互相理解、充滿戲劇性熱情的場面。

老師或許會突然來到我的房間，饒恕我的所作所為。得到饒恕的我，也許會像鶴川的日常生活一樣，生平第一次到達純潔無瑕而開朗明亮的感情。最後剩下的，無疑只有老師和我互相擁抱，感嘆事到如今才理解彼此而已。

我無法解釋為何我會在如此短暫的時間中，熱衷於此等荒唐的幻想？冷靜想想，我是想透過無聊的愚蠢行為來惹怒老師，讓他從繼承住持的候選人名單中刪除我的名字；由我自己製造出開端，讓我永遠失去當金閣主人的希望。此時此刻，我甚至忘了長久以來對金閣的執著。

我朝大書院的方向豎耳傾聽，打探老師房裡的動靜。沒聽見半點聲音。

我開始期待老師的怒不可遏和大發雷霆。即使遭老師拳打腳踢而頭破血流，我也不會後悔。

但是，大書院鴉雀無聲，並未傳來任何聲音……

那天早上，到了上學時間，我走出鹿苑寺時已身心俱疲、頹然喪氣。到了學校，課也聽不進去。老師問我問題，我也答非所問，惹得同學哄堂大笑。只有柏木毫不關心地望著窗外。想必柏木早就察覺我這齣內心戲了。

回到寺廟後，依舊不見任何變化。寺廟生活昏暗、帶著發霉臭味的永久性，就介於今日和明日之間，不會產生任何差異和懸隔。今天恰巧是每月兩次講授教典課程的一天，寺內眾僧都得聚集在老師的起居室聽講，但是我相信老師應該會假借講授《無門關》，當眾責問我。

我深信老師會那麼做的理由如下。對於今晚上課和老師相視而坐，我感受到一種男性的勇氣，雖然我自知這種勇氣並不適合我。而老師應該會回應我，展現出男性的美德，打破偽善，在寺廟眾僧面前坦承他自己的罪行，然後再責問我的卑劣行為。

……寺廟眾僧手上拿著《無門關》教材，聚首在昏暗的電燈下。夜晚寒冷，但老師身旁只放著一個小小的烘手爐。我聽見吸鼻涕的聲音。老老少少低著頭的臉龐蒙上黑影，人人臉上都洋溢著一股難以言喻而有氣無力的表情。新進的徒弟，白天擔任小學教師，他的近視眼鏡老是滑落扁塌的鼻梁。

只有我感到體內充滿力量。至少我是這麼認為。老師翻開教材，環顧眾人。我雙眼緊追老師的視線。因為我想讓他看見，我絕不垂下目光。但是，老師那對被肥肉擠出皺紋的眼睛，並未露出半點興趣，他的視線經過我，移到旁邊的人臉上。

老師開始講課。我一心等著他講到某個地方，突然話鋒一轉，轉到我的問題上。我豎耳傾聽。老師尖銳的聲音不絕於耳。老師內心的聲音，卻一句也聽不見……

當晚，輾轉反側的我對老師產生了輕蔑，我想嘲笑他的偽善。但是，油然而生的悔恨，不讓我維持高昂的心情。我對老師的偽善所產生的輕蔑，奇妙地連結起我軟弱的心。我終於明白他是個不足取的對象，甚至領悟到，就算向他道歉，我也不算落敗。我的心一度爬上陡峭坡道，又快馬加鞭地衝了下來。

我決定明天一早就去道歉。到了早上，我又改變主意，決定今天之內向他道歉。老師的表情依然不見任何變化。

這天颳起颯颯寒風。我從學校回來，漫不經心地打開書桌抽屜，看見一個白紙包。裡頭包著那張照片，紙上一個字也沒寫。

老師似乎打算用這種方法結束這件事。他不是選擇明顯的置之不問，而是透過這方式讓我明白我的行為無效。但是，這種歸還照片的奇妙方法，突然給了我無限遐想。

「老師一定也很痛苦。」我心想，「他一定是絞盡腦汁，才想出這個辦法。他現在的確對我恨之入骨。大概不是因為照片才心生憎恨，而是這張照片使他必須在自己的寺廟內也得避開人們的目光，趁四下無人，躡手躡腳走過走廊，來到從未造訪的徒弟房間，簡直像犯罪一樣打開我的書桌抽屜，不得不做出卑鄙的行為，因此老師現在得到充分的理由來憎恨我了。」

一想到這裡，我心中迸出一股不得而知的喜悅。那之後，我開始從事愉快的工作。

我用剪刀將女人照片剪碎，再用扎實的筆記本內頁包上兩層。我將它緊緊握在手中，來到金閣旁邊。

金閣一如往常地聳立寒風凜凜的月夜下，洋溢著一股暗鬱的均衡。林立的細長柱子在月光照映下，如絲絲琴弦，使金閣看起來就像一個巨大而奇異的樂器。本來因為月兒高低，才會使金閣呈現這番風貌，而今夜儼然如此。寒風虛無地吹過絕不會發出聲響的琴弦縫隙之間。

我撿起腳邊的小石頭。把石子包入紙中，用力握成一團。我就這樣將剪碎並加上重物的女人臉龐碎片，投入鏡湖池的池心。輕輕向外擴散的漣漪，不久就來到我站在水邊的腳下。

*

該年十一月，我突然出走，正是這一切累積的結果。

後來想想，看似突如其來的出走，其實也有過長久深思熟慮和猶豫不決的時期。但是，我偏好將它視為受到出其不意的衝動而驅使的行為。因為我內心缺乏根本性的衝動，因此我特別喜歡模仿衝動。好比有個男人決定要去掃父親的墓，於是從前一天晚上就開始計畫，但是當天走出家門來到車站時，突然改變主意，決定去酒友家，這種情況能說男人是出於純粹的衝動嗎？他突然改變心意，難道不是比之前長期準備掃墓更加具有意識地，對自我意志展開報復的行為嗎？

我出走最直接的動機，就是事發前一天，老師第一次以毅然決然的口吻，清楚告訴我：

「我曾經有過將來讓你繼承我的念頭，但我坦白告訴你，我現在已經打消那個主意了。」

雖然這是我第一次聽到老師明言宣告，但我早有預感，也有心理準備了。因此當我聽到老師的宣告，並不像晴天霹靂，也並未驚慌失措或狼狽周章。然而，我還是喜歡將我選擇出走，視為是受到老師這番話觸發，出於衝動而做出的行為。

我透過照片的計謀，確定老師的恨意之後，就開始不加掩飾地荒廢學業了。預科一年級的成績，以華語、歷史的八十四分最高，總分是七百四十八分，於八十四人中排行第二十四名。四百六十四小時的上課時數中，只缺席了十四小時。預科二年級的成績，總分是六百九十三分，名次落到七十七人中的第三十五名。我上了三年級之後才開始身無分文，並四處遊玩打發時間，只為了享受不去上課的悠哉而曠課；正巧就在照片事件後不久，新學期開始了。

第一學期結束時，學校警告我，老師也斥責我。成績差，缺席多，都是斥責的理由，但是一學期只上三天的「接心」（禪宗課程）我全曠課，才最令老師惱火。學校的「接心」課程，都安排在暑假、寒假和春假前各三天，與各道場以相同形式進行。

老師難得將我召到他房裡痛斥一番。我低頭不發一語，心中暗自等待著一件事，老師卻對照片一事，甚至更久之前的娼婦勒索事件都不提一句。

但是，老師對我的態度從這時候起，明顯地越來越疏遠。那是我期盼的結果，也是我希望看到的證據，算得上我的勝利。而，為了獲得勝利，只需偷懶就足夠。

三年級第一學期，我曠課時數高達六十多小時，幾乎是一年級三個學期總曠課時數的五倍。這麼長的時間，我不讀書，也沒錢娛樂，除了偶爾找柏木聊天，大多數的時間，我都一個人無所事事。我總是沉默不語，獨自遊手好閒，致使我在大谷大學的記憶，和無為的記憶幾乎難以區分。這樣的無為或許也是一種我獨創的「接心」，在我無所作為的這段期間，片刻也不曾感到無聊。

我曾經花好幾個小時坐在草地上，望著工蟻搬運細碎的紅土築巢。並非螞蟻引起我的興趣。我也曾出神地看著學校後方工廠煙囪冒出的縷縷輕煙良久。也並非煙霧引發了我的興致。……我彷彿深深埋首沉浸在自己的存在中。外界不是冰冷，就是炎熱。沒錯，該怎麼說才好呢？外界有時斑駁，有時又呈條紋狀。我的內在和外界緩慢而不規則地輪流變化，四周無意義的風景映入我的眼簾，風景闖入我的內心，而未闖入的部分則在遠方活躍地閃爍著光芒。燦爛的光景，有時是工廠的旗幟，有時是圍牆上不起眼的汙點，有時又是被丟棄在草叢中的老舊木屐。一切事物——又或者說，無形的思鄉——一瞬又一瞬間，在我心中生起又消逝。……我覺得重要事物，總與微不足道的東西攜手合作，就像今天在報紙上讀到的歐洲政治事件，和眼前這隻舊木屐有著不可分割的關聯一樣。

我曾針對一片草葉尖端的銳角長時間思考。說是思考並不恰當。那種不可思議的瑣碎念頭不會長久，在我不知是生是死的感覺上，就如歌曲副歌般執拗地反覆出現。為何這片草葉尖端必須如此尖銳？難道若是鈍角，就會失去青草原本的種類區別，而導致整個大自然從草葉一角開始潰散嗎？那麼，若拆卸掉大自然齒輪中一個極小部分，不就能顛覆整個自然了嗎？我不懷好意地思考著各種方法。

——老師斥責我的消息很快洩露出去，寺廟上下對我的態度日漸刻薄。嫉妒我升大學的那個師兄弟總露出得意的冷笑望著我。

夏天和秋天，我在寺廟裡生活的期間，幾乎不與其他人交談。我出走的前一天清早，老師命令副司來叫我。

當天是十一月九日。由於我正準備上學，便穿著制服來到老師跟前。

老師本來就福相的臉，因為見到我就不得不跟我交談而心生不快，變得異常緊繃。而我見到老師的眼神就像看著痲瘋病人一樣望著我，心中一陣痛快。因為這正是我期望看到的、充滿人性情感的眼神。

老師立刻轉開目光，邊在火爐上揉搓雙手邊說話。掌中柔軟肥肉摩擦的聲音，在早冬的清晨空氣中聽起來，卻成了輕微卻擾亂清澄的刺耳聲響。我感到和尚的肉與肉之間，有著超乎必要的親密。

「令尊在天之靈，不知會多麼傷心啊？你看看這封信！學校又寄了嚴厲的警告過來。你自己好好想想，你再繼續放浪形骸下去，會有什麼結果！」──接著，他說出了那句話：

「我曾經有過將來讓你繼承我的念頭，但我坦白告訴你，我現在已經打消那個主意了。」

我沉默許久之後回答：

「言下之意不就等於決定拋棄我了嗎？」

老師並未立刻回答。過了一段時間後，才說：

「你做到那種地步，還敢奢望留在我身邊，不被拋棄嗎？」

我閉口不答。一會兒後，我不自覺地結結巴巴提起其他事情。

「老師您對我瞭若指掌。而我認為我也知道老師您的所作所為。」

「知道又怎樣？」──和尚雙眼蒙上一層陰翳，「知道了也無濟於事，毫無益處。」

我從未見過如此時的老師一樣，完全捨棄現世的表情。我從未見過分明出手一一汙染了生活的細節、金錢、女色與一切，竟還露出如此侮蔑現世的神情。……我頓時心生厭惡，彷彿觸摸到膚色仍紅潤、身體尚有餘溫的屍體。

此時，我湧起一股希望能遠離身邊一切的痛切感受，即便只有一時半刻也好。我退出老師的房間後，仍不斷想著逃離，想法也越來越強烈。

我將佛教辭典和柏木送我的尺八放進包袱，連同書包提起包袱，在匆匆忙忙趕往學校的路上，一心只想著出走的事。

進入校門後，柏木正巧走在我前面。我拉著柏木的手臂帶到路旁，向他借了三千圓，並要求他收下佛教辭典和他送我的尺八做為補貼。

柏木臉上不見他平常唱反調時那種哲學性的爽快。他眯起眼睛，以迷濛的眼神望著我。

「你記得《哈姆雷特》劇中，雷爾提（Laertes）的父親給了兒子什麼忠告嗎？他說『不可與人有金錢上的往來。借錢給人，不但會失去錢財，還會失去朋友』。」

「我父親已經不在了。」我說，「不借就算了。」

「我沒說不借啊。我們慢慢商量吧。只是我現在全身家當，不知道湊不湊得齊三千圓。」

我不禁想起插花師傅告訴過我柏木賺錢的手法——從女人身上榨取金錢的巧妙手法。我本想揭穿他，但還是忍住了。

「先想想怎麼處理你那本辭典和尺八吧！」

話才剛說完，柏木立刻轉身往校門方向走去，因此我也跟著折返，並放慢腳步與他並肩同行。柏木告訴我，光俱樂部⑳的學生老闆因涉嫌經營地下錢莊，遭到法辦；九月獲釋後，信用一落千丈，現在生活相當困苦。從入春那陣子開始，光俱樂部老闆就引起了柏木濃厚的興趣，不時出現在我們的話題中。柏木和我都深信他是社會上的強者，萬萬沒料想到僅僅兩週後，他就自殺了。

「你借錢要拿去幹麼？」

他突然問了我一句，我總覺得這不像柏木會問的問題。

「我想去旅行，隨便找個地方走一走。」

「你還會回來嗎？」

「大概會吧……」

「你想逃避什麼吧？」

「我想逃離身邊的一切。逃離身邊事物散發出來的無力氣味。……我終於明白，老師也一樣軟弱無力，他非常軟弱無力啊！」

「你也想逃離金閣嗎？」

「沒錯。也想逃離金閣。」

「金閣也軟弱無力嗎？」

「金閣並不軟弱無力。它絕非無力。但它卻是一切無力的根源！」

「很像你會有的念頭。」柏木說。

⑳光俱樂部：一九四八年東京大學學生山崎晃嗣與友人在東京創辦的地下錢莊。三島由紀夫的《青色時代》便以此為題材。

他一如往常用那誇張如舞蹈般的步伐走在人行道上，同時分外愉悅地咂了砸舌。在柏木的帶領下，我們走進一家冷清的小骨董店賣了尺八，只賣了四百圓。接著，我們順道到舊書店，好不容易以一百圓的價格賣了辭典。為了借我剩下的兩千五百圓，柏木帶我回他的住處。

他提出一個奇妙的提議。尺八算是物歸原主，辭典算是禮物，兩樣物品都暫且歸他所有，所以賣掉換來的五百圓也算是他的錢，再加上二千五百圓，借款當然還是三千圓。還清之前，月息按一分計。與光俱樂部月息三分四厘的高利貸相較之下，幾乎算得上優惠低利。……他拿出一張半紙[21]和硯台，煞有其事地將這些條件全寫在紙上，並要求我在借據上按下指印。我因為不想再考慮將來的事，立了拇指沾取印泥按下指印。

——我心急如焚。我將三千圓抱在懷裡，走出柏木的住處，搭上電車，在船岡公園前下車，加快腳步，奔上通往建勳神社那道迂迴的石階。因為我想抽根神籤，希望神明替我指點迷津，好決定目的地。

石階兩旁，右手邊有義照稻荷神社鮮豔亮眼的朱紅色神殿，還有一對以鐵絲網圍起來的石狐。石狐嘴裡叼著卷軸，尖銳豎起的耳朵裡也塗上了朱紅色。

那天陽光微弱，不時吹來陣陣冷風。通往上方的石階顏色，看似蒙上一層灰塵，原來是透過枝葉撒落下來的微弱陽光。光線太過微弱，就像骯髒的灰色。

我一口氣奔上石階，當抵達建勳神社寬闊的前院時，早已汗流浹背。正前方還有一道石階通往拜殿。我腳下鋪滿了平坦的石板。蟠踞左右的松樹，伏在參道上空。右側有間木牆古色古香的社務所（神社辦公室），大門上掛著「命運研究所」的木牌。從社務所靠拜殿的方向，有座白泥外牆的倉庫，外頭立著一排稀疏的杉樹。冰冷的蛋白色雲層隱隱內含沉痛光芒，不平靜的天空下，京都西郊的群山直視無礙。

建勳神社主要祭奉織田信長，配祀的則為信長長子信忠。神社外觀質樸，只有環繞拜殿的朱紅欄杆增添些許色彩。

我登上石階，鞠躬祭拜過後，從架在香油錢箱旁的架子取下一個老舊的六角木盒。我上下搖晃木盒，從盒上小孔搖出一根削得細細的竹籤。竹籤上只用墨水寫了「十四」兩個字。

我轉身往回走，口中邊喃喃念著「十四……十四……」，邊走下石階。那數字的聲音彷彿停滯在我舌頭上，漸漸產生意義。

我來到社務所正門，請神社人員幫忙解籤。裡頭出現一個好像正在刷洗碗盤或衣物的中年女性，她不停以脫下來的圍裙擦拭著雙手，面無表情地接下我遞出的十圓費用。

「幾號？」

「十四號。」

「請在後方的簷廊上稍候。」

㉑半紙：和紙規格，大小約二十五乘三十五公分。

我坐在外廊等待。就在等待的期間，我驀然發覺我的命運，將由女人那雙濕淋淋且龜裂的手決定，實在毫無意義。但是，我一開始就是為了在這樣的毫無意義賭一把，才特地來到此處，所以也就不計較了。緊閉的紙門裡，傳來古老小抽屜拉不開、造成金屬拉環碰撞的聲響，以及翻動紙張的聲音。不久後，紙門拉開一條小縫。

「這是你要的籤。」

女人遞出一張薄紙，又關上紙門。薄紙一角留下女人沾濕的指印。

我閱讀上頭的籤詩。籤上寫著「第十四號　凶」。

籤詩為：

汝有此間者遂爲八十神所滅。

大國主命將遇燒石飛矢之劫，依御祖神教示，盡速離開此國，爲悄然退避之兆。㉒

依據籤詩解說，我的前途茫然堪憂，事事不如意。我並不害怕。繼續往陳列在神籤下方的項目看，找出關於旅行的那一項。

「旅行——凶。尤忌西北。」

我決定前往西北方旅行。

*

開往敦賀的列車，於上午六點五十五分從京都車站發車。寺廟的起床時間是五點半。十日清晨，我一醒便立刻換上制服，誰也不曾起疑。因為他們早已習慣對我視而不見。

黎明時分的寺廟，人們三三兩兩分散各處，有的負責打掃，有的以抹布擦拭地板。六點半以前都是掃除的時間。

我當時負責打掃前院。連書包也不帶，突然消失蹤影般離開寺廟、雲遊四海正是我的計畫。我幻想著我的出發方式，必須是站在破曉前魚肚白的碎石路上，握著掃帚輕輕晃動。掃帚突然倒地，我消失無蹤，只留下昏暗日光中雪白的碎石路。

我並未向金閣告別，也是為了離開而不留痕跡。因為必須突然從包含金閣在內的整個環境中，奪走我的身影。我邊掃邊慢慢向大門移動。松樹樹梢間，還看得見晨星。

我心澎湃。必須出發了。幾乎可說我已準備好展翅翱翔。無論如何，我必須從我的環境、從束縛我的美之觀念、從我的坎坷不遇、從我的口吃、從我存在的條件離開，整裝出發。

掃帚像果實脫離果樹般，自然而然地從我手中掉落在破曉前的草叢中。我在林木遮蔽下，躡手躡腳走向大門。一出大門，拔腿就跑。市營電車的首班車逐漸駛近。車上乘客不

㉒大國主命為古代出雲國主神，後將國土讓給天孫。本籤詩由來出自《古事記》上卷，大國主命遭受異母兄弟眾神迫害，在祖先的指引下，離開居處，成功逃開劫難。

多，我坐在看似工人的乘客之間，沐浴在車廂內明亮的燈光下。這時，我覺得自己好像從未到過如此明亮的地方。

旅行的細節，至今仍記憶猶新。我並非漫無目的便離寺出走。我的目的地，訂在中學時代畢業旅行曾經去過一次的地方。但是，當我朝目的地逐漸接近時，由於出發和解脫的念頭太過強烈，我覺得前方彷彿只剩下未知。

火車呼嘯而過的路線，是通往故鄉的熟悉路線。然而，被煤煙燻黑的古老列車，從不像現在看起來這麼新奇而罕見。車站、汽笛，就連清早擴音器混濁的回音，都在重複並加強一種相同的感情，在我眼前展開令人眼睛一亮的抒情式展望。旭日將寬闊的月台區分成好幾塊。奔跑其上的腳步聲、清亮的木屐聲、單調的響鈴聲，以及從月台小販籃子裡遞出的橘子顏色……一切的一切，都像一個個暗示和預兆，提醒我正委身於某種龐大事物之中。

車站上再怎麼不起眼的碎片都被拉了過去，集中在別離與出發兩者統一的情感裡。在我眼下逐漸後退的月台，看起來是那麼從容不迫且彬彬有禮。我感受到水泥面無表情的平面，透過人們川流不息的移動、離別與出發，變得充滿了光彩。

我信賴火車。這種說法聽起來甚是怪異。怪異歸怪異，但也只有這個說法，能夠保證自己的位置從京都車站逐漸移動遠去，這種難以置信的想法。鹿苑寺的夜裡，我總能聽見好幾次貨運列車行經花園附近時的汽笛。而現在我搭上了這列不分晝夜、確實朝遠方疾駛而去的列車，實在令我不可思議。

火車沿著從前與生病的父親一起看過的湛藍色保津峽奔馳。愛宕連山和嵐山西側，直到園部一帶的區域，或許是受到氣流影響，氣候與京都市截然不同。十月、十一月、十二月期間，晚上十一點至翌日上午十點左右，從保津川河面升起的霧氣，總規規矩矩地籠罩著這塊地區。霧氣流動不息，鮮少中斷。

田園景色朦朧地擴展開來，收割後的田地看似青黴的顏色。田埂上林木稀疏，高低大小各異；枝葉被修剪得高高的，細小的樹幹全部用當地稱為蒸籠的稻草團團圍起，樹木依序出現在霧中的模樣，簡直就像樹木的幽靈。這時，就在車窗之前，出現了一棵色彩鮮明的高大柳樹，以視野不清且灰濛濛的田地為背景，垂下濕漉漉、沉甸甸的樹葉，在霧中微微搖曳。

從京都出發時，我懷著昂揚的心情，現在卻被導向對死者的追憶。我對有為子、父親和鶴川的思念，喚起我心中無法言喻的柔情，令我懷疑是否只能將死者當成一個人來愛？然而，比起活人來，死者的模樣更加容易為人喜愛啊！

不怎麼擁擠的三等車廂裡，也有許多不受喜愛的活人，有的慌張地抽著菸，有的剝著橘子皮。一群活像公共團體幹部的老人坐在鄰座大聲說話。他們個個身穿老土的舊西裝，其中一人的袖口還露出破洞的條紋內裡。我不禁感慨凡庸並不會隨年齡增長而減少。那群農民曬得黝黑且布滿深深皺紋的臉，連同因酗酒而變得沙啞的嗓音，表現出凡庸的精華。

他們談論著應該讓什麼人捐獻給公共團體。一個態度從容沉著的禿頭老人並未加入談論，用不知洗過幾萬遍的泛黃白麻手帕，頻頻擦拭雙手。

「你們看我手這麼黑，搭個車自然就被煤煙給燻得黑漆漆的，真傷腦筋。」

另一個人回應他：

「你曾經因為煤煙問題，在報上投過書，對吧？」

「不。」禿頭老人否認，「總之，真傷腦筋啊！」

我心不在焉地聽著。他們的談話中不時會出現金閣寺或銀閣寺的名字。

他們一致認為必須讓金閣寺或銀閣寺捐獻更多金錢。銀閣寺的收入雖然只有金閣寺的一半，但也是一筆龐大的金額。舉例來說，金閣一年的收入超過五百萬圓，寺廟生活依照禪宗規矩，克勤克儉，即使加上水電費，一年的支出也不過二十多萬。至於存下來的錢怎麼使用？大家紛紛發言。有人說，寺廟讓小沙彌們吃冷飯，老和尚則每晚獨自前往祇園尋歡作樂。寺廟收入不須課稅，好比治外法權。像這種地方，就得毫不留情地要求他們捐獻才行。

禿頭老人仍舊拿手帕擦著手，一聽見討論中斷，他便說：

「傷腦筋啊！」

這句話成了大家的結論。老人不停擦拭的雙手上，煤煙痕跡消失無蹤，釋放出飾品墜子般的光澤。實際上這雙既成的手，比起手，不如說是手套更為貼切。

說也奇妙，這是我第一次聽見社會批判。我們隸屬僧侶的世界，學校也在僧侶的世界裡，從不互相批評寺廟裡的事。但是，這群年老幹部的對話，並未讓我感到吃驚。因為那些都是顯而易見的事實！我們吃了冷飯。老和尚也常去祇園尋歡。……但是，我對於年老幹部以這種解讀方式來理解我，有種說不出口的厭惡。我無法忍受別人用「他們的言語」來理解我。「我的言語」跟他們不同。請回想一下，我當初即使看到老師和祇園藝妓同行，也並未產生任何道德上的厭惡。

那群年老幹部的對話，只在我心中留下凡庸沾染殘留的味道和些許厭惡，便飛逝而去。我無意仰賴社會支援我的思想，也不打算為了容易獲得世間理解，而在我思想套上框架。正如我一再強調，不為人理解才是我存在的理由。

——車門突然打開，嗓音如鴨子般嘶啞的小販，胸前掛著一個大籃子出現在門外。我忽然想起自己仍舊空腹，便買了一個便當來吃，便當裡裝的不是米飯，而塞滿了似乎是以海藻做成的綠色麵食。霧氣散去，但天空仍舊黯淡無光。丹波山腳下的貧瘠土地上，開始看見一戶戶種植了構樹[23]的造紙人家。

舞鶴灣。不知為何，這個名字從以前便一直令我心馳神往。打從我在志樂村度過的少年時期起，舞鶴灣就是看不見的汪洋總稱，而它現在終於成了令人聯想到大海的代名詞。

即使看不見的海，從志樂村後方聳立的青葉山頂上也能一覽無遺。我曾兩次登上青葉

㉓構樹：製作和紙的主要原料。

山。第二次登頂時，我們正好看見駛入舞鶴軍港的聯合艦隊。

艦隊停泊在波光粼粼的舞鶴灣內，或許是祕密集結至此。舉凡與這支艦隊相關的事都屬於機密，我們甚至懷疑這支艦隊是否真實存在。因此遠遠眺見的聯合艦隊，就像只知其名，而且只在照片上看過的一群充滿威嚴的黑色水鳥，也不知道別人正在窺視自己，憑仗著驍勇的老鳥警戒，悄悄在水裡沐浴嬉戲。

……車掌大呼下一站是「西舞鶴」的聲音喚醒了我。現在乘客裡已看不見連忙背起行李下車的海軍。除了我以外，只有兩、三個看似從事黑市買賣的男人，開始整理行李準備下車。

一切都不同以往。那裡已成了街角隨處可見英語交通標誌警告過往行人的外國港口城市。許多美國大兵往來穿梭其中。

初冬陰沉的天空下，冰冷的微風帶著些許鹹味，吹過寬闊的軍用道路。比起海的氣味，那氣味更像無機的鐵鏽。如運河般狹窄的海，深深通往城鎮中心，如死水般平靜的水面、繫在岸邊的美國小艦艇……這裡確實和平，但是過度仔細周到的衛生管理，反而奪走了過去軍港雜然如肉體般的活力，使整座城鎮變得像醫院一樣。

我不想在此地去見我熟悉的大海。說不定後頭會駛來一輛吉普車，半開玩笑地把我撞落海裡。現在回想起來，我踏上旅途的衝動裡，有著大海的暗示。但是那座海洋恐怕不是人造港口的海，而是自幼在故鄉成生海角上接觸的、天生波濤洶湧的大海。是粗獷不羈、始終帶著怒意的日本海岸（裏日本），捲起層層怒濤、永不平靜的大海。

因此我決定前往由良。想必夏天時因海水浴場而熱鬧非凡的海灘，到了這季節一定也冷冷清清，只有陸地與大海在彼此暗鬥。我的雙腳隱約還記得從西舞鶴通往由良的路程約有十二公里。

道路從舞鶴市沿著海灣底部向西，與宮津線直角交會，不久後越過瀧尻嶺，出由良川。通過大川橋後，沿由良川西岸北上。接著只要順著河流前進，便能抵達河口。

我來到市街上，邁出步伐……

雙腳越走越累，我反問自己：

「由良有什麼？我到底是為了尋找什麼真憑實據，才拚了命地走向那裡？那裡分明只有裏日本的大海和杳無人煙的海濱，不是嗎？」

但是，我的雙腳無意停下。無論何處，我只想到達某個地方。我前往的地方，地名毫無意義。我產生了一股勇氣來面對任何到達眼前的事物，幾乎是不道德的勇氣。

變化無常的天空，偶爾射出微弱的陽光，路旁巨大的櫸樹，邀我到撒落一地微弱光點的樹蔭下休息。但不知為何，我總覺得不能隨意休息，任憑時光荏苒而逝。

越接近河流寬廣的流域，地勢就越平坦、無起伏。由良川是突然迸裂，出現在山谷之間。河水湛藍，河面寬闊，然而河水彷彿在陰沉灰暗的天空下，心不甘情不願地緩緩被運向大海。

我來到河的西岸，汽車、行人都不見蹤跡。沿途不時可見夏橘園，卻不見人影。那裡曾有個名為和江的小村落，村裡突然傳來撥開草叢的聲音，一隻鼻尖長著黑毛的狗兒探出頭來。

我知道這一帶的名勝中，有來歷可疑的山椒大夫㉔大宅遺址。我無意順道過去瞧瞧，不知不覺間便直接通過了大宅門前。因為我淨顧著觀望河川的方向。河中有一片竹林環繞的大沙洲。我走的路上平靜無風，但是沙洲上的竹林卻被風吹彎了腰。沙洲上有一片靠雨水耕作的田地，面積約十二甲，田裡不見農夫身影，只看到一個人背對這邊，正在垂釣。

我對相隔許久才看見的人影感到親近。心想：

「他應該是在釣鯔魚吧？如果他垂釣的是鯔魚，表示這裡距離河口不遠了。」

此時，竹林搖曳的窸窣聲，掩蓋過河水聲。竹林裡瀰漫的霧氣似乎是雨。雨滴打濕了沙洲乾燥的河岸。就在我如此心想時，我正上方也落下了雨滴。我淋著雨眺望沙洲，但沙洲上的雨早已停歇。垂釣的人還維持先前的坐姿，動也不動。我頭頂上的陣雨也過去了。

每走到道路轉角，芒草和秋草便遮擋我的視野。河口即將出現在我眼前。凜冽的海風撲鼻而來。

越接近由良川盡頭，出現越多令人寂寥的沙洲。河水接近大海，受到海潮的侵犯。但是，水面變得更加沉靜，不見任何徵兆。就像一個昏厥將死的人。

河口出乎意料地狹窄。在河口與河水彼此融合、侵犯的大海，與天空層疊堆積的烏雲交錯，模糊不清地橫躺在眼前。

為了感受大海，我必須迎著橫亙原野和田地颳來的烈風，再走上一段路。強風席捲北邊汪洋。如此凜冽的寒風，在不見人影的原野上白費氣力，全是因為大海之故。海風就像覆蓋這塊地區冬季的氣體汪洋，也像一面看不見的大海，專制掌控著大地。

河口對面掀起層層浪濤，徐徐展現出灰色海面的廣闊無邊。河口正面浮現一座狀似圓頂帽的小島。那是距離河口約三十二公里的冠島，也是隸屬天然紀念物的大水薙鳥棲息地。

我走入一塊旱田。環顧四方，淨是一片荒涼的土地。

那時，我的心中閃過某種意義。意義一閃即逝，消失無蹤。我佇立原地片刻，強勁寒風奪走我的思緒。我再度逆風前行。

貧瘠旱田緊連多石的荒蕪土地，野草多半已枯萎，尚未枯萎的綠意，只剩如苔蘚般匍匐在地的雜草。雜草葉子也乾癟蜷縮。那一帶的土地早已布滿了沙。

就在我不禁轉身背對猛烈海風，仰望背後的由良岳時，我聽見如顫抖般的沉重聲響，也聽見了人聲。

㉔山椒大夫：相傳住在由良，貪得無厭的富翁。

我尋覓人影。低矮的懸崖邊有條小徑，可通往海濱。我才明白海邊正在進行護岸工程，勉強抵禦嚴重的海水侵蝕。地上四處擺著白骨般的混凝土柱子，沙灘上那些全新的混凝土柱，顏色看來分外鮮活。顫抖般的沉重聲響，原來是混凝土預拌車發出震動，將水泥倒入板模的聲音。四、五個鼻頭紅通通的工人，驚訝地望向身穿學生制服的我。

我也瞥了他們一眼。就這麼結束了人與人之間的問候。

大海在沙灘上突然凹陷，呈研缽狀，我踏著花崗岩質地的沙子，走向海水與沙灘交界處途中，感受到自己正一步一步確實走近剛才閃過心中的意義，一種喜悅再次湧上心頭。寒風凜冽，我沒戴上手套的雙手幾乎凍僵，但也沒什麼大不了。

這裡正是裏日本的大海！是我所有不幸和灰暗思想的源泉，是我一切醜陋和力量的源泉。巨浪翻騰。海浪接連不斷打上岸邊，前浪與後浪之間，隱約可見光滑平坦的灰色深淵。昏暗的外海上空，層層疊疊的積雲同時呈現出沉重與細緻。無邊無際的厚重積雲，交界處宛如有著無比輕盈而冰冷的羽毛點綴連接，環繞住中央若有似無的灰藍色天空。鉛灰色的海，背倚黑紫色的海角群山。感覺動與不動，以及不斷活動的黑暗力量，就像礦物般凝結在一切事物之中。

我驀然想起第一次見到柏木時，他對我說過的那句話：「我們突然變得殘暴，就是在這樣明媚的春日午後，坐在修剪整齊的草地上，漫不經心地望著陽光穿透樹葉縫隙嬉戲的瞬間。」

現在我面對波濤，迎向呼嘯的北風。這裡沒有明媚的春日午後，也沒有修剪整齊的草地。然而，荒涼的自然，比春日午後的草皮更討我歡心，與我的存在更加親密。此時此刻，我心滿意足。再也沒有任何事物威脅得了我。

我腦海中突然泛起的念頭，難道就是柏木口中的殘暴念頭嗎？我內心突如其來產生了這個念頭，為我剛才閃過心頭的意義帶來啟示，照亮了我的內在。我尚未深思，就被那個念頭狠狠揍了一拳，就像被光芒擊中。但是，這個前所未有的想法，產生的同時立刻增強力量，變得無比龐大。不如說它巨大得包圍住我。那個念頭就是——

「我必須燒了金閣！」

八

之後，我繼續走到宮津線的丹後由良站前。依當初東舞鶴中學畢業旅行所走的同一條路線而行，從這座車站踏上歸途。站前公路，行人三三兩兩，由此可知，這片土地主要都靠短暫的熱鬧夏季維持生計。

我打算投宿外牆上掛著「海水浴旅館由良館」招牌的站前小旅館。我打開玄關的毛玻璃門向內呼喊，卻無人回應。櫃檯上積滿厚厚的塵埃，擋雨的木窗緊閉，屋內昏暗無光，沒有人在的跡象。

我繞到旅館後方。那裡有個質樸的小院子，裡頭的菊花全枯萎了。高處設置了一個水槽，可供夏季游泳回來的房客淋浴，沖掉身上的沙子。

稍遠處有一棟小房子，旅館主人一家似乎就住在裡頭生活。緊閉的玻璃門裡傳出收音機聲響。莫名高亢的聲音聽起來空盪盪的，反而不像有人在屋裡。那裡果然也不見人影。我在地上散落著兩、三雙木屐的玄關，趁收音機聲音暫停的空檔，朝屋內高喊，但還是空等了好一會兒。

陰沉沉的天空逐漸滲出朦朧陽光，我留意到玄關鞋櫃上的木紋變得明亮時，背後冒出一道人影。

一個身體輪廓彷彿融化得快流下來一樣、肌膚雪白而眼睛小得若有似無的女人正望著我。我表明要住宿。女人連一聲「跟我來」也沒說，便默默轉身，朝旅館的玄關走去。

——她將我安排在二樓一角窗戶面海的小房間。女人送來的烘手爐火光微弱，火燻熱了長久緊閉的房間空氣，霉臭味令人難以忍受。我打開窗戶，讓北風吹拂我的身體。大海的方向如同先前，悠然沉重的雲朵仍在逕自翻騰嬉戲。雲朵彷彿反映出大自然漫無目的的衝動，而且其中一部分，還能看見聰敏理智的藍色小結晶——藍天的薄片。卻看不見大海。

……我站在窗邊，又開始追尋剛才的念頭。我捫心自問：「為何我在產生燒毀金閣的念頭之前，沒想過先殺了老師呢？」

在這之前，其實我也有過殺害老師的念頭，但我旋即明白殺了老師也於事無補。因為我早就知道即使殺了老師，他那顆光頭和軟弱無力的惡，仍會接連不斷地出現在黑暗的地平線上。

凡是有生之物，都不像金閣擁有嚴密的一次性。人類不過只負責大自然諸多屬性的一部分，利用有效的替代方法來傳播並繁殖罷了。我認為如果殺人是為了消滅對象的一次性，那麼殺人則是永遠的失算。金閣和人類的存在。兩者呈現出更加鮮明的對比；人類脆弱易毀的肉體，浮現永生不死的幻影，另一方面，金閣永恆不滅之美，反倒洋溢著毀滅的可能性。像人類那樣總有一死的東西不可能根絕，倒是如金閣般不滅的東西有可能消滅。人們為什麼沒有察覺到這點呢？這無疑是出於我的獨創性。如果我燒毀明治三〇年代（一八九七—一九〇六）指定為國寶的金閣，是純粹的破壞，也是無法挽回的破滅，等於確實削減了人類創造的美之總量。

我左思右想，連諧謔的氣氛也襲向我。「若燒了金閣，」我自言自語，「或許會有顯著的教育效果吧？因為多虧金閣的毀滅，人們可以依此類推，學習到『不滅』其實不具任何意義。人們可以學習到，金閣單憑持續屹立在鏡湖池畔五百五十年之久，也無法保證任何事。還可以學習到，我們的生存凌駕其上，理所當然的前提就是隨時都將潰不成形的不安。」

沒錯。我們的生存，確實是由持續了一定期間的時間結晶包覆，才得以保存下來。好比，工匠趁家事之便製造出的小抽屜，隨著光陰流逝，時間凌駕於物體的形態之上，數十年、數百年後，反而是時間凝固成了物體的形態。一定的小空間，起初被物體占據，後來反被凝結的時間所占據。它化身為某種靈體。中世[25]民間故事之一《付喪神記》[26]開頭如此寫道：

「陰陽雜記云，器物經百年，幻化為精靈，誆騙瞞人心，人稱付喪神。於此，每年立春前夕，世俗戶戶清舊具，棄置路旁，稱之拂煤。可謂，百年歲月不足一年，可免遭付喪神之災。」

我的行為將使人們打開雙眼正視付喪神之災，解救他們遠離這災難吧！我的行為或許會把金閣存在的世界，推向金閣不存在的世界。世界的意義將確實改變。

……我感受到自己越是這麼想，心裡越快活。現在環繞在我身旁、放眼可見的世界，已接近沒落與終結。日暮餘暉普照大地，承載著晚霞照耀下金閣燦然閃爍的世界，宛如漏過指縫的細沙，分分秒秒，確實地滑落消逝。

*

旅館老闆娘見我投宿由良旅館這三天期間，一步也沒跨出大門，起了疑心，便帶來警官，就此打斷了我逗留在此的時光。我看見制服警官走進房裡來時，擔心警官察覺我的意圖，但是立刻明白我沒有理由感到害怕。我據實回答警官的盤查，告訴他因為我想暫時脫離寺廟生活，所以才離開寺廟出走。我還出示了學生證，故意在警官面前付清了住宿費。結果，警官展現出保護的態度，立即往鹿苑寺撥了電話，確認我所言不假後，告訴廟方要護送我回鹿苑寺。還為了不傷害前途有望的我，特地換上便服。

我們在丹後由良站等候火車時，陣雨襲來，沒有屋頂的車站轉眼全濕。身穿便服的警官陪我走進車站辦公室。他得意洋洋地告訴我，站長和站務人員都是他的朋友。非但如此，他還向大家介紹我，說我是他從京都來訪的姪子。

㉕中世：約一二〇〇至一五七三年間。
㉖《付喪神記》：畫軸二卷，作者不詳，室町時代作品。描寫不用的舊物品經歷百年時光後，化為妖怪的故事。因開頭有「百年歲月不足一年」的描寫，因此又稱為「九十九神」。

我頓時理會了革命家的心理。鄉下站長和警官圍繞著火焰燒得通紅的鐵火盆談笑風生，絲毫沒料到世界變動已然逼近眼前，以及即將潰散的秩序。

「如果金閣燒毀了……，如果金閣燒毀了，這些傢伙的世界將改變樣貌，生活的金科玉律也將翻覆，列車時刻表混亂失序，他們的法律也將落得無效吧！」

他們絲毫未察覺自己身邊站著一個未來的犯人，表情若無其事地將手伸向火盆取暖，我不禁竊喜。爽朗的年輕站務人員大聲吹噓他下次假日要去看的電影。那是一部精采絕倫、引人熱淚的電影，也不乏大場面的武打戲。下次休假就去看電影！這個青春洋溢、比我高大壯碩、朝氣蓬勃的青年，即將在下次假日去看電影、擁抱女人入懷，共枕而眠。

他不停捉弄站長、開玩笑、挨罵，期間還頻頻往火盆裡添木炭，或是在黑板上寫些數字。生活的誘惑，或者說，我對生活的妒忌，試圖再次俘虜我，讓我不燒金閣，離開寺廟還俗後，像年輕站務員這樣埋沒在生活裡。

……但是，黑暗的力量旋即甦醒，將我帶出了那裡。我還是必須燒了金閣。我特別打造的、前所未聞的生，屆時將展開序幕。

……站長起身接電話。不久，他走到鏡子前，整齊戴上鑲金邊的制服帽子。站長輕咳幾聲清清嗓子，抬頭挺胸，彷彿參加什麼典禮似地來到雨後的月台。不久，我便聽到我們準備搭乘的列車發出轟天巨響，滑過沿著鐵路聳立的峭壁而來。透過雨後山崖新鮮濕潤的土壤，巨響傳來。

＊

傍晚七點五十分抵達京都的我，在便衣警官護送下，來到鹿苑寺的山門前。當晚有些涼意。我們走出黑色樹幹夾道而立的松林，山門剛毅頑強的形狀逼近眼前時，我看見站在門下的母親。

母親碰巧站在那塊寫上「違者將依國法懲處」的告示牌旁。她那頭凌亂的頭髮在門燈照映下，就像一根根倒豎的白髮。母親的頭髮分明沒那麼白，只是在燈光照映下，就像一頭鶴髮。覆蓋在頭髮底下的小臉面無表情。

身材嬌小的母親，駭人地膨脹起來，看來相當巨大。母親背後敞開的大門內，前院裡的黑暗無盡延展；她背對著黑暗，腰上繫著唯一一條外出用的腰帶，上頭的金絲繡線早已磨損。她一身粗布縫製而成的和服穿得歪斜鬆垮，站在門下的模樣看來活像個死人。

我躊躇不前。我很驚訝，不知母親為何會來到這裡。後來我才明白，原來老師得知我出走後，就向母親打聽我的行蹤，母親驚慌失措地趕來鹿苑寺，便直接住了下來。

便衣警官朝我背後一推。我越接近，母親的身影就變得越矮小。母親的臉就在我眼下，醜陋扭曲地仰頭看我。

我的感覺從未欺騙過我。雖然我早已領悟到了，然而事到如今，母親細小而狡猾的凹陷雙眼，更讓我確定我對母親的憎惡再正當不過。正如前所述，我原本就對於這個人生下了我，有種煩躁不耐的憎惡，並覺得深受侮辱……這反而使我與母親絕緣，沒有給我復仇的餘地。然而，卻從未解開母子之間的羈絆。

……不過，現在我看著母親身心半沉浸在母性的悲嘆中，突然感受到我自由了！我不知為何會產生這樣的念頭。我只是感受到母親已再也威脅不了我。

——母親放聲發出像即將遭人勒斃般的嗚咽。說時遲，那時快，她伸手朝我的臉頰，有氣無力地甩了一巴掌。

「不孝子！忘恩負義！」

便衣警官默不吭聲地看著我挨打。由於她的手指並未併攏，手指落在我臉頰上時已沒了力氣，反倒是指甲如冰霰，輕落在臉頰上。看見母親打我的同時，還不忘擠出哀求的表情，我便移開了視線。沒多久，母親的語調改變。

「你……你跑那麼遠，錢是哪來的？」

「錢？我跟朋友借的。」

「真的嗎？不是偷來的吧？」

「我才不幹那種事。」

母親如釋重負，鬆了一口氣，彷彿那就是她唯一擔心的事。

「是嗎？……你沒做什麼壞事吧？」

「沒有啦！」

「這樣啊。那就好。你可得好好向方丈道歉啊！我已經低頭向他賠罪過了，不過你也得誠心向他道歉，求他原諒你才行。方丈為人心胸寬闊，我想他會繼續把你留在身邊。不過，如果你不洗心革面，媽媽就死給你看！如果你不希望媽媽死，就痛改前非，當個了不起的和尚……。好了，我不說了，你快去賠罪吧！」

我和便衣警官默默跟在母親後頭。母親連本來應該跟便衣警官打的招呼都忘記了。

我邊望著母親輕踏碎步前進、腰繫破舊腰帶的背影，邊思忖著究竟是什麼讓母親顯得分外醜陋？讓母親變醜陋的是……希望。希望就像潮濕的淡紅色、無時無刻使人搔癢、勝過世間一切、根深柢固地扎根於骯髒皮膚上的頑固皮癬。希望就如不治之症。

＊

秋去冬來。我的決心日益堅定。雖然計畫一再拖延，但我對於慢慢延遲計畫並不感到厭煩。

回寺廟後的半年，反倒是另外一件事苦惱著我。每到月底，柏木就會上門討債，告訴我加上利息的金額，順便罵上幾句髒話。但是，我早就無意還錢。為了不要見到柏木，只好曠課。

勿怪我不說這個決定好的念頭因種種緣由心生動搖、三心兩意的經過。我的心思不再輕易改變。這半年來，我雙眼定睛凝視著一個未來，堅定不移。這期間的我，或許已領悟了幸福的意義。

首先，寺廟生活變得輕鬆許多。一想到金閣遲早會毀於祝融，原本難以忍受的事物，也變得容易忍受了。就像預知死亡的人一樣，我對待寺廟人員的態度變得親切和氣，應對也變得開朗活潑，凡事以和為貴。我甚至和大自然達成了和解。就連每個冬天清晨飛來啄食落霜紅枝上殘果的成群小鳥胸毛，也令我感到熟悉親切。

我甚至忘了我對老師的憎恨！我已經從母親、朋友、一切事物中解脫，成了自由之身。但是，我還不至於愚蠢到產生錯覺，誤以為這些新生活的愜意時光，就是世界自行改變後的樣貌，而不需要人加以琢磨。若站在一切的終點來看，無論事態如何都可以原諒。我感受到，我已擁有站在終點放眼天下的雙眼，並能親自決斷最後的結果，那正是我自由的根據。

雖說是突如其來的念頭，但是縱火焚燒金閣的想法，好比量身訂做的西服一樣合身。宛如從我出生的時候起，就立志要這麼做。至少在父親的陪伴下，第一次見到金閣的那天起，焚毀金閣的想法就在我的體內孕育成長，等待開花。金閣在少年眼裡美得超脫世俗、不同凡響，這點就足以構成我日後成為縱火者的種種理由。

昭和二十五年（一九五〇）三月十七日，我完成了大谷大學的預科學業。第三天，三月十九日正好是我滿二十一歲的生日。我預科三年級的成績頗為可觀。名次是七十九人中的第七十九名。各科成績中分數最低的是國語，四十二分。缺席時數占總時數六百一十六小時中的兩百一十八小時，超過三分之一。然而，多虧我佛慈悲，這所大學沒有留級制度，我才得以進人本科就讀。老師也默許了我。

我將學業置諸腦後，四處參觀免費的寺廟和神社，度過晚春到初夏這段美好時光。凡是步行能到的地方，我都去過了。我想起其中一天的事——

我在妙心寺正面的寺前町走著走著，留意到一名以同樣速度走在我前方的學生身影。當他走向老舊且屋簷低矮的香菸店買菸時，我看見他制服帽子底下的側臉。

他雙眉緊蹙、皮膚白皙，側臉線條有稜有角，從那頂制服帽子，知道他是京都大學的學生。他以眼角朝我一瞥，視線沉重而陰翳，彷彿一道黑影流瀉而來。這時，我直覺感受到「他毫無疑問是個縱火者」。

時值下午三點，不是個適合縱火的時刻。一隻迷路飛上柏油路的蝴蝶，圍繞著香菸店面一朵插在小花瓶裡的枯萎山茶花翩然飛舞。白色山茶花的枯萎處就如火燒過，呈茶褐色。等了又等，公車還是不來，馬路上的時間停滯不前。

我不知為何，覺得這學生正一步一步朝著縱火之路前進。我直截了當地將他視為縱火者。他鋌而走險，選擇縱火最困難的白天，緩慢移動步伐走向自己堅定立下志向的行為。他前進的方向有火和破壞，他的背後有被拋棄的秩序。我從他那身制服帶著些許嚴肅的背影中，感受到這些畫面。或許我從以前在腦海裡描繪的年輕縱火者背影，就是這個模樣。灑滿陽光的黑色斜紋毛呢制服背上，充滿了不吉利的危險預兆。

我放慢腳步，打算跟蹤那名學生。走著走著，我漸漸覺得他左肩稍微傾斜的背影，就好似我的背影。他遠比我俊美，但無疑因為同樣的孤獨、不幸和美的妄念，促使他採取同樣的行為。我尾隨他，不知不覺中萌生一股彷彿提早看到自己行為的心境。

晚春午後，明亮的陽光與沉鬱慵懶的空氣，很容易促使這樣的事情發生。亦即，我一分為二，我的分身預先模仿我的行為，待我決定執行時，便清楚明白地展示出我原本看不見的真實自我。

公車遲遲不來，路上不見人影。正法山妙心寺巨大的南門向我逼近。左右大開的兩扇門，看似即將吞噬萬物萬象。從這裡放眼望去，南門的巨大框架，彷彿併吞了敕使門和山門交錯層疊的柱子、佛殿的屋脊、成蔭的松樹，加上局部鮮明沿著門框切下的藍天，以及幾片淡淡的雲。越接近大門，越能看見廣大寺廟內縱橫交錯的石板，以及數量眾多的塔頭矮牆等，無盡萬象也加入其中。然而，一旦跨進門中，才知神祕大門內納入了蒼穹和雲彩的全部。所謂大伽藍，儼然如此。

學生鑽進大門。他繞過敕使門外側，佇立在山門前的蓮池畔。接著站上橫跨池塘的中式石橋，仰望聳立的山門。我心想：「他縱火的目標就是那座山門吧？」

壯麗的山門正適合烈焰焚身。如此明亮的午後，大概看不見火光吧？唯有看見蒼空歪斜搖曳，才得以知曉山門包覆在滾滾濃煙之下，以及看不見的火焰舔噬天空的景象吧！

學生走近山門，我為了不被察覺，繞向山門東側，偷偷觀察他。當時正值僧侶外出托缽化緣回寺的時刻。連缽㉘的三人隊伍腳穿草鞋，並肩從東邊小徑踏著石板走來。他們的草編斗笠都掛在手上。回寢室前，三人都謹遵托缽的規矩，目光只落在眼前三、四尺處，互不交談，安靜地在我面前右轉遠去。

學生還在山門旁猶豫不決。終於，他將身體靠在一根柱上，從口袋掏出剛才買的香菸，慌張焦躁地環顧四周。我猜測他一定是想假借抽菸來點火。最後，他抽出一根菸叼在口中，將火柴拿近面前劃下。

火柴瞬間一閃，火光微小而透明。我認為學生眼中甚至看不見火光的顏色，因為午後陽光正巧環繞住山門的三面，只在我這一面投下影子。他的身子靠在蓮池畔山門柱子旁，火光近在眼前，轉瞬即逝之間，浮現一道幻影，宛如火的泡沫。然後，就在他猛然甩動的手下消失無蹤。

光是火柴熄滅，學生似乎還是不放心。他又小心翼翼地以鞋底踩了踩扔在礎石上的火柴。他心情愉快地呼著煙，不顧我的失望，他留下了我，度過石橋，行經敕使門，悠然自得地走出南門。門的另一邊還能看見家家戶戶的長長影子落在大馬路上。

㉘連缽：托缽時，邊走邊誦經化緣。挨家挨戶化緣則稱為「軒缽」。

他不是縱火者，只是一個在散步的學生。或許只是個有些無聊、有些貧窮的青年罷了。

他的一舉一動，我全看在眼裡。對我而言，我並不喜歡他只為了抽一根菸而非縱火，便緊張兮兮環顧四周的膽怯。換言之，學生那種小家子氣的違法之欣喜、小心翼翼地踩踏早已熄滅的火柴之態度，亦即他的「文化素養」，尤以後者最令我不滿。就因為這種一文不值的素養，使他的微小火焰，受到安全的管理。他或許自詡為火柴管理人，並自認對社會也能完美管理火焰而洋洋得意。

打從明治維新後，京都市內外大小古剎鮮少再遭祝融，全拜這種素養之賜。即使偶然失火，火焰也會遭到粉碎、細分，管理。以前絕非如此。知恩院於永享三年（一四三一）失火後，還多次遭逢回祿之災。南禪寺本寺佛殿、法堂、金剛殿、大雲庵等，也於明德四年（一三九三）毀於大火。延曆寺在元龜二年（一五七一）化為灰燼。建仁寺於天文二十一年（一五五二）在戰火中罹難。三十三間堂於建長元年（一二四九）焚毀。本能寺則在天正十年（一五八二）的戰亂中付之一炬。

那時，火與火關係親近。火不像現在這樣遭到細分、貶低，火總是能和其他火攜手合作，無數的火聚集，合而為一。人們或許也是如此。無論身處何處，火都能呼朋引伴招來其他的火，一呼百應。大小寺廟焚毀，都肇因於失火、遭受波及，或是戰火導致，並未留下縱火的紀錄。即使從前某個時代有過我這樣的男人，他也只需要藏身並屏息等待。大小寺廟有朝一日必會遭遇火劫。火源源不絕而恣意妄為。只要等待，火必會趁隙蜂起；火與火必將攜手完成它該完成的任務。其實金閣不過是出於罕見的偶然，才免於星火燎原之禍。火自然而起，滅亡和否定實屬常態；拔地而起的伽藍必遭焚毀，佛教的原理與法則是嚴密地支配著人世。即便有人縱火，也因為太過自然地訴諸於火的力量，導致歷史學家任誰都沒想到那是縱火。

那個時候，人世紛擾不安。即便到了昭和二十五年（一九五〇）的現在，人世的紛擾不安也不亞於當時。若說從前大小寺廟是出於動盪不安而燒毀，那麼今日的金閣豈有不遭火吻、保持完好的道理？

＊

我依舊偷懶不去上課，倒是常跑圖書館，因此五月的某一天，我撞見了我一直避不見面的柏木。他看見我躲避的樣子，便興致盎然地追上來。如果我拔腿就跑，他的內翻足一定追不上我；這個想法反而讓我停下了腳步。

柏木抓住我的肩膀，氣喘吁吁。這時大約放學後的五點半。我為了避免撞見柏木，離開圖書館後，便繞到校舍後方，從西側臨時設置的教室和石砌高牆之間的路走來。那是一片荒地，野菊叢生，花叢之間散落著丟棄的紙屑和空罐，一群孩子偷溜進來傳接棒球。孩子們吵鬧的聲音穿過破裂的玻璃窗，一排排堆滿灰塵的桌子，使放學後空無一人的教室更顯寂寥。

當我經過那裡走向本館西側，來到花道社掛著「工房」木牌的小屋前，這時我停下了腳步。沿著圍牆聳立的一排樟樹，隔著小屋屋頂，透過陽光，將細細的樹葉影子，映照在本館的紅磚牆上。沐浴在夕陽下的紅磚輝煌迷人。

柏木上氣不接下氣地靠在牆上。樟樹窸窣作響的葉影，為他總是憔悴的臉頰添上色彩，並投下奇妙躍動的影子。或許是與他格格不入的紅磚反映了晚霞，才顯得如此。

「你還欠我五千一百圓喔！」柏木說，「到五月底，就變成五千一百圓嘍！你搞得自己越來越還不清這筆債了。」

柏木將摺疊好、總是放在胸前口袋的借據拿出來攤開讓我看。但可能是擔心我伸手抓破，便連忙摺起，又放回口袋裡。我眼中只留下刺眼的朱紅色拇指印殘影。我的指紋看來極其淒慘。

「你快還錢啦！快還一還也是為你好。挪用一下學費或是別的，不就好了嗎？」

我緘口不答。眼見著世界即將滅亡，我還有義務還債嗎？我受到誘惑，想稍微暗示柏木那件事，但立刻打消了念頭。

「你不說話，我哪知道你有什麼想法？覺得口吃丟臉嗎？事到如今，還怕丟臉！你口吃的事，連它也知道。連它……」他舉起拳頭，敲打夕陽映照的紅磚牆。拳頭沾上了赭紅色的粉末。「連這面牆都知道。全校上下，沒有人不知道！」

即使如此，我依然沉默不語，與他對峙。此時，孩子們的球扔歪了，滾到我們兩人中間。柏木彎下腰，想撿起球扔回去。我起了壞心眼，想看他如何活動他的內翻足，撿起一尺遠的棒球。我的目光無意識地落在他雙腿上。柏木察覺的速度之快，幾乎可謂神速。他打直尚未完全彎下的腰，直盯著我。他眼中有股缺乏冷靜的憎恨，實在很像平常的他。

一個孩子戰戰兢兢地走近，從我們中間撿起棒球，落荒而逃。柏木終於開口。

「好。既然你擺出這種態度，我也有我的想法。下個月回老家之前，我無論如何都會讓你把錢吐出來，拿得回多少算多少。你給我記住！」

＊

進入六月，重要的課程日漸減少，學生們各自準備返鄉。六月十日這一天，令人永誌難忘。

一早就下個不停的雨，入夜後轉為滂沱大雨。晚餐後，我在自己的房間裡讀書。晚上八點左右，從客殿通往大書院的走廊傳來腳步聲，聲音越來越近。似乎有賓客造訪了難得留在寺裡不外出的老師。但是，腳步聲聽來甚為奇異，好似亂雨打在木門上的聲音。帶路的師兄弟步伐安靜而有規律，客人腳步卻踏得走廊上的老舊木板發出異樣聲響，而且極其緩慢。

雨的回聲籠罩著鹿苑寺的黑暗屋簷。灑落在古老大剎上的雨，淹沒了無數散發霉臭的空房夜晚。無論廚房、執事宿舍、殿司宿舍，還是在客殿，耳中聽見淨是雨聲。我心裡想著現在占據金閣的雨，稍微拉開房間的拉門，只見鋪滿石子的小中庭雨水滿溢，雨水露出黑亮的背，從一顆石子流向另一顆石子。

新來的師弟從老師起居室折返，將頭探入我的房間，這麼說：

「有個姓柏木的學生去找老師。他不是你的朋友嗎？」

我頓時坐立不安。這個白天擔任小學老師、戴著近視眼鏡的男人正準備離去，我連忙叫住他，請他進我房間。因為我無法忍受獨自留在房裡，想像老師和柏木在大書院的對話。

經過五、六分鐘。我們聽見老師搖響了鈴聲。鈴聲穿透雨聲，凜然響徹整座寺廟，旋即又戛然停止。我們面面相覷。

「老師叫你啦。」新來的師弟說。

我勉強站起身。

老師將按下我拇指印的借據攤在桌上，他拎起借據一角，讓跪坐在走廊上的我看了看。並未准許我進房。

「這的確是你的指紋吧？」

「是。」我回答。

「你竟然幹了這種令人為難的事。今後若再發生一樣的事，我就不能留你在寺廟裡了，你好好記住。其他還有……」老師欲言又止，大概是顧忌柏木還在。「錢由我來還。你可以退下了。」

老師這句話，讓我頓時鬆了口氣，我從容地看了看柏木的臉。他帶著難以言喻的表情坐在那裡，目光迴避著我。行惡時的他，總會露出最純潔的表情，彷彿抽出了性格之芯，連他自己都未曾意識到。知道這一點的只有我。

我回到自己房間。我突然在強烈的雨聲和孤獨中，得到了解放。師弟已經離開了。

「我就不能留你在寺廟裡了。」老師說。我第一次從老師口中聽到這句話，等於我得到老師的承諾了。事態突然變得清楚明瞭。老師早有放逐我的念頭。我必須趕緊執行。

如果柏木未採取今夜的行動，我就沒機會從老師口中聽見這句話，或許會一再拖延，遲遲無法執行。一想到給我力量，讓我勇於邁開步伐的人是柏木，我心中便對他湧起一股奇妙的感謝之意。

雨勢不減。雖已六月，但仍有些涼意，只有五張榻榻米大、四面圍著木板門窗的儲藏室在昏暗燈光下更顯荒涼。這裡正是或許不久後我就會被攆走的住家。房間裡沒有任何裝飾，變色的榻榻米黑色縫邊早已磨損、綻開，露出硬邦邦的縫線。進入昏暗房間，打開電燈時，我的腳趾常常被它勾住，但是我也不想修補它。因為我對生活的熱情，絲毫無關榻榻米。

隨著夏日將至，五張榻榻米寬的空間裡，漸漸充滿我酸臭的氣味。可笑的是，我是個僧侶，也帶著青年的體臭。臭味甚至滲入房間四個角落發出黑光的古老大柱子和舊木板門窗裡。經過漫長歲月，好不容易才生出鏽斑的木頭紋理中，竟散發出年輕生物的惡臭。這些柱子和木板化成了僵立不動、半帶腥臭的生物。

這時，先前那道奇異的腳步聲經過走廊傳了過來。我起身走上走廊。只見陸舟松在老師起居室的燈光照耀下，舉起濕潤漆黑的綠色船頭，而柏木背對陸舟松，如機械忽然停止似地一動也不動。我臉上露出笑容。看見柏木臉上第一次露出了接近恐懼的表情，令我心滿意足。我對他說：

「要不要進來我房間坐坐？」

「幹麼！別嚇人啦。你真是個怪人。」

——柏木以平時蹲下的動作，慢條斯理地側著身子，坐在我推過去的薄坐墊上。他抬起頭環視房間。雨聲如厚重的帷幕，將戶外隔離在另一邊。打在外廊上的雨滴，不時反彈飛濺在紙門上。

「你可別埋怨我。我不得已出此下策，說到底也是你自作自受。先不管它了。」他從口袋裡掏出了一個印有鹿苑寺三個字的信封，數了數鈔票。鈔票是今年新年發行的全新千元鈔，只有三張。我說：

「這裡的鈔票很乾淨吧？老師有潔癖，所以讓副司每隔三天就拿零錢去銀行換成新鈔。」

「你看。只有三張。你們這裡的老和尚還真小家子氣。說什麼是學生之間的借貸，他不承認利息。說得義正詞嚴，自己還不是賺得口袋滿滿。」

柏木意想不到的失望，令我由衷感到愉快。我毫不避諱地放聲大笑，柏木也跟著笑了。但是，這樣的和解也只是轉瞬即逝，他收起笑臉看著我的額頭，以拒人於千里之外的口吻說：

「我很清楚，你最近企圖幹一場破壞性的大事，對吧？」

我難以承受他視線的重量。然而，一想到他對「破壞性」的理解，與我的目標相去甚遠，我心中又恢復了平靜。我的回答也不再結巴。

「不。……沒什麼。」

「是嗎？你真是個怪人。是我直到現在認識的人當中，最奇怪的一個。」

我知道他這句話是對著我嘴邊尚未消失的深情微笑所說的，然而我早就料想到他絕對無法察知我心中湧上的感謝具有什麼意義，這也使我的微笑展露得更加自然。基於這世上友情尋常的基準，我提出這樣的問題：

「你準備返鄉了嗎？」

「嗯。我打算明天回去。三宮的夏天也很無聊呢……」

「暫時沒辦法在學校見面了。」

「你根本就不來上課，還敢說。」——話才剛說完，柏木便迅速解開胸前的制服釦子，摸索內袋。「……我想在回老家前，讓你開心一下，就把這些帶來了。因為你老是把他吹捧得跟天一樣高。」

他拋出四、五封信在我桌上。就在我看見寄信人的名字，大吃一驚時，柏木若無其事地說：

「你讀讀看吧。這是鶴川的遺物。」

「你跟鶴川很親嗎？」

「還好。以我的方式跟他親近過。但是，那傢伙生前很討厭別人將他視為我的朋友。即使如此，他也只會對我說出心裡的祕密。他已經過世三年了，我覺得是時候可以給人看看他寫的信了。尤其你跟他特別親近，所以我一直打算總有一天要給你看看。」

信上的日期都是死前不久。昭和二十二年（一九四七）五月，他幾乎每天從東京寄一封信給柏木。他從未寄過一封信給我，但從信上看來，他從返回東京的翌日起，就每天寄信給柏木了。字跡無疑是鶴川那有稜有角而稚拙的字體。我不禁微微嫉妒。我面前看來，感情總是透明且毫不虛偽的鶴川，還曾說過幾句柏木的壞話，也曾責備我不該與柏木交遊甚密。而他自己卻滴水不漏地隱瞞我，背地裡與柏木祕密往來。

我依照信上的日期，開始閱讀寫在薄薄信紙上的小字。文筆拙劣無比，思緒也滯礙不通，想讀完它並不容易。但是，從前後文來看，字裡行間隱約流露著痛苦。我閱讀最後那封信時，鶴川的痛苦彷彿歷歷在目。隨著一字一句讀下去，我流下了清淚。我哭泣的同時，心中不禁為鶴川凡庸的苦惱而驚訝。

那不過是隨處可見的小小戀愛意外。也只不過是和父母反對的對象，談了一場不知世故的不幸戀愛。但或許是寫信的鶴川本人，不知不覺間犯下了感情的誇張，下面這一段話令我愕然。

「現在回想起來，這場不幸的戀愛，或許是由我不幸的心所致。我天生擁有一顆黑暗的心。我想，我的心從不懂何謂悠然自得的開朗。」

最後一封信的結尾，語氣如湍急的水流般戛然而止。這時，我才看清了從前作夢也沒想過的疑惑。

「難道鶴川……」

我話還沒說完，柏木便點了點頭。

「沒錯。是自殺。除此之外，沒有其他可能。他家人為顧及顏面，才拿出什麼遭卡車撞死的藉口來。」

我憤怒得說話結巴，追問柏木：

「你寫信回他了嗎？」

「寫了。但是，聽說他死了之後才送達。」

「你寫了什麼？」

「我只寫了『別死』兩個字。」

我沉默不語。

我一直深信感覺不會欺騙我，而現在全成了徒勞。柏木給了我致命一擊：

「怎樣？讀完這些信，你是否改變了人生觀？你的計畫是不是要全部從頭來過了？」

柏木在鶴川過世三年後，才讓我讀這幾封信，用意非常明顯。我雖然深受衝擊，但是當年躺在繁茂的夏草上，朝陽透過樹葉縫隙在少年白襯衫灑下小斑點的景象，並未從我的記憶中消逝。鶴川死後三年，他改變了樣貌，我原以為寄託在他身上的希望，和他的死一起消失了，然而這瞬間，反而透過另一種現實性甦醒過來。比起記憶的意義，我更相信記憶的實質。如果我不相信它，「生」本身勢必崩潰毀滅，在這樣的狀況下，我只能選擇相信⋯⋯柏木俯視著我，對他親手殺戮了我的心靈，感到心滿意足。

「怎樣？你心中一定有什麼毀壞了吧？我不忍心看見朋友心中懷著脆弱易損的東西活著。我能給你的關懷，就是毀了它。」

「如果還沒壞的話，你怎麼辦？」

「別像個小孩子一樣不服輸。」柏木嘲笑我，「我很想讓你知道，能讓世界改變的，就只有認知。你懂嗎？其他東西沒有一個能改變世界。只有認知，才能讓世界在維持不變的狀態下改變樣貌。從認知的眼中看來，世界恆久不變，同時也永遠在改變樣貌。你或許會問我，那麼認知又有什麼幫助？但是我可以告訴你，就是為了忍受『生』，人類才擁有了認知這項武器。動物就不需要那種東西。因為動物根本沒有所謂忍受『生』的概念。『生』的難耐，使認知直接成了人類的武器，然而即使有了認知，也絲毫未能減輕難耐的程度。僅只如此。」

「你不認為還有其他方法可以忍受『生』嗎？」

「沒有。除非發瘋，或死亡。」

「讓世界改變樣貌的，絕非什麼認知！」我忍不住冒著差點自白的風險，反駁柏木，「讓世界改變樣貌的是行為。只有行為！」

果然，柏木以冷漠僵硬的微笑回應我。

「看吧！我就知道你會說是『行為』。你不認為你喜愛的美，是躲在認知的保護下貪睡不醒嗎？就像我們曾經聊過的《南泉斬貓》那隻貓，那隻美得無與倫比的貓。兩堂僧侶相爭，就是因為他們欲想在各自的認知下保護那隻貓、養育牠、讓牠安心沉睡。而南泉和尚是個將想法付諸行動的人，所以他殺了貓。之後才來的趙州將鞋頂在頭上。趙州想表達的，正是——他深知美應該在認知的保護下沉睡。然而，這世上不存在個別的認知，以及因人而異的認知。所謂的認知，是人類的汪洋，也是人類的原野，就是所有人類普遍存在的樣態。我認為他想說的，就是如此。你現在要以南泉自居嗎？……美的事物，你所喜愛的美，是人類精神中委託於認知的殘餘，所顯現出來的幻影。就是你口中『為了忍受生的其他方法』之幻影。我可以說，那些東西本來就不存在。話雖如此，但是使幻影變得更強大，並盡其所能賦予幻影現實性的，果然還是認知。對認知而言，美絕非慰藉。美可以是女人或妻子，但絕非慰藉。然而，絕非慰藉的美，與認知結合後，或許會衍生出全新的事物。也許會衍生出虛幻無常、如泡沫般脆弱、無從下手的事物。世人稱之為藝術的，正是那些事物。」

「美是……」話才剛出口，我就嚴重口吃。雖然這樣的想法毫無道理可言，但這時我腦海中閃過一道疑問，我不禁懷疑，我的口吃或許就是衍生自我對美的觀念。「美是……美的事物，對我來說是仇敵。」

「你說美是仇敵？」——柏木誇張地瞪大眼睛。往常那種哲學式的爽快風采，又在他漲紅的臉上甦醒過來。「沒想到我會從你的口中聽到這種話，你的改變實在太驚人了！看來我也得重新調整自己心中認知的光圈了。」

……之後，我們久違地討論了起來，推心置腹地交換意見。雨依舊下個不停。柏木告別前，提及了我尚未見過的三宮和神戶港，還告訴我夏天巨船出港的情景。我想起舞鶴的回憶。然而，無論什麼樣的認知或行為，或許都難以取代揚帆出港的喜悅；如此天馬行空的幻想，讓我們兩個貧苦學生，第一次得到一致的意見。

九

老師總以恩惠代替訓誡，在應該訓誡我時，反倒施恩於我。這恐怕不是出於偶然。柏木來討債的五天後，老師將我喚去，親手將第一學期學費三千四百圓、車資三百五十圓，以及文具費五百五十圓交給我。學校規定暑假前必須繳納學費，但自從發生那件事之後，我萬萬沒想到老師還願意把錢給我。我原以為老師即使肯給我錢，但他既然知道我不可信賴，應該會直接將錢寄給學校。

然而我比老師更清楚，他把錢交到我手中，是他對我虛偽的信賴。老師不發一語賜予我的恩惠中，有著類似他那身粉紅色柔軟皮肉的成分。充滿虛偽的肉、以信賴對待背叛及以背叛對待信賴的肉、不受任何腐敗所侵蝕，悄悄繁殖成溫熱而色澤粉紅的肉。

就如警官來到由良的旅館時，我突然害怕被發覺一樣，我又懷抱著近似妄想的恐懼，擔心老師是否看穿了我的計畫才給我錢，讓我錯過執行的機會。我總覺得只要小心翼翼保存那筆錢，心中就鼓不起執行的勇氣。因此，我必須盡早找出那筆錢的用途不可。偏偏窮人就是想不出好的用途。我非得找出一個老師知道後會忍不住大發雷霆，並立刻將我逐出寺廟的用途不可。

那天輪到我擔任伙房工作。晚餐後，我在廚房裡刷洗碗盤，無意間望向早已寂靜無聲的餐廳。豎立在餐廳和廚房交界、被煙燻得黑亮的柱子上，貼著一張幾乎已全變色的符。

阿多古㉙祀符　火迺要愼（小心火燭）

……我心中彷彿看見火焰囚禁在這張護符裡的蒼白身影。看見從前容光煥發的它，現在卻躲在老舊的護符後面，呈現蒼白而病懨懨的模樣。若說我最近逐漸對火的幻影產生了肉欲，人們是否會相信？若說我對「生」的意念全寄託在火之上，那麼肉欲也朝著火焰發展，不是再自然不過了嗎？不僅如此，我對火產生的欲望，為火焰塑造出婀娜旖旎的姿態；火焰透過燻黑發亮的柱子，意識到我正在看著它而搔首弄姿、故作嬌媚。它的手腳、酥胸，皆如此輕柔動人。

六月十八日晚間，我將錢收在懷裡，悄悄溜出寺廟，走向俗稱五番町的北新地。我早聽說那裡收費便宜，對寺廟小僧又親切有加。五番町從鹿苑寺步行約三、四十分鐘的距離。

當晚濕氣甚重，夜空薄雲掩月，月色朦朧。我穿著卡其長褲，披上夾克，腳下踩著木屐。大概幾個小時後，我還會以一模一樣的裝扮回來。但是，我該如何說服自己，到時候的我內在即將變成另一個人呢？

我是為了求生才企圖放火焚毀金閣寺，但我現在的所作所為卻近似赴死的準備。就像決心自殺的處男在自殺前去青樓尋歡一樣，我也決定去趟花街柳巷。放心吧！男人的這類行為，就像在文件上簽個名一樣，即使失去了童貞，他也絕不會變成「不同的人」。

這次我可以不須再畏懼屢次的挫敗，也不用再害怕金閣阻擋在女人和我之間的那種挫折了。因為我不再懷有任何幻想，也不會再試著透過女人來參與人生。我的「生」確定位於人生的彼方，而我過去的行為，不過是想抵達人生的狼狽手續罷了。

……我如此說服自己。柏木的話又在腦海甦醒。

「歡場女子並非因為愛客人才接客。不管老人、乞丐、獨眼，還是美男子，只要不知道，就算痲瘋病人她們也接。一般人或許會因為這樣的平等性感到安心，花錢買下第一個女人。但是，這種平等性不合我的個性。四肢健全的男人和這樣的我，都以相同資格得到她們的歡迎，令我難以忍受。那對我而言是種可怕的自我冒瀆。」

對現在的我而言，此時此刻回想起這段話，令人甚是不快。不同於柏木，我即使口吃，但仍四肢健全，所以我只要相信自己屬於極其普通的醜陋即可。

「……雖說如此，但女人是否會憑著她們的直覺，在我醜陋的額頭上，找出某種類似天才犯罪者的印記呢？」

我暗忖，又懷抱起愚不可及的擔憂。

我的雙腳走走停停。左思右想，最後連自己也不清楚我到底是為了燒毀金閣才拋棄童貞，還是為了失去童貞才燒毀金閣？此時，我心頭毫無意義地泛起「天步艱難」這個高貴的

㉙阿多古：舊稱，現指愛宕神社。自古供奉防火、鎮火之神。

字句，我口中呢喃著「天步艱難、天步艱難」向前走去。

走著走著，經過林立的柏青哥店和小酒館，來到明亮熱鬧的街道盡頭時，開始看見黑暗中一角，有著整齊成排的螢光燈和白光迷濛的紙燈籠。

從離開寺廟到這街角的一路上，我一直幻想有為子還活著，隱居在某處。幻想給了力量。

自從下定決心焚燒金閣以來，我彷彿再次回到少年時代一開始那種純淨無瑕的狀態，因此我認為應該可以再次邂逅人生起始時遇見的人事物。

我今後分明會繼續活著，但不可思議的是，一種不吉利的念頭與日俱增，彷彿死亡明天就將造訪我，於是我祈禱希望在燒掉金閣之前，「死」能放過我，也不見生病的徵兆。然而，我一天比一天更加強烈地感受到，讓我存活的各項條件之調整和責任，無一遺漏全落在我一人肩膀上。

昨天打掃時，食指被掃帚的竹枝刺傷，連這種小傷也成了令我不安的種子。我想起遭玫瑰花刺傷指尖而身亡的詩人㉚。凡夫俗子不會因那種小傷殞命。但由於我已成為一個珍貴的人，不知會招來何種命中注定式的死亡。幸好指頭的傷沒有化膿，我今天按了按傷口，只覺得隱隱作痛。

既然決定去五番町，不用說，我可不會怠慢衛生上的注意。前一天大老遠跑去一家沒人認識我的藥房，先買好了橡膠製品，上面撒了一層粉末的薄膜，呈現出有氣無力且不健康的顏色。昨夜我試用了一個。以茜紅色蠟筆隨意塗鴉畫成的佛像、京都觀光協會的日曆、禪院每日習讀的經文，正好翻到佛頂尊勝陀羅尼這一頁、骯髒的襪子、磨損起了倒刺的榻榻米……在這些東西中，我的陽具像一尊光滑灰色、無眼無鼻、不吉利的佛像般昂揚挺立。它不快的模樣，使我想起現在只存在於傳說中的兇暴行為「羅切」㉛。

……我步入掛著成排紙燈籠的巷弄。

一百數十棟房子，外觀幾乎相同。據說，只要有管理這一帶的老大當靠山，即便是通緝犯也能輕而易舉藏匿其中。老大只要一按鈴，鈴聲就會響徹花街戶戶青樓，警示通緝犯即將到來的危險。

每戶門口一旁都設有昏暗的格子窗，所有建築皆是兩層。沉重古老的瓦片屋頂一樣高度，並排在潤澤的月光下。每家入口都掛上印有「西陣」兩個白字的藍色布簾，身穿割烹著㉜的老鴇側著身子。從門簾一端窺探門外。

我絲毫沒有快樂的觀念。彷彿遭到某種秩序所遺棄，離群索居，拖著疲憊的腳步，在荒

㉚指德語詩人里爾克（一八七五—一九二六），因遭玫瑰刺傷，引起急性白血病，於兩個月後身亡。
㉛羅切：切斷陰莖以斷淫欲的一種修行方式。
㉜割烹著：日式圍裙，在烹飪或清潔時穿著。

涼的地方踽踽獨行。欲望在我心中露出不悅的背影，抱膝蹲地。

「總之，在這裡花錢正是我的義務！」我繼續思忖，「總之，在這裡把學費花光就好。這麼一來，就給了老師一個將我逐出寺廟的完美藉口。」

我並未從這樣的想法中找出任何奇妙的矛盾，但若這是出自我的真心，那麼我當初應該深愛老師才行。

可能是還不到客人上門的時間，花街的行人出奇稀少。我的木屐聲分外響亮。老鴇攬客的聲音單調，聽起來宛如在梅雨季低沉潮濕的空氣中匍匐前進。我的腳趾緊緊夾住鬆脫的木屐鞋帶。我不禁想起，戰爭結束後，從不動山山頂放眼腳下的萬家燈火中，也確實包含著這條街的燈火。

有為子應該就在我雙腳引領我前進的地方。某個十字路口轉角，有家名叫「大瀧」的店。我不管三七二十一地鑽進那家店的布簾。一進門就是一個六張榻榻米寬、鋪著磁磚的房間，三個女人就像等火車等到厭倦似地，慵懶坐在房間深處的椅子上。其中一人身穿和服，頸子上纏著繃帶。另一人身穿洋裝，俯身脫掉襪子，不停搔著小腿肚。有為子不在。她不在，令我感到放心。

搔著小腿肚的女人，像聽見主人呼喚的狗一樣抬起頭來。有點水腫的圓臉上，白粉和口紅以童話風格勾畫出鮮明對比。她仰望我的雙眼中——這樣的說法或許有些奇妙——確實充滿著善意。女人望著我的眼神，就像看著在街角撞見的陌生人。在我眼裡，她的目光完全見不著一絲欲望。

既然有為子不在，那麼誰都可以。我心裡還殘留一種迷信，認為我若是試圖選擇或心懷期待，就注定會失敗。如同歡場女子沒有挑選客人的餘地一樣，我也不該挑選女人才對。我必須阻擋那個可怕而令人喪失氣力的美的觀念，一分一毫都不能讓它介入。

老鴇問我：

「您要選哪個女孩？」

我指向搔著小腿肚的女人。爬過女人腿上小小的搔癢，或許是在磁磚上逡巡游移的蚊子叮咬留下的痕跡，為我和她結下了緣分。……多虧這搔癢的感覺，她日後才能獲得權力，成為我的證人。

女人起身來到我身旁，咧嘴微笑，還稍微碰觸了我夾克底下的手臂。

爬上又暗又舊的樓梯通往二樓時，我又想起了有為子。我思索著，她不存在於這個時間，也不存在於這個時間裡的世界。既然此時此刻她不存在，表示無論去哪裡尋找，無疑都找不到有為子。她似乎就像到了我們世界之外的澡堂或者其他地方沐浴一樣。

我認為有為子打從生前，就自由地在雙重的世界進進出出。發生那場悲劇時，我原以為她會拒絕這個世界，但她卻接受了。對有為子而言，死或許只是短暫而微不足道的事件。她留在金剛院迴廊上的血，或許不過像清晨開窗時飛起的蝴蝶，留在窗框上的鱗粉一樣。

二樓中央，老舊的鏤空雕花欄杆，環繞中庭的挑高處，上頭架著橫跨兩邊建築的曬衣竹竿，竿上晾著紅色纏腰布、三角褲和睡衣等。光線相當昏暗，睡衣朦朧的輪廓，看起來就像人的身影。

某間房裡，有個女人在唱歌。女人的歌聲平穩，不時和著男人走調的歌聲。歌聲中斷，經過短暫的沉默之後，女人發出斷了線般的笑聲。

「又是她——」

陪我的女人對老鴇說。

「她老是那樣子！」

老鴇固執地以方正的背，背對笑聲傳來的方向。她引我來到一個小房間，相當殺風景，只有三張榻榻米大，以看似刷洗茶具的地方取代壁龕，上頭隨便擺放著布袋神和招財貓。牆上貼著細細的紙條，並掛著日曆。房裡吊著一盞三、四十燭光的昏暗燈泡。從敞開的窗戶傳來外頭嫖客零星的腳步聲。

老鴇問我要休息還是住宿。休息是四百圓。我還點了酒和下酒菜。

即使老鴇下樓去拿酒菜，女人還是不靠近我。直到將酒送上樓的老鴇催促，女人才肯靠近我。我靠近一看，才發現女人的人中摩擦得有些泛紅。不只是腿，她似乎是為了排遣無聊，而有四處搔抓的壞習慣。但她人中上若有似無的紅色痕跡，說不定是抹到口紅留下的。別為我生平第一次上青樓就能如此仔細觀察而驚訝。我只是想從自己看得見的事物中，找出快樂的證據。一切都像銅版畫般精密，精密地平整貼附在與我保持一定距離的地方。

「這位客人，我以前好像見過你呢！」女人告訴我她名叫真理子後說。

「我第一次來喔。」

「你真的是第一次光顧這種地方嗎？」

「是第一次沒錯。」

「我看也是。你的手抖個不停呢！」

經她這麼一說，我才發覺自己拿著小酒杯的手正在發抖。

「如果是真的，真理子今晚可真是走運呢！」老鴇說。

「是真是假，很快就知道了。」

真理子毫不掩飾地回答。但是，她的話裡看不見肉慾。在我看來，真理子的心，獨自位於一個與我和她兩人肉體都無關的地方玩耍，就像遊戲時離開玩伴的孩子一樣。真理子身穿淺綠色襯衫，搭配黃色裙子。雙手只有拇指指甲染上了紅色，大概是朋友惡作劇留下的吧。

不久後，我們進入一間八張榻榻米大的寢室，真理子一腳踏在棉被上，輕拉垂下燈罩的長繩。燈光下，浮現出印上鮮豔花紋的棉被。房間裡有個裝飾精美的壁龕，上頭擺放了法國人偶。

我笨拙地褪去衣物。真理子將毛巾質地的粉紅色浴衣披在肩上，敏捷地脫下洋裝。我拿起枕邊的水灌入口中。女人聽見我喝水的聲音，對我說：

「你還真能喝呀！」

她背對著我輕笑。我們鑽進被窩，彼此面對面，她以指尖輕戳我的鼻子說：

「你真的是第一次來玩呢！」

語畢，她又露出燦笑。即使枕邊紙燈燈光昏暗，我也沒忘記要仔細察看。因為察看是我活著的證據。然而，這是我第一次如此靠近觀看別人的雙眼。我過去所見的世界，喪失了遠近法則。別人無畏地侵犯我的存在，體溫與廉價香水的氣味，如同洪水氾濫成災，水位逐漸上升，淹沒了我。我第一次見到他人的世界與我如此融合。

女人將我視為一個普通的男人對待。我從不曾想像過有誰能如此對待我。口吃離我遠去，醜陋和貧窮也脫離了我。褪去衣物之後，我重複褪去了無限的衣裳。我的確達到了快感，但我無法相信正在品嘗那道快感的人是我。遠處湧上疏遠我的感覺，立刻又潰不成形。……我的身體立刻離開她，額頭靠在枕上，以拳頭輕輕拍打冰冷麻痺的腦袋。那之後，一股世上萬物置我於不顧的感覺襲來，但還不至於令人落淚。

完事後，我迷迷糊糊聽著女人的枕邊細語，她告訴我她從名古屋流落此地，但是我腦袋裡只想著金閣的事。那是一種抽象的思索，不像平時那種有著一股肉感重重沉澱在底部的想法。

「希望你再度光臨喔。」真理子說。

真理子的言談，使我感覺她似乎大我一、兩歲。事實上必定也是如此。乳房在我面前滲出汗水。乳房只是一塊肉，絕對不會改變樣貌變成金閣。我戰戰兢兢地以指尖觸摸乳房。

「這東西就那麼稀奇嗎？」

真理子說著，撐起身體，像安撫小動物一般凝視著自己的乳房，並輕輕晃動。我從晃蕩的肉體，想起了舞鶴灣的夕陽。夕陽的瞬息萬變與肉體的衰敗易變，在我心中合而為一。而我眼前的肉體，不久後也將如夕陽般，包覆在重重晚霞下，橫躺在黑夜的墓穴深處；這樣的想像頓時令我心安。

*

第二天，我又前往同一家店造訪同一個女人。不單是因為我手上還剩下足夠的錢。也是由於最初的行為，比我想像中的歡喜來得乏味，所以我認為必須再嘗試一次，好更加接近想像上的歡喜。我在現實生活中的行為與別人不同，我總是傾向忠實地模仿想像。稱之為想像並不適當，應該改稱為「我的起源之記憶」。我總覺得，我早就以最耀眼的形式，預先體驗過我在人生中總有一天會嘗試到的所有體驗。我無法拂去這種感覺。即便是這種肉體的行為，我也覺得自己早在想不起來的時間和地點（大概是和有為子）品嘗過更加濃烈、更令人全身麻痺的感官愉悅了。它成為一切快感的泉源，而現實中的快感，不過是從泉源中掬起一把水罷了。

我感覺的確在遙遠的過去，曾在某處看過無比壯麗的晚霞，自從那之後看見的晚霞多少都像褪了色，是我的罪過嗎？

昨天，女人待我如一般人，因此我今天特地將前幾天在舊書店購買的文庫本放入口袋帶來。這本書是貝卡里亞㉝的《論犯罪與刑罰》。這本十八世紀義大利刑法學者的著作，是啟蒙主義與合理主義的古典套餐；我才讀了幾頁就將書拋置一旁了，不過我猜女人說不定會對書名感興趣。

真理子以無異於昨日的微笑歡迎我。雖是一樣的微笑，卻沒有留下絲毫「昨日」的痕跡。而她對我的親切，就如對某個街角遇見的人一樣親切，或許是因為她的肉體就像某個街角一樣平凡無奇之故吧。

我們在小房間裡暢飲，酒席上的對話已不再那麼彆扭了。

「您今天也回來找她，看您年紀輕輕，倒挺風流的嘛。」老鴇說。

「不過，你每天來，不會挨老和尚的罵嗎？」真理子說。她看見我露出事蹟敗露的驚慌神色，又接著說：「我當然看得出來。現在流行梳飛機頭，理成五分頭的一定是小僧啊。聽說現在成了高僧的那些人，年輕時就大致上看得出將來是否有望了。……別管那些事了，我們來唱歌吧！」

真理子沒頭沒腦地唱起〈港口女人〉之類的流行歌。

第二次行為在已熟悉的環境中，進行得順利無礙而輕鬆。這次，我以為瞥見了快樂，但並非我想像的快樂，不過是自認為適應了魚水之歡的自我墮落式滿足罷了。

完事後，女人像個年長者似地，給我一番語重心長的訓誡。這種訓誡將我短暫的興致破壞殆盡。

「你還是別常來這種地方比較好。」真理子說，「我真心覺得你是個老實人。別在這種地方陷得太深，老老實實努力做生意比較好。我當然希望你來，但是你可以明白我這麼說，是什麼心情吧？因為我把你當成弟弟呀！」

真理子大概是從什麼低俗小說學來這些話。她說這些話時，並沒有那麼深沉真切的心情，只是將我當成對象，來組成一個小小的故事，真理子期待我共享她營造出來的情緒。如果我能配合她，感動落淚的話，就更完美了。

但是，我並未那麼做。我冷不防從枕邊拿起《論犯罪與刑罰》，遞到女人眼前。

真理子乖乖翻開文庫本。她一言不發，將書拋回原處。這本書已從她的記憶中消失。

㉝貝卡里亞（Cesare Beccaria，一七三八—一七九四）：義大利法學家、啟蒙思想家。

我原本期望女人能從與我相遇的命運中，預先感受到什麼。我期望她能更加靠近「自己正在為世界沒落助上一臂之力」的認知。我認為對女人而言，那些事情應該不是無關緊要。這樣的焦慮，最後導致我說出不該說的事。

「一個月……沒錯，我想一個月之內，報紙會大報特報我的事情。到時候，妳可得想起我！」

語畢，我的心跳劇烈加速。真理子卻笑了起來，笑得乳房晃動；她不時朝我一瞥，咬著和服袖子下襬忍笑。但是，另一股笑意又湧上來，使她笑得渾身抖動。真理子想必解釋不出究竟什麼事這麼好笑。她也覺察到這點，而停止發笑。

「有什麼好笑的？」我提出愚蠢的問題。

「因為你撒了謊呀！啊啊，笑死我了。你這謊說得跟真的一樣。」

「我才不說謊。」

「算了，別計較了。啊啊，真好笑。差點笑死我。你滿嘴胡說八道，還一臉正經八百的表情。」

真理子又笑了。她笑的理由很單純，很可能只是我說得太用力，導致口吃莫名嚴重的關係。總之，真理子完全不相信我說的話。

她不相信。即使眼前發生地震，她一定也不會相信。即使世界崩塌毀滅，或許只有這個女人還能堅定不移吧！因為真理子只相信事情會依照自己所想的方式發生。然而，世界不可能依照真理子的想像毀滅，而真理子也絕對沒有機會思考那些事情。就這一點，真理子很像柏木。真理子就是只顧自己、不考慮其他事物的女版柏木。

由於話題中斷，真理子便裸露著乳房，哼起歌來。她哼唱的歌聲中，夾雜著蒼蠅拍打翅膀的聲音。蒼蠅在她四周飛來飛去，碰巧停留在她的乳房上。真理子只說了一聲：「好癢喔！」也沒趕走牠。

蒼蠅停留在乳房上，像黏在上頭。令我驚訝的是，真理子似乎還對這樣的愛撫喜形於色。

屋簷響起雨聲，聽來彷彿只有屋簷下著雨。雨勢似乎不再向外擴張，而是迷失在這條花街一隅，進退兩難。雨聲宛如我所在之處——從廣大無際的黑夜中切割分離，只有枕邊紙燈昏暗燈光下——這塊遭到局限的世界。

如果說蒼蠅性好腐敗，表示真理子也正開始腐敗嗎？什麼也不相信，是一種腐敗嗎？真理子住在只屬於她完美絕對的世界裡，所以才引來蒼蠅嗎？我不得而知。

但是，女人忽然落入死亡般的假寐，乳房在枕邊燈光照耀下，顯得圓潤而富有光澤，停在上頭的蒼蠅也像突然沉睡一般，動也不動。

*

我並未再次光臨「大瀧」，該做的事已完成。剩下的只要等待老師發現學費的用途，將我逐出寺廟。

但是，我絕對不會做出暗示老師學費用途之類的行動。我用不著自白，因為即使不從實招來，老師應該也能嗅出事有蹊蹺。

我難以說明清楚，為何就某種意義上，我如此信任老師的能力，並欲想借助老師的力量？我也不明白自己為何要將最後的決斷，全任憑老師的驅逐？如前所述，我早就看清了老師的無能為力。

第二次光顧青樓的幾天後，我看見老師這副模樣。

那天老師難得一清早就來到開園前的金閣旁邊散步。老師還對正在打掃的我們慰勞了幾句。老師身穿涼爽的白衣，登上通往夕佳亭的石階。我想他或許要一個人在那裡品嘗抹茶、澄淨心靈吧。

當天清晨的天空，留下一抹燦爛灼目的朝霞。蔚藍的天空隨處還有映得火紅的雲彩飄移。雲彩似乎還含羞未醒。

掃除完畢，我們各自返回本堂，只有我經過夕佳亭一旁，從通往大書院後方的小徑回去。因為大書院後方還沒打掃。

我握著掃帚，登上環繞在金閣寺圍牆之下的石階，來到夕佳亭一旁。樹木被昨夜的雨淋濕，灌木葉上滿是露珠，反映天上殘留的朝霞，彷彿結出不是這個季節的淡紅色果實。露珠之間的蜘蛛網也隱約染上一抹紅，輕輕顫動。

我懷著一種感動，眺望地上物象如此敏感地映照出天上色彩。籠罩寺內綠意的甘霖，也是上天賜予的恩惠。大地彷彿享受恩寵般充分潤澤，散發出腐敗和鮮嫩混雜的氣味，這也是因為它們不懂得如何拒絕上天的恩賜。

眾所皆知，拱北樓鄰接夕佳亭，其名出自「北辰之居其所，而眾星拱之㉞」。然而，現今的拱北樓，不再是當年足利義滿威震八方時那棟建築，它重建於一百數十年前，改建成一棟圓形茶室。夕佳亭裡不見老師身影，他似乎在拱北樓裡。

我不願獨自碰上老師。只要屈身沿著籬笆走，應該就看不見我。於是，我壓低腳步聲，躡手躡腳地前行。

拱北樓的門敞開。一如往常，可見掛在壁龕上的圓山應舉畫軸，下方還擺了雕工精巧，卻因年代久遠而變黑的白檀天竺佛龕。左方可見千利休喜愛的桑木架，紙門上也綴滿圖畫。唯獨不見老師身影，我不禁將頭探過籬笆，環顧四周。

壁龕柱子一旁的昏暗處，可見一個類似巨大白色包裹的東西。仔細一看，原來是老師。他用盡全力彎曲身子，頭埋入雙膝之間，以兩袖捂面，蹲在那裡。

老師保持那個姿勢，動也不動。老師寂然不動。反而是望著他的我，悠然萌生各種感情

㉞出自《論語．為政》，原為：「為政以德，譬如北辰，居其所，而眾星共之。」

在心中來去。

我首先想到，老師是否突然生了什麼急病，忍耐著發作之苦。我立刻過去照顧他就好了。

但是，另一股力量阻止了我。就任何意義來說，我都不愛老師，也下定決心隨時都可以縱火了，因此那樣的照顧是偽善。何況我也擔憂，萬一我上前照顧老師，結果令他感動，對我表示感謝與關愛，會導致我心軟。

再仔細一瞧，老師並不像生病。無論如何，他的姿勢令人覺得自豪和威信全失，卑微得就像野獸的睡相。我發現他的衣袖微微振動，似乎有種無形的重量壓在他背上。

我思忖那道無形的重量是什麼？是苦惱嗎？是連老師自己都難以忍受的無力感嗎？

隨著我耳朵適應，才聽到老師以極為低沉的聲音正在誦讀經文，但聽不出是什麼經文。老師有我們不得而知的陰暗精神生活，相較之下，我拚命嘗試的微小罪惡與怠慢根本微不足道。為了傷害我的自尊心，這個想法突然出現。

沒錯。那時候我發現老師蹲踞在地的姿態，正好就像懇求加入僧堂遭拒的行腳僧，終日在門口將頭垂靠在自己行李上生活的「低頭修行」（庭詰）姿勢。如果像老師這般的高僧，還肯模仿新來的行腳僧進行這種修行，那麼他的謙虛確實值得人們讚賞。但是，我不知道老師是對著什麼，變得如此謙虛？是否像庭院雜草、樹木枝葉、掛在蜘蛛網上的露珠，對天上的朝霞展現的謙虛一樣，老師也不惜以野獸的姿勢，原封不動地將人類與生俱有的惡行與罪孽，映照在自己身上，而變得謙虛呢？

「他是做給我看的！」我突然心想。我可以肯定。他知道我會經過這裡，所以故意做給我看。深知自己無能為力的老師，最後終於發現世上還有這種充滿諷刺的訓誡方法，能默默撕裂我的心、引起我的憐憫之情，從而使我跪地屈服！

我迷惘地望著老師身影的期間，差點受到感動襲擊也是事實。即使我全力否認，但我無疑差點就跨過愛慕老師的分界線。幸虧我及時想到老師是「做給我看的」，才能逆轉一切，也才擁有了更加堅定的心。

就在此時，我不再希冀老師的驅逐，下定決心執行縱火計畫。老師與我早已成為不同世界的居民，我們互不影響。我的心靈自由無礙。我不須再期待外力幫助，只要隨心所欲在自己所訂的時候執行就好。

朝霞褪色，空中白雲漸起。耀眼的陽光從拱北樓的外廊上消退。老師依舊蹲踞原地。我加緊腳步離開。

＊

六月二十五日，朝鮮爆發戰亂。我的預感成真，世界確實在步向沒落毀滅。我必須趕緊行動。

十

其實就在去了五番町的翌日，我便嘗試過拔掉兩根金閣北側木板門上長約兩寸的釘子一次。

金閣第一層法水院有兩處入口。東西各一，都是左右對開的門。負責導覽的老人夜間登上金閣，從內側牢牢關上西門，再從外側關上東門，還加了鎖。但是我知道沒有鑰匙也能進入金閣。從東門繞到金閣後方，北邊木板門正好護著閣內金閣模型的背後。那面木板門已經老朽，只要拔掉上下六、七根釘子，便能輕易拆卸下來。釘子全都鬆動了，手指只要稍微施力就能輕鬆拔除。我試著拔掉兩根。將拔掉的釘子用紙包好，放進書桌抽屜最深處保存。過了幾天，似乎沒有人發覺。過了一週，仍舊沒有人發現。二十八日晚上，我又悄悄將那兩根釘子釘回原處。

我看見老師蹲踞在地的模樣，終於下定決心不再依靠任何人的力量後，就在當天，我前往千本今出川西陣警署附近的藥房買了安眠藥。藥局人員一開始取出三十錠裝的小瓶子來，我告知對方要大瓶，便以一百圓買了百錠裝的藥。然後，我又到鄰接西陣警署南面的五金行，花九十圓買下一把刀刃長約四寸、附刀鞘的小刀。

我在入夜後的西陣警署前徘徊。幾個窗口燈火通明，一名身穿開襟襯衫的刑警抱著公事包，慌慌張張地走了進去。沒有一個人注意到我。過去二十年，從未有人注意到我，而現在，仍舊繼續著同樣的狀態。此時此刻，我還不重要。在日本還有幾百萬、幾千萬的人，活在不惹人注意的角落，我現在還屬於他們的一分子。這樣的人類是死是活，世人都不痛不癢。然而，那些不起眼的人擁有令人放心的特質。因此，警察也放心地對我不屑一顧。朦朧的紅色大門燈光，照亮了西陣警察署刻在石頭上的橫向文字，「察」字已經脫落。

返回寺廟的路上，我回想今晚採購的物品。那些東西令人心情雀躍。

我買小刀和藥物是為了以防萬一，方便我自戕。但是，我購買的這些物品，卻像即將擁有新家庭的男人為了未來生活所需而採購的物品一樣，令我心情愉悅。回寺廟後，我還是對那兩樣物品百看不厭。我拔開刀鞘，輕舔小刀刀刃。刀刃立刻起霧泛白，舌尖上明確傳來一道涼意，若有似無的甘甜隨之而來。從薄薄的鋼鐵深處、從無法到達的鋼鐵實質，隱約反映出甘甜滋味，傳到了舌尖上。這明確的形狀、這恰似深海湛藍的鋼鐵光澤……它與唾液一同擁有永遠環繞在舌尖上的清冽甘甜。最後，甘甜的滋味也逐漸遠去。我愉悅地思忖著，我的肉體有朝一日將沉醉於這道甘甜迸發的飛沫中，死之天空將與生之天空一樣明亮。於是，我忘了黑暗的念頭。這個世界將不復存在任何苦痛。

金閣於戰後安裝了最新型的火災自動警報器。只要金閣內部達到一定溫度，警報就會響徹鹿苑寺辦公室的走廊。六月二十九日晚間，警報器發生故障。發現者是負責導覽的老人。

老人來到執事宿舍報告此事時，我正好在廚房聽見一切。我認為聽見了上天鼓勵我的聲音。

三十日清晨，副司打電話給安裝警報器的工廠，請對方派人維修。為人親切的導覽老人特地告訴我這件事。我緊咬嘴唇。昨夜正是執行縱火計畫的大好時機，只可惜我錯過了這絕無僅有的好機會。

傍晚，修理工來了。我們全帶著一臉好奇，站成一排觀看修理的過程。修繕耗時良久，工人碰上了難題。旁觀的僧侶逐一離去。我找了個適當的時機離開。接下來只待工人修理完成，試著按響尖銳鈴聲，響徹整座寺廟；對我而言，只需等待這道絕望的信號即可。……我引領企盼。夜色如潮水湧上金閣，修理用的小燈還亮著。警報不響。工人扔下鑰匙，只留下一句「我明天再來」就打道回府。

七月一日，工人失約並未現身。而寺廟也沒有什麼緊急的理由催促人家前來修繕。

六月三十日，我又去了千本今出川，買了甜麵包和紅豆餡餅。寺廟不提供點心，因此我只好用少得可憐的零用錢去買些糕點。

但是，我在三十日買來的糕點，不是為了充飢，也不是為了幫助我服用安眠藥。勉強說來，是心中的焦慮不安，促使我買下了糕點。

我手裡提著撐得鼓鼓的紙袋，它與我之間的關係，如同我現在即將著手執行完全孤獨的行為，與寒酸的甜麵包之間的關係。……陰沉天空中滲出的陽光，宛如悶熱的霧靄，籠罩著古老的街道。汗水悄悄沿著我的背，劃下幾道冰冷的線條流淌而下。我疲倦無比。

甜麵包與我的關係，究竟是什麼呢？面對即將展開的行為，無論精神如何振奮以綳緊神經、專心致志，然而我預期孤獨殘留在我體內的胃，依舊會在如此緊張的時刻，尋求孤獨的保證吧？我感受到自己的內臟就像我飼養的狗，寒酸又桀驁不馴。我很清楚，無論我的心靈如何清醒，我的腸胃以及那些感覺遲鈍的器官，仍舊會擅自夢想著得過且過的日常。

我知道自己的胃夢見了什麼。是甜麵包和紅豆餡餅。即使我的精神夢見了寶石，我的胃依然頑固地夢著甜麵包和紅豆餡餅。……或許將來，當人們嘗試勉強理解我的犯罪時，甜麵包和紅豆餡餅會提供他們合適的線索吧。人們可能會這麼說：

「那小子是因為肚子餓了。他會那麼做，也是人之常情！」

*

那一天到來了。昭和二十五年（一九五〇）七月一日。正如前述，預計今天之內都無法修好火災警報器。到了下午六點，事情已塵埃落定。因為負責導覽的老人又打了一通電話催促。工人回答他：「對不起，今天已經忙得分身乏術，明天一定過去。」

當天參觀金閣的遊客約有百人，金閣於六點半關閉，人潮漸散。因導覽的工作已經結束，老人打完電話後，站在廚房東側的泥土地上，心不在焉地望著小菜園。

細雨迷濛，從一清早就斷斷續續。微風輕拂，天氣並不怎麼悶熱。菜園裡的南瓜在細雨中綻放點點花朵。另一邊黑亮的田裡，上個月初播種的大豆已冒出新芽。

每當老人思考事情，他總會左右移動下巴，導致他那一口嵌合不正的假牙上下碰撞發出聲響。他每天導覽都講述相同的內容，卻越來越讓人聽不清楚，都是因為假牙之故。即使有人勸他矯正，他也置若罔聞。老人凝視著菜園，口中不知嘀嘀咕咕些什麼。他一嘀咕，又撞響了假牙；聲音一停，又開始嘀咕。大概是在抱怨警報器維修不順利吧。

聽著他模糊不清的嘀咕，我總覺得他彷彿在說，無論假牙還是警報器，都不可能修理好了。

當天晚上，鹿苑寺來了一位稀客拜訪老師。訪客是從前與老師在同一座僧堂學習佛法的友人，現任福井縣龍法寺住持的桑井禪海和尚。既然他與老師是同僧堂之友，代表他也是父親的朋友。

老師有事外出，廟方人員趕緊打電話聯絡老師的去處。對方告訴我們，老師再過一個小時左右就會回來。禪海和尚這次上京，打算在鹿苑寺暫住一、兩宿。

父親從前總是動不動就開心地提起禪海和尚的事，由此可知父親對和尚常懷敬愛之心。和尚無論外表或個性都充滿男子氣概，是典型粗獷不羈的禪僧。他身高將近六尺，膚色黝黑、眉毛濃密，且聲如洪鐘。

禪海和尚表示想在等待老師回來的期間和我談談，師兄弟來叫我時，我有些猶豫。因為我擔憂禪海和尚單純而澄明的慧眼，是否會看透我今晚的企圖。

禪海和尚盤腿坐在十二張榻榻米寬的正殿客殿裡，啜飲著副司特別為他準備的酒和素菜。原本由師兄弟替他斟酒，我來了之後，換我跪坐在禪海和尚面前，替他斟酒。我背對著黑暗中的無聲細雨。因此，禪海和尚眼中只能望見我的臉，和梅雨時節的庭院之夜這兩種黑暗。

然而，禪海和尚不受任何外物所拘。他一看到初次見面的我，就滔滔不絕，豪邁爽朗地對我說，我很像父親，稱讚我好好長大成人了，並對父親過世深表遺憾等等。

禪海和尚擁有老師缺乏的質樸，和父親所沒有的力量。他的臉龐曬得黝黑，鼻翼寬大，濃眉下的肌肉隆起，皺眉瞪眼的模樣，彷彿依照「大癋見」㉟面具製作而成。他的五官並不勻稱。他的內在力量過剩，力量恣意發散，破壞均衡。而他突出的顴骨，甚至如南畫的岩山一樣奇峭。

即使如此，說話聲如洪鐘的禪海和尚，有著一股迴盪我心的溫柔。不是世間常見的溫柔，而是猶如盤根錯節的村外大樹，提供過往旅人樹蔭休憩般的溫柔、觸感粗糙的溫柔。談話之間我警戒著，並提醒自己在今晚這樣的重要關頭，決心千萬別因為接觸這樣的溫柔而遲

㉟大癋見：能劇中的鬼神面具，多用於天狗面具。特徵為挑高的眉毛、怒瞪的雙眼，以及緊閉的嘴巴。

鈍了。於是，我心中又湧起疑慮，懷疑是不是老師為了我，特地請來禪海和尚？但是，老師才不可能為了我，拜託禪海和尚從福井縣千里迢迢來到京都。禪海和尚不過是出於奇妙因緣，偶然造訪的客人，也是即將見證無比慘烈局勢的證人。

裝了將近兩合酒的巨大白磁酒壺都空了，於是我向禪海和尚行了禮，便去找典座再添一壺酒。我捧著溫熱的酒壺回來時，萌生一股前所未有的感情。我從來不曾有過希望別人理解我的衝動，然而到了最後關頭，卻希望獲得禪海和尚的理解。再次回到客殿勸酒的我，眼神與先前截然不同，閃爍著率真的光芒，而禪海和尚應該發覺了。

「您覺得我怎麼樣？」我詢問。

「哼嗯，你是個認真的好學生。你背地裡如何吃喝玩樂，我不知道。只可憐，現在跟以前不同，沒有供你縱情聲色的錢了吧？令尊和我，以及這裡的住持，年輕的時候都幹過不少壞事呢！」

「我看來像個平凡的學生嗎？」

「看來平凡最好了。平凡才好。平凡不會引起別人的疑心，是件好事。」

禪海和尚沒有虛榮心。一般高僧容易陷入的弊病，就是人們總以為他們擁有從人物到書畫古董等萬物皆能鑑別的慧眼。有的高僧為了避免鑑識錯誤受人恥笑，說話總愛拐彎抹角、避重就輕。有些高僧會當場留下禪僧風格的獨斷見解，但也總是留下模稜兩可的餘地。禪海和尚不是這種人。我很清楚他坦率說出了眼中所見和心中所感。他對於映入自己單純而堅強的雙眼中那些事物，不會進一步強求任何意義。有意義也好，無意義也罷。禪海和尚最令我覺得偉大的一點，就是他看待事物的目光；比方說看我時，他並不會自恃目光獨到，對我另眼相看，而是用跟其他人一樣的目光來看我。對禪海和尚而言，單純的主觀世界毫無意義。我明白了禪海和尚言下之意，逐漸感到心安。只要別人視我為平凡人，我就是個平凡小卒，即便我膽敢做出異常的行為，我的平凡也會像過篩的米粒一樣留在篩網上。

不知不覺中，我感到站在禪海和尚面前的身體，猶如靜靜隱身於樹叢之中的小樹。

「只要照人們眼中看到的平凡模樣活下去就好了嗎？」

「那也行不通。只不過，萬一你做出什麼異常舉動，人們又會以那樣的眼光看你。世人很健忘的。」

「人們眼中的我，和我自以為的我，哪一個可以持續更久呢？」

「無論哪個都將半途而廢。即使你費心勉強維持，一樣無法持續。火車奔馳時，乘客是靜止的。火車一停，乘客就必須走出火車。奔馳半途而廢，休息也半途而廢。雖說死亡是最後的休息，但也不知將持續到何時。」

「請您看透我的為人。」我終於說出口，「我不是您想像的那種人。希望您能看透我的真心。」

禪海和尚邊啜飲杯中酒，邊凝望著我。沉默的重量如雨水淋濕的鹿苑寺龐大黑色瓦片屋頂，壓在我的身上。我全身顫慄。因為禪海和尚突然發出無比開朗的笑聲。

「我沒必要看透你。你的真心已經在你臉上表露無遺了。」和尚說道。我感覺他完完全全、鉅細靡遺地理解了我。我第一次變得一片空白。一股鼓勵我行動的全新勇氣噴湧而出，像水一樣朝著空白滲透進來。

老師回來時，已是晚上九點。四名警衛一如往常出去巡邏，沒有任何異狀。外出回來的老師與禪海和尚兩人舉杯對飲，直到深夜十二點半左右，師兄弟才過來領禪海和尚至寢室休息。之後，老師便去沐浴（開浴）了。七月二日深夜一點，擊柝㊱聲也已停息，寺裡一片靜謐。天上依舊下著無聲細雨。

我獨自坐在鋪好的被褥上，計算著沉澱在鹿苑寺裡的黑夜。夜晚逐漸加深了密度和重量。我在五張榻榻米大的儲藏室，粗柱和木板門支撐著古老的黑夜，顯得莊嚴肅穆。

我嘗試結結巴巴地在口中說話。一字一句如同以往——就像將手插入口袋中摸索，物品卻被其他東西勾住，怎麼也拿不出來一樣——將我折磨得焦急萬分，才出現在嘴唇上。我內在的重量和濃密度，恰似今晚的黑夜，而話語就像沉重的吊桶，從深夜的水井裡發出嘎吱聲響爬升上來。

「快了！再稍微忍耐一下！」我暗忖，「我內在與外界之間這道生鏽的鎖，即將打開！內在與外界將貫通、毫無阻礙，清風得以自由來去。吊桶輕盈展翅翱翔，一切事物化為寬闊的原野展現在我眼前，密室即將毀滅。……此情此景已近在眼前，伸手可及了。」

我充滿幸福。我在黑暗中整整坐了一個小時。我感受到前所未有的幸福。……我在黑暗中站起身。

我躡手躡腳走到大書院後方，穿上事先準備的草鞋，在迷濛細雨中沿著鹿苑寺後側的水溝往工地走去。工地上沒有木材，散落一地的木屑被雨淋濕後，散發出一股氣味瀰漫四周。那裡儲放著寺廟買來的稻草。寺廟一次買四十捆。但是，稻草幾乎消耗光了，今晚只剩三捆堆放在那裡。

我抱起三捆稻草，從菜園旁邊走回去。廚房鴉雀無聲。我轉過廚房的角落，來到執事宿舍後方時，廁所窗戶突然透射出亮光。我當場蹲下。

廁所傳來咳嗽聲，聽來似乎是副司。不久，又聽見撒尿聲，聲音無限漫長。

我擔心稻草遭雨水淋濕，蹲著以胸膛覆蓋稻草。因為下雨而臭氣熏天的廁所氣味，沉澱在隨微風搖曳的羊齒草叢中。……撒尿聲停止了。接著又傳來腳步踉蹌、身體撞上木板牆的聲響。副司似乎仍睡眼惺忪。窗口的燈光熄滅。我再度抱起三捆稻草，走向大書院後方。

我全身家當只有一個裝隨身衣物的柳條行李箱，和一個老舊的小皮箱而已。我打算把那些東西全燒了。今晚我已將書籍、衣物、僧衣，以及其他雜物全裝入這兩個箱子。我希望大

㊱擊柝：敲響拍子木夜巡。

家知道我做事細密嚴謹。舉凡搬運時容易發出響聲的東西，比如蚊帳吊環；或是不燒毀就會留下證據的東西，比如菸灰缸、玻璃杯、墨水瓶之類的物品，就放入坐墊包裹起來，外頭再覆上一層包袱，分開存放。我還有一床墊被和兩條棉被必須燒掉。我將這些體積巨大的行李，分別搬往大書院後方出口堆放。其後，才去拆下金閣北側的木板門。

釘子一根根像是插在鬆軟的土裡，輕鬆一抽就拔出來了。我以身體支撐傾倒的木板門，潮濕的朽木表面帶著濕潤和膨脹的曲線，碰上了我的臉頰。木板門不如想像沉重。我將拆卸下來的木板門，橫放在一旁的地面上。展露在我眼前的金閣內部一片漆黑。

木板門寬度正好容許我側身進入。我將身體浸淫在金閣的黑暗中。此時出現了一張不可思議的臉龐，令我渾身戰慄。原來是火柴火光將我的臉映照在入口旁邊陳列金閣模型的玻璃櫃上。

我明知現在不是這麼做的時候，卻著迷地望著玻璃櫃裡的金閣。這座小小金閣在火柴化成的一輪明月照耀下，影子不停搖曳，使纖細的梁柱不安地蹲踞在地。那些景象立刻又遭黑暗吞沒。火柴燒光了。

因為擔心火柴餘燼的一點紅色火光，我就像之前某天在妙心寺看見的學生一樣，使勁踩熄了火柴；我會這麼做，實在詭異。我又點燃一根新的火柴。我通過六角經堂和三尊像前方，站到香油錢箱之前，看見箱上釘滿一排排橫木條，供人們投錢。橫木條影子隨火柴火焰搖曳，恰似水波擺蕩。香油錢箱後方深處，放著國寶鹿苑院殿道義足利義滿的木頭雕像。坐像身穿法衣，衣袖左右延伸，由右手朝左手橫握笏板。雕像雙眼睜開，已削度的小腦袋埋在法衣領子底下。火柴火焰照得雕像雙眼炯炯有神。但是，我並不畏懼。在我看來，這尊小偶像陰鬱淒慘，即使它坐鎮在自己興建的館中一隅，卻老在多年前就放棄了掌控。

我打開通往漱清亭的西門。如前所述，這道門是由內側向外左右開啟。雨夜的天空遠比金閣內部明亮。潮濕的門板減輕了開門時鉸鏈低沉細微的咿啞聲響，引入充滿微風中的靛藍色夜氣。

「義滿的雙眼，義滿那對眼睛。」我從那道門縱身躍出戶外，往大書院後方跑回去時，不斷思忖著。「一切將在那對眼睛前面進行。在那對什麼都看不見、早已死亡的證人雙眼前面……」

奔跑的我，褲子口袋裡發出聲響。原來是火柴盒的聲音。我停下腳步，在火柴盒縫隙裡塞入柔軟紙張，以便消音。包覆在手帕裡的安眠藥玻璃瓶和小刀，放在其他口袋，並未發出聲響。而甜麵包、紅豆餡餅和香菸放在夾克口袋，本來就不會發出聲音。

之後，我進行了機械式的工作。我將堆放在大書院後門的行李分四趟搬運到金閣內的義滿像前。最初搬運的是除去吊環的蚊帳和一床墊被。第二趟搬運兩條棉被。第三趟搬了皮箱和柳條行李箱。最後搬運三捆稻草。我將上述物品雜亂堆疊在一起，三捆稻草塞入蚊帳和棉被之間。因我認為蚊帳最容易著火，便將它半攤開覆蓋在其他行李上。

最後我回到大書院後方，抱起包裹著那些難以燃燒之物的包袱，走向金閣東邊盡頭的池畔。那裡可以望見池中近在眼前的夜泊石。幾棵松樹萃然成蔭，勉強能夠避雨。

池面反映夜空，微微泛白。水面長滿了水藻，彷彿一片陸地，透過星點四散的縫隙，才知道底下是水。雨水不足以在池面掀起漣漪。煙雨迷濛，水氣氤氳，水池看似廣闊無際。

我將腳下一顆小石子踢入水中。水聲出奇響亮，彷彿震裂了我四周的空氣。我蜷縮身子，靜止不動。想透過沉默消除方才無意引發的巨響。

我伸手探入水中，溫熱的水藻纏上我的手。我先讓蚊帳吊環從浸在水中的手滑落。接著像沖洗一樣，讓菸灰缸順水落入池中。並以相同的方法，將玻璃杯和墨水瓶沉入水底。應該沉入水底的東西，全沉入池中了。我身旁只剩包裹那些物品的坐墊和包袱巾。最後，我只要將這兩樣物品帶到義滿像前點火即可。

就在這時，我突然感受到食欲襲來，由於太符合我預料的狀況，反倒令我心中一股慘遭背叛的感覺油然而生。昨天吃剩的甜麵包和紅豆餡餅還放在口袋裡。我以夾克下襬擦了擦濕漉漉的手，便狼吞虎嚥了起來，卻不記得是什麼味道。無關味覺的享受，我的胃在叫喊，我只能慌慌張張將糕點塞入口中。我心跳急促。好不容易吞嚥下去後，我掬起池水一飲而盡。

……我只差一步就能完成期待已久的行為。導出行為的漫長準備工作已全部結束，我站在準備的尖端，只待縱身一躍即可。只要付出一舉手一投足之勞，就能輕而易舉達成夢寐以求的行為了。

我作夢也沒想到，足以吞噬我這輩子的寬廣深淵，正在兩者之間張開血盆大口。

我望向金閣，打算向它道別。

金閣在雨夜的黑暗中，輪廓朦朧不定。漆黑剪影就像黑夜的結晶體聳立在眼前。我定神凝視，勉強可見三樓究竟頂突然由寬變窄的構造，以及法水院和潮音洞細長的柱林。然而，過去曾令我深受感動的細節，全融化在漆黑夜色之中。

隨著我美麗的回憶逐漸增強，黑暗便幻化為任我恣意描繪幻影的畫布。金閣蹲踞在黑暗的形態中，隱藏著我心中之美的完整面貌。透過回憶的力量，美的細節在黑暗中一一發出光芒；光芒傳播開來，金閣終於在既非白晝亦非黑夜、不可思議的時間照耀下，漸漸清晰可見。金閣從未以如此完整而細緻的姿態，由上到下散發光彩，出現在我的眼前。我的視力彷彿化為盲人。金閣因自己散發的光芒變得透明，從外側也能清楚看見潮音洞裡天人奏樂的天花板壁畫，以及究竟頂牆上古老斑駁的金箔。金閣纖巧的外在與內在合而為一。構造與主題的明瞭輪廓、反覆使用精心雕琢的細節和裝飾以具體呈現主題，以及對比和對稱的效果等，我皆能一覽無遺、盡收眼底。雖然同樣寬廣的法水院與潮音洞兩層，呈現微妙的差異，但它們在同一道屋簷深深守護下，就如一雙相似的夢境、一對相似的快樂之紀念般堆疊而起。如果只有其中之一，便容易遭人忘卻；透過上下堆疊互相驗證，使夢境得以化為現實，快樂轉身變成建築。然而，它們也因為頂上第三層究竟頂忽然縮小的形狀，使曾經獲得驗證的現實坍塌了。黑暗且輝煌的超然時代哲學，將它們概括其中，並使它們臣服其下。木片修葺而成的屋頂尖端高聳，金銅鳳凰鄰接無明的長夜。

建築師仍不因此滿足。他在法水院西邊向外推出一座小巧玲瓏、外形近似釣殿的漱清亭。他賭上一切美的力量，似乎就為了打破均衡。漱清亭之於這棟建築物，用意就在於反抗形而上學。它絕非長長延伸入池中，而是從金閣中心往遠方遁逃。漱清亭像一隻欲從這棟建築高飛的鳥，它現在展開翅膀，正準備往池面、及所有代表著現世的方向遁逃。它將從規範世界的秩序，飛向毫無規範的世界——或許就是通往感官的橋。沒錯。金閣的精靈就是從這座狀似斷橋的漱清亭開始，完成了三層樓閣後，又再次從這座橋遁逃。因為蕩漾在池面的龐大感官力量，雖是築起金閣的潛在力量源泉，然而這股力量已完全建立起秩序，完成美麗的三層樓閣之後，精靈再也無法忍受居住於其中，只好沿著漱清亭再次逃向池上、逃向如水波蕩漾的無限感官享受中、逃向它的故鄉。每當我望見瀰漫在鏡湖池上的朝霧夕靄，總認為那裡才是建立起金閣的驚人感官力量之所在。

而美統整了各部的爭執、矛盾和一切不協調，並君臨其上！就如在深藏青色紙張上以金泥一字一字正確抄寫下來的納經，金閣是在無明長夜裡以金泥修築而成的建築；然而，我卻無法分辨，究竟是美代表了金閣本身，抑或美與籠罩金閣的虛無黑夜相同性質？或許兩者皆是。美既是細節，也是整體；既是金閣，也是籠罩金閣的黑夜。這麼一想，從前金閣之美令我苦惱、百思不解，現今彷彿解開了一半。因為若一一檢視其細節之美，例如柱子、勾欄、方格窗、木板門、鐘形木窗、錐形屋頂……法水院、潮音洞、究竟頂、漱清亭……乃至於池面投影、池中小島、松林、渡船頭等一切細節之美，就知道美絕不在細節結束，不在細節完結，任何部分都包含著下一個美的預兆。細節之美本身就充滿了不安。美夢想著完整，卻不知完結，受到唆使成為下一個美、未知的美。預兆帶來更多預兆，一個一個不存在於此處的美之預兆，形成了金閣的主題。這些預兆，原來就是虛無的徵兆。虛無正是美原有的構造。這些尚未完成的細節，自然隱含著虛無的預兆；猶如瓔珞隨風搖曳，這座比例精細、巧奪天工的建築物，也因為虛無的預感而不停顫慄。

即使如此，金閣之美從未斷絕！它的美總是在某處迴響。就像患有耳鳴痼疾的人一樣，我隨處都能聽見金閣之美迴盪耳邊，並習以為常。若以聲音比喻，這座建築好比不停迴響長達五個半世紀之久的小金鈴或小琴。若是聲音中斷……

——疲勞困頓的感覺朝我襲來。

黑暗金閣之上的金閣幻影依然歷歷在目。仍舊燦爛輝煌。池邊的法水院勾欄謙虛地後退，天竺樣式的斗拱在屋簷下支撐著潮音洞勾欄，懷著夢想朝池面挺起胸膛。外簷受池面反光，閃閃發亮，倒映其上的粼粼水波也不時隨風擺盪。當夕陽餘暉或月光照耀，金閣看似不可思議的流體，或彷彿拍打著翅膀，就是因為池上水光。波光蕩漾的倒影，解開了形態堅固的束縛。這時的金閣看來就像以席捲大地、永不止息的風、水和火為材料打造而成。

金閣之美無與倫比。現在我知道我嚴重的疲勞來自何方了。美又趁最後的機會發揮威力，試圖以過去無數次朝我發動攻擊的無力感來束縛我。我四肢無力。不久前還只差一步就能完成行為的我，再次退得遠遠的。

「我已經準備好，只差一步就能展開行為了。」我低聲呢喃，「既然我早在夢境中幻想過行為本身，我也完全實現了夢境，那麼還有必要繼續完成行為嗎？繼續執行，豈非徒勞？」

柏木所言甚是。他說改變世界的不是行為，而是認知。還有一種認知，可以栩栩如生地模仿行為。我的認知便屬於這種。真的能使行為無效的，也是這種認知。如此看來，我長期以來周到的準備，豈不就是為了「不執行行為也無妨」這種最後的認知嗎？

看吧！現在對我而言，行為不過是一種剩餘物。它脫離人生，脫離我的意志，就像一種冰冷的鐵製機械，在我眼前等待啟動。它的行動與我彷彿毫不相關。以前的我還是我，從今以後就不再是我了。……我為何要故意失去自我呢？」

我倚靠在松樹根上。濕冷的樹幹膚觸，令我著迷。我感受到這種感覺、這道冰涼就是我。世界維持原狀，就此停止，欲望也消失了，我心滿意足。

「這麼嚴重的疲勞，究竟是怎麼了？」我心想，「總覺得全身發燙、倦怠，手也不能隨心所欲移動。我一定是生病了。」

金閣依舊耀眼燦爛。一如《弱法師》[37]中俊德丸看見的日想觀[38]景色。

俊德丸在雙眼失明的黑暗中，看見夕陽之影在難波（今大阪）海上舞動。甚至看見萬里無雲的淡路繪島、須磨明石、紀之海海面上，都有夕陽餘暉照耀。

我身體麻痺，眼淚汩汩流出。就這樣直到天明，被人發現也無妨。我應該一句辯解也不會說吧。

……我花了漫長篇幅描述從小到大那些無能為力的記憶，但我必須說，突然甦醒的記憶也會帶來起死回生的力量。過去，不僅將我們拉回過去。過去的記憶中，處處都有強韌的鋼鐵彈簧，雖然數量不多，但現在我們一碰觸到它，彈簧就會立即延展，將我們彈回未來。

身體雖然麻痺了，但心靈還是在某處摸索著記憶。某些話語浮現又消失。彷彿即將觸及心靈之手，又隨即隱匿無蹤。……那些話語呼喚著我。或許是為了鼓舞我才接近我。

「向裡向外，逢著便殺。」

……《臨濟錄》示眾章中最知名的一節，開頭第一行就這麼寫。後續的話語順暢地脫口而出。

---

[37]《弱法師》：室町時代劇作家觀世元雅所作的戲曲。描述主角俊德丸因讒言遭父親逐出家門，成為盲眼乞丐（弱法師）。父親左衛門尉通俊為了逐出俊德丸一事後悔不已，來到四天王寺（大阪）進行施捨時，父子倆重逢，一起返回故鄉。

[38]日想觀：《觀無量壽經》十六觀中第一觀。指正坐向西（極樂所在方位），觀落日思淨土。中世時盛行於天王寺西門拜落日。

「逢佛殺佛，逢祖殺祖，逢羅漢殺羅漢，逢父母殺父母，逢親眷殺親眷，始得解脫。不拘於物而脫透自在。」

話語將我從深陷的無力中反彈出來。我頓時全身充滿力量。雖然心靈的一部分執拗地告訴我，我接下來該做的事徒然無益，但是我的力量不再為白費氣力感到畏懼。正因為徒然無益，所以我更該去做。

我將手邊的坐墊和包袱巾捲起來挾在腋下，起身望向金閣。耀眼輝煌的金閣幻影變得朦朧淡薄。勾欄漸漸被黑暗吞噬，林立的柱子也不再分明。水光消失，屋簷底部的反光也消退了。不久，細節一一沒入黑夜中，金閣只剩下漆黑朦朧的輪廓。

我拔腿狂奔，繞過金閣北側。雙腳早已熟悉，不曾因絆倒而停下腳步。黑暗不停向外擴張，引導我前行。

我從漱清亭旁，朝金閣西側兩扇敞開的木板門縱身一躍。將懷中的坐墊和包袱巾拋向堆放在一起的行李上。

胸口朝氣蓬勃地鼓動著，濕潤的手微微顫抖。火柴也濕了。第一根火柴沒有點燃，第二根一劃就折斷了。第三根順利點燃，火光照亮了我擋風的手指縫隙。

我尋找放置稻草之處，因為我剛才隨意將稻草一塞，卻忘記塞在哪裡。我找到稻草時，火柴已燒盡。我當場蹲下，同時劃下兩根火柴。

火花描繪出稻草堆積而成的複雜影子，浮現荒野乾枯卻明亮的色彩，顏色濃重地傳向四面八方。火花緊接著隱身在升起的煙霧中。沒想到遠處火焰竄升，熱風使蚊帳的綠色膨脹起來，四周頓時熱鬧無比。

此時，我的頭腦清楚冷靜。火柴數量有限。這次我走到另一個角落，小心翼翼劃下一根火柴點燃另一捆稻草。燃燒的火焰安慰了我。從前和友人架起篝火時，我就很擅長生火。

法水院內部出現一道巨大搖曳的影子。中央的彌陀、觀音、勢至三尊佛像，被火光照得又紅又亮。義滿像目光閃爍。木像的影子也在背後翻騰。

我幾乎感受不到熱度。眼見火勢確實延燒到香油錢箱，我認為已經沒問題了。

我忘了安眠藥和短刀。我突然萌生一股想在烈火包圍下的究竟頂中赴死的念頭。於是，我避開熊熊大火，衝上了狹窄的階梯。我並未起疑為什麼通往潮音洞的門是敞開的。原來是導覽的老人忘記關二樓的門。

濃煙從背後逼近。我邊咳嗽，邊看著相傳出於高僧惠心之手的觀音像，和天人奏樂的天花板壁畫。瀰漫空中的黑煙漸漸充滿潮音洞。我更上一層樓，準備打開究竟頂的門。

門打不開。三樓門鎖牢固地鎖著。

我敲打門板。敲打聲相當猛烈，卻傳不進我耳裡。我拚命敲打那扇門。因為我總覺得有人會從究竟頂內側替我開門。

這時，我夢想著登上究竟頂，因為我深信那裡是我的葬身之地。濃煙已逼近眼前，我彷佛尋求救濟一般，性急地拍打著那扇門。門的另一邊，不過是僅僅三間四尺七寸平方的小房間。此時，我痛切地夢想著能進入其中，雖然如今金箔幾乎皆已剝落，但不久前小房間裡應該到處貼滿了金箔。我無法說明我敲打門板的同時，是多麼嚮往著眼前那個金碧輝煌的小房間。我心想，只要能抵達那裡就好。只要能抵達眼前這個金色的小房間就好……

我用盡全力敲打門板。光用手還不夠，我直接以身體撞門。還是打不開。

潮音洞早已充滿煙霧。腳下響起火的爆裂聲。我被煙嗆得差點昏厥。我咳嗽不止，同時還在拍門。門依舊不動如山。

某個瞬間，我確實產生了遭到拒絕的意識，這時，我毫不猶豫地轉身衝下樓梯。我穿過翻騰的濃煙，直接下到法水院，鑽過熊熊大火。好不容易抵達西門，我朝戶外一躍。接著便像韋馱天[39]般疾走狂奔，自己也不知道將奔向何方。

……我頭也不回地向前奔跑。無法想像我毫不停歇地跑了多久，也不記得經過了什麼地方。大概是從拱北側邊出了北邊的後門，經過明王殿旁，奔上長滿竹子和杜鵑的山路，來到了左大文字山山頂。

我倒臥在赤松樹蔭下竹叢中，為了平息劇烈的心跳而大口喘著氣，我所在之處的確是左大文字山山頂。那是位於金閣正北方，護衛著金閣的山。

我清楚恢復意識，是因為聽見鳥兒受到驚嚇的叫喚聲。一隻鳥飛近我眼前，用力拍動翅膀滑翔升空。

我仰躺在地，遙望夜空。成群的鳥兒鳴啼，掠過赤松的樹梢。星點般的火花在頂上夜空浮游。

我站起身，俯瞰遠處山谷間的金閣。那裡傳來異樣的聲響，就像爆竹的聲音，也像無數人群的關節一同發出響聲。

從這裡看不見金閣的輪廓。只見滾滾黑煙和沖天烈火。大量火花飛過樹林之間，金閣上空彷彿撒滿金沙。

我盤腿坐下，眺望此情此景許久。

我回過神來才發現全身處處都是灼傷或擦傷，血流不止。手指看來也因為剛才拍門受傷，滲出了血。我像一隻遁逃的野獸舔舐傷口。

我摸索口袋，取出小刀和包在手帕裡的安眠藥瓶，朝谷底扔了出去。

我在另一個口袋裡摸到香菸，抽起菸來。就像完成一份工作後稍事休息的人經常出現的念頭一樣，我心想，活下去吧！

一九五六年八月十四日

㊴韋馱天：佛教護法，為菩薩化身，是飛毛腿。

日本戰後第一文豪
三島由紀夫年表

出生

一九二五年一月十四日出生於東京市四谷區永住町（現新宿區四谷四丁目），本名平岡公威。公威是家中長子，尤其受祖母夏子的溺愛。

4 歲

一九二九年一月，患自體中毒症，險些喪命。此後健康狀況一直欠佳，直到成年開始健身後才好轉。

6 歲

一九三一年四月，入私立貴族學校學習院初等科就讀，其文學天賦已經可以從幾篇校內作文窺見。

12 歲

一九三七年，入學習院中等科，加入了文藝社團，並開始在校內刊物《輔仁會雜誌》發表創作。

14 歲

一九三九年，祖母夏子去世。持續創作，受國文老師清水文雄賞識。同年，第二次世界大戰開始。

16 歲

一九四一年，在清水文雄的建議下，取筆名「三島由紀夫」。完成《百花爭鳴的森林》，並刊登於浪漫派刊物《文藝文化》。

19 歲

一九四四年，以學習院高等科第一名成績畢業，獲得天皇親頒的銀懷錶。入東京帝國大學就讀，並出版《百花爭鳴的森林》。

20 歲

一九四五年，因病而未通過入伍體檢，得以免役。親近的妹妹美津子病逝，二戰於同年結束。

21～22歲

一九四六年，結識川端康成，並在他的推薦下於《人間》雜誌連載《香菸》。一九四七年自東帝大法律系畢業。

24歲

一九四九年，出版首部長篇小說《假面的告白》。

26～27歲

一九五一年，完成《禁色》第一部。年末第一次出國旅行，途經夏威夷、美西、美東、南美、西歐、南歐。

29歲

一九五四年，出版《潮騷》。故事靈感來自希臘之旅。

31歲

一九五六年十月，《金閣寺》出版，該年即暢銷十五萬冊。

33歲

一九五八年，在川端康成的媒合之下，與杉山瑤子結為夫妻，之後育有兩子。同年，《金閣寺》英譯版出版。

38～39歲

一九六三年，與知名攝影家細江英公合作拍攝《薔薇刑》攝影集。一九六四年，開始構思《豐饒之海》四部曲。

42歲

一九六七年，召集一群右翼青年，組織軍國主義團體，即後來的「楯之會」。

45歲

一九七〇年，完成《豐饒之海》四部曲。十一月二十五日，偕同楯之會成員綁架陸軍自衛隊陸將益田兼利，政變行動失敗，三島切腹自殺。

野人

野人文化
讀者回函卡

書　名

姓　名　　　　□女 □男　年齡

地　址

電　話　　　　手機

Email

□同意 □不同意　收到野人文化新書電子報

學　歷 □國中(含以下)□高中職 □大專 □研究所以上
職　業 □生產/製造 □金融/商業 □傳播/廣告 □軍警/公務員
□教育/文化 □旅遊/運輸 □醫療/保健 □仲介/服務
□學生 □自由/家管 □其他

◆你從何處知道此書？
□書店：名稱 ______ □網路：名稱 ______
□量販店：名稱 ______ □其他 ______

◆你以何種方式購買本書？
□誠品書店 □誠品網路書店 □金石堂書店 □金石堂網路書店
□博客來網路書店 □其他 ______

◆你的閱讀習慣：
□親子教養 □文學 □翻譯小說 □日文小說 □華文小說 □藝術設計
□人文社科 □自然科學 □商業理財 □宗教哲學 □心理勵志
□休閒生活（旅遊、瘦身、美容、園藝等） □手工藝／DIY □飲食／食譜
□健康養生 □兩性 □圖文書／漫畫 □其他 ______

◆你對本書的評價：（請填代號，1. 非常滿意 2. 滿意 3. 尚可 4. 待改進）
書名 ____ 封面設計 ____ 版面編排 ____ 印刷 ____ 內容 ____
整體評價 ____

◆你對本書的建議：

野人文化部落格 http://yeren.pixnet.net/blog
野人文化粉絲專頁 http://www.facebook.com/yerenpublish

廣 告 回 函
板橋郵政管理局登記證
板 橋 廣 字 第 143 號

郵資已付 免貼郵票

23141
新北市新店區民權路108-2號9樓
野人文化股份有限公司 收

野人

請沿線撕下對折寄回

野人

書號：ONGW0109